suhrkamp taschenbuch 2143

Dalkey ist eine kleine Küstenstadt unweit Dublin. Zwei junge Männer, Mick und Hackett, treffen nach einem Bad im Meer auf einen leicht verwundeten Herrn, den sie in sein Haus geleiten. Es ist kein Geringerer als der uns bereits aus *Der dritte Polizist* bekannte Wissenschaftler De Selby, dessen Erkenntnisse und Erfindungen alle Errungenschaften von Euklid bis Einstein in Frage stellen. Im Verlauf seiner Versuche auf dem Gebiet der »pneumatischen Chemie« hat De Selby ein Mittel gefunden, das die Zeit aufhebt. Tatsächlich nehmen die beiden Freunde in Taucheranzügen an einem Unterwassertreffen De Selbys mit dem heiligen Augustinus teil. Der realistische Hackett versucht, das unerklärliche Erlebnis zu verdrängen. Mick jedoch, ein junger Mann von Innerlichkeit und, wie ihm selbst schmerzlich bewußt ist, von noch verkannter Bedeutung, beschließt, tätig zu werden. Dies um so mehr, als De Selby, im Wahne, ein zweiter Messias zu sein, mit einem hausgemachten Gas die Menschheit vernichten will.

Flann O'Brien (eigentlich Brian O'Nolan) wurde 1911 in Straban, Grafschaft Tyrone, geboren. In Dublin studierte er Gälisch, Deutsch und klassische Philosophie. Er war erst im Regierungsdienst, lehrte dann am University College und schrieb für irische und amerikanische Zeitungen, so seit 1940 regelmäßig unter dem Pseudonym Myles na Gopaleen für die *Irish Times* satirische Beiträge in gälischer Sprache. Im Suhrkamp Verlag erschienen in deutscher Übersetzung: *At swim two Birds* 1939 (*Zwei Vögel beim Schwimmen* 1966), *An Béal Bocht* 1941 in irischer, 1973 als *The Poor Mouth* in englischer Sprache (*Irischer Lebenslauf* 1977), *The hard Life* 1961 (*Das harte Leben* 1964), *The Dalkey Archive* 1964 (*Aus Dalkeys Archiven* 1979) und *The Third Policeman* 1967 (*Der dritte Polizist* 1975). O'Brien starb 1966 in Dublin.

Flann O'Brien
Aus Dalkeys Archiven

Roman

Aus dem Englischen von
Harry Rowohlt

Suhrkamp

Titel der 1964 bei MacGibbon & Kee, London
erschienenen Originalausgabe: *The Dalkey Archive*
Umschlagfoto: Harald Mante/Verlag C. J. Bucher GmbH, München

suhrkamp taschenbuch 2143
Erste Auflage 1992

Druck: Nomos Verlagsgesellschaft, Baden-Baden
Printed in Germany
Umschlag nach Entwürfen von
Willy Fleckhaus und Rolf Staudt

2 3 4 5 6 7 – 99 98 97 96 95 94

Aus Dalkeys Archiven

Ich widme diese Seiten
meinem Schutzengel,
wobei ich ihm einschärfen möchte,
daß ich nur Spaß mache,
und warnen möchte ich ihn
vor etwelchen Mißverständnissen,
was meinen Heimweg betrifft.

1

Dalkey ist eine kleine Stadt, vielleicht zwölf Meilen südlich von Dublin, an der Küste. Es ist eine unglaubliche Stadt, geduckt, still, Schlaf vortäuschend. Seine Straßen sind eng, geben sich nicht ohne weiteres als Straßen zu erkennen, und wo sie sich kreuzen, scheint dies aus Zufall zu geschehen. Kleine Läden sehen geschlossen aus, sind aber geöffnet. Dalkey sieht aus wie eine demütige Siedlung, die, so spürt der Reisende, einem Ort von allererster Bedeutung und Vornehmheit eng benachbart sein muß. Und das ist es: Vestibül zu einer Weltschau, wie sie nur die Himmel gewähren.

Betrachten wir es. Gehen wir einen beschatteten, trägen, gassengleichen Pfad hinan, *per iter,* sozusagen, *tenebricosum,* und sehen wir, wie es vor uns aufbirst, als sei ein Vorhang wundersam und rasch geöffnet worden. Ja, die Vico Road. Guter Gott!

Die Straße selbst windet sich gefällig bergzu, und hinter einer niedrigen Mauer zur Linken liegen jenseits des Fußpfads zaubrische Entzückungen ausgebreitet: felsiges Grasland fällt schnell ab, um weit unten eine wie Spielzeug erscheinende Eisenbahn zu erreichen, mit dem unermeßlichen Meer dahinter, das man nur ahnen kann, das sich still und langsam in der ungeheuren Weite der Bucht von Killiney wiegt. Hoch oben am Himmel, der sich mit ihm zu einer alles andere als deutlichen Naht verbindet, schleppt sich eine Karawane leichter Wolken lautlos nach Osten.

Und zur Rechten? Monströse Arroganz: ein mächtiges Schulterblatt aus Granit, weit ausschreitend, sein Überrock aus Stechginster und Farnkraut in ernste Reihen von Kiefern, Rottannen, Föhren und Roßkastanien gebettet, daran anschließend feine Büschel vom schlanken, säuberlichen Eukalyptus – das Ganze ein Trugbild aus sanft bewegten Blättern, ein Gemisch aus Licht, Farbe, Dunst und sehr viel Luft, ein Wunder, reich an Versionen, Verdüren, Vertikalen, Vertizillaten, Vertiginosa, im Schatten der Äste sogar vespertin. Himmel, sollte dem Lexikon von Sergeant Fottrell etwas entgangen sein?

Aber warum dieser Name – Vico Road? Soll mit dieser Pracht der Lehre eines bestimmten Philosophen über des Menschen Los auf Erden gedacht werden – These, Antithese, Synthese, Chaos? Kaum. Und ist dies der Bucht von Neapel vergleichbar? Daran ist gar nicht zu denken, denn in Neapel müssen Hitze und Ungemach auf ausgedörrten Italienern lasten – und keine sanften irischen Himmel, keine kleinen Brisen, die sich beinahe farbig anfühlen.

In weiter Ferne und erhöht könnte man schwach einen kleinen Obelisk erkennen, der einige Stufen überragt, auf denen man sitzen kann, um diese ganze Szenerie zu betrachten: das Meer, die Halbinsel Howth am anderen Ende der Bucht und weit entfernt zur Rechten den verschwommenen Umriß der Berge von Wicklow, blau oder grau. Wurde das Denkmal errichtet, um den Schöpfer all dieser Herrlichkeit zu ehren? Nein. Vielleicht zur Erinnerung an einen edlen irischen Menschen, den Er einst schuf – Johannes Scotus Erigena vielleicht oder möglicherweise Parnell? Entschieden nein: Königin Victoria.

Mary versetzte Michael Shaughnessy einen kleinen Stoß. Sie lungerte verlockend an den Rändern seiner Seele herum; die tiefbraunen Augen, das helle Haar, die Sanftheit und das gleichwohl bestimmte Auftreten. Sie war eine Plage und doch nie weit entfernt.

Er runzelte die Stirn und ballte die Faust, doch sofort zeigte

stoßweises Gemurmel hinter ihm an, daß Hackett da war.
»Wie kommt sie denn voran«, fragte dieser, ihn einholend, »deine fromme Mary?«
Es war keineswegs das erstemal, daß dieser hübsche Tölpel seine Fähigkeit, Gedanken zu lesen, zeigte, ein widerliches Talent.
»Kümmre dich um deine eigenen Angelegenheiten«, sagte Shaughnessy säuerlich. »Ich frage dich nie nach der Dame, die du Asterisk-Agnes nennst.«
»Wenn du es wissen willst: Es geht ihr sehr gut, danke schön.«
Sie schritten weiter, hielten ihre feuchten Badesachen in lockerem Griff.
In der niedrigen Mauer auf der Seeseite war eine schmale Lücke, die den Weg zu einem holprigen, hügelabwärts zur Eisenbahn tief unten führenden Pfad freigab; dort kam man über einen Steg zu einer Badestelle namens White Rock. Bei dieser Lücke stand ein Mann, der sich mit der Hand auf der Mauer abstützte. Als Shaughnessy nähertrat, sah er, daß der Mann mager, groß und glattrasiert war, schütteres, eher blondes Haar hatte, das seitlich über einen zu großen Kopf gekämmt war.
»Der arme Tropf hat sich verletzt«, bemerkte Hackett.
Das Gesicht des Mannes war friedlich und weltläufig, aber zu einer leichten Grimasse verzogen. Er trug Sandalen, und sein rechter Fuß war in der Gegend des großen Zehs mit frischem Blut bedeckt. Sie blieben stehen.
»Sind Sie verletzt, Sir?« fragte Hackett.
Der Mann musterte sie höflich, einen nach dem anderen.
»Ich glaube schon«, erwiderte er. »Da unten sind Warnungen, die Gefahren des Meeres betreffend. Gewöhnlich lauern weit mehr Gefahren auf dem Festland. Ich habe die

Zehen meines rechten Fußes gegen einen scharfen kleinen Dolch aus Granit gerammt, den ich auf diesem verdammten Pfad nicht bemerkt hatte.«
»Vielleicht könnten wir helfen«, sagte Shaughnessy. »Wir würden Ihnen mit Freuden zum Colza-Hotel in Dalkey hinunterhelfen. Dort könnten wir Ihnen einen Apotheker oder vielleicht einen Arzt besorgen.«
Der Mann lächelte dünn.
»Das ist gütig von Ihnen«, erwiderte er, »aber ich bin mein eigener Arzt. Wenn Sie mir jedoch beim Heimweg behilflich sein könnten?«
»Aber selbstverständlich«, sagte Shaughnessy.
»Wohnen Sie weit weg?« fragte Hackett.
»Gleich dort oben«, sagte der Mann und deutete auf die ragenden Bäume. »Eine ziemliche Kraxelei mit einem kaputten Fuß.«
Shaughnessy wußte von keinerlei Haus in dem angegebenen Dickicht, aber fast genau gegenüber war ein winziges Tor im derben Geländer, das die Straße begrenzte, zu erkennen.
»Solange Sie sicher sind, daß es dort ein Haus *gibt*«, sagte Hackett heiter, »wird es uns eine Ehre sein, durch Beistand nützen zu können.«
»Der Vorteil dieses Hauses ist der, daß außer dem Briefträger kaum jemand weiß, daß es da ist«, erwiderte der andere liebenswürdig.
Sie überquerten die Straße, wobei die beiden Eskorten jeden Ellenbogen behutsam stützten. Innerhalb des Tores suchte sich ein enger, aber bequemer Pfad wählerisch seinen Weg an Baumstümpfen und Gesträuch vorbei hügelan.
»Ich könnte mich genausogut vorstellen«, sagte der Invalide. »Ich heiße De Selby.«

Shaughnessy nannte seinen Namen und fügte hinzu, daß ihn jeder Mick nenne. Er bemerkte, daß Hackett sich einfach als Mr Hackett vorstellte: eine Haltung höflicher Neutralität, so schien es, vielleicht Herablassung.

»Dieser Landstrich ist in erstaunlichem Ausmaß mit Kesselflickern, Maulaffenfeilhaltern und Arschgesichtern bevölkert. Sind die Herren in der irischen Sprache bewandert?«

Das *non-sequitur* verblüffte Shaughnessy einigermaßen, Hackett jedoch nicht.

»Ich weiß ziemlich viel darüber, Sir. Eine wunderschöne Sprache.«

»Nun, das Wort *mór* bedeutet ›groß‹. Vor meinem Haus – wir sind jetzt bald da – befindet sich ein Rasen, und dieser Rasen ist, in Anbetracht des Terrains hier, erstaunlich groß. Ich dachte, ich könnte die Worte *mór* und *lawn* als Namen für das Haus kombinieren. Ein Mischwort, aber was soll's? In Dalkey fand ich im Dorf einen Tagelöhner namens Teague McGettigan. Er ist der dortige Droschkenkutscher, Ausbesserer und Wetterbeobachter; es gibt absolut nichts, was er nicht könnte. Ich bat ihn, den Namen aufs Tor zu malen und sagte ihm die Worte. Nun warten Sie, bis Sie das Ergebnis sehen.«

Das Haus ließ sich jetzt ausmachen, eine niedrige Villa aus Holz und Ziegelstein. Als sie nähertraten, sah De Selbys Rasen zwar durchaus groß aus, war aber bedauerlicherweise ein Abhang, mit rauhem, schäbigem Gras bewachsen und von flachem Unkraut durchschossen. Und in schwarzen Lettern stand auf dem hölzernen Tor der Titel LAWNMOWER, Rasenmäher. Shaughnessy und Hackett kicherten, während De Selby kunstvoll seufzte.

»Nun, ich habe Teague weißgott schon immer für unseren

Lokal-Leonardo gehalten«, schmunzelte Hackett. »Ich kenne den armen Bastard gut.«

Sie glitten anmutig ins Haus. De Selbys Fuß war nun sowohl schmutzig als auch blutig.

2

»Bei unserem verstümmelten Freund scheint es sich um einen hübschen Fall von Segotia zu handeln«, bemerkte Hackett von seinem Ohrensessel aus. De Selby hatte sich entschuldigt, um »die ärztliche Versorgung meines podalen Pollex« in Angriff zu nehmen, und die Besucher blickten neugierig in seinem Wohnzimmer herum. Es war von länglichem Zuschnitt, geräumig, mit niedriger Decke. Eine gefirnißte Täfelung lief in einer Höhe von etwa achtzehn Zoll um alle vier Wände, welche darüber hinaus von einer verblichenen grünen Tapete bedeckt waren. Es gab keine Bilder. Zwei übervolle Bücherregale aus Mahagoni standen in Nischen zu beiden Seiten des Kamins, und auf der unmöblierten Seite des Zimmers stand eine große Druckerpresse. Über den Raum verteilt waren viele Stühle, in der Mitte stand ein kleiner Tisch und an der entferntesten Wand ein klobiger Tisch, auf dem sich allerlei naturwissenschaftliche Instrumente und Werkzeuge befanden, einschließlich eines Mikroskops. Etwas, das wie eine starke Lampe aussah, schwebte über all diesem, und links davon war ein Klavier von der Firma Liehr; auf dem aufgeklappten Deckel lehnten Noten. Es war eindeutig eine Junggesellenwohnung, aber sauber und ordentlich. War er vielleicht Musiker, Mediziner, Theopneumatiker, geodätischer Chemiker . . . ein Gelehrter?

»Auf jeden Fall hat er es hübsch hier«, sagte Mick Shaughnessy, »und sehr schön abgelegen.«

»Er ist die Sorte Mensch«, erwiderte Hackett, »die in so einem geheimen Hauptquartier so ziemlich alles aushecken könnte. Vielleicht ist er gefährlich.«

Bald erschien De Selby wieder, strahlend, und nahm seinen

Platz im Zentrum ein, wobei er mit dem Rücken zum leeren Kamin stand.

»Eine oberflächliche vaskuläre Verletzung«, bemerkte er liebenswürdig, »und nun gereinigt, desinfiziert, eingeschmiert sowie mit einem Verband versehen, der sogar wasserundurchlässig ist.«

»Meinen Sie, Sie wollen weiterhin schwimmen gehen?« fragte Hackett.

»Gewiß.«

»Bravo! Wackerer Mann.«

»Aber nicht doch –: das gehört zu meinem Beruf. Übrigens: Wäre es wohl unhöflich, wenn ich mich nach dem Beruf der beiden Herren erkundigte?«

»Ich bin ein kleiner Beamter«, erwiderte Mick. »Ich verabscheue den Job, seine rohe Atmosphäre und das Gesindel, das mir im Büro Gesellschaft leistet.«

»Ich bin noch schlimmer dran«, sagte Hackett in gespielter Trauer. »Ich arbeite für meinen Vater; er ist Juwelier, hat aber stets ein Auge auf die Schlüssel. Keine Gelegenheit für eine Gehaltsaufbesserung. Ich vermute, man könnte mich ebenfalls als Juwelier bezeichnen, oder vielleicht als Hilfsjuwelier. Oder als Gipskneter.«

»Sehr interessante Arbeit. Ich verstehe nämlich selbst ein wenig davon. Schleifen Sie Steine?«

»Manchmal.«

»Ah ja. Nun, ich bin Theologe und Physiker, beides Wissenschaften, die in viele andere hineinspielen, in die Eschatologie und die Astrognostik zum Beispiel. Der Frieden in diesem Teil der Welt macht echtes Denken möglich. Ich glaube, meine Forschungen sind fast abgeschlossen. Doch ich würde Sie gern einen Augenblick lang unterhalten.«

Er setzte sich ans Klavier, und nach einigen langsamen

Phrasen brach etwas aus ihm hervor, das Mick im Stillen als eine überstürzte chromatische Amöbenruhr bezeichnete, etwas, das in dem Sinne »brillant« war, als es unfertig und, zumindest für seine Ohren, ohne Zusammenhang war. Ein vernichtender Akkord machte dem Durcheinander ein Ende.

»Nun«, sagte er und erhob sich, »was halten Sie davon?«

Hackett blickte weise.

»Ich glaube, ich habe Liszt in einem seiner weniger beherrschten Augenblicke erkannt«, sagte er.

»Nein«, antwortete De Selby. »Die Basis hiervon war der Kanon zu Beginn von César Francks wohlbekannter Sonate für Violine und Klavier. Der Rest war Improvisation. Von mir.«

»Sie spielen ausgezeichnet«, wagte sich Mick schalkhaft hervor.

»Nur zur Zerstreuung, aber ein Klavier kann ein sehr nützliches Instrument sein. Warten Sie, ich zeige Ihnen etwas.«

Er kehrte zum Instrument zurück, hob das in Scharnieren rastende Oberteil zur Hälfte und entnahm dem Klavier eine Flasche mit gelblicher Flüssigkeit, welche er auf den Tisch stellte. Dann öffnete er eine Tür in den unteren Gefilden eines Bücherregals und holte drei hübsche Stielgläser sowie eine Karaffe hervor, in der sich etwas befand, das wie Wasser aussah.

»Dies ist der beste Whiskey, den man in Irland bekommen kann, fehlerlos hergestellt und vollendet gereift. Ich weiß, Sie werden einen *taiscaun* nicht ausschlagen.«

»Nichts, was mich froher stimmen würde«, sagte Hackett. »Ich stelle fest, daß die Flasche ohne Etikett ist.«

»Danke«, sagte Mick, der von De Selby ein großzügig

eingeschenktes Glas entgegennahm. Er schätzte Whiskey nicht sehr, von anderen berauschenden Getränken ganz zu schweigen, was das betraf. Doch hatten die guten Manieren Vorrang. Hackett folgte seinem Beispiel.

»Dort steht auch das Wasser«, deutete De Selby mit einer Gebärde an. »Man stehle einem Mann nie die Frau und verwässere seinen Whiskey nicht. Kein Etikett auf der Flasche? Sehr wahr. Ich habe den Whiskey selbst gemacht.«

Hackett hatte zur Probe einen Schluck getrunken.

»Ich hoffe, Sie wissen, daß Whiskey nicht in der Flasche reift. Ich muß allerdings sagen, daß dieser gut schmeckt.«

Mick und De Selby nahmen gleichzeitig einen vernünftigen Zug.

»Mein lieber junger Freund«, erwiderte De Selby, »ich weiß alles über Sherryfässer, Temperaturen, unterirdische Aufbewahrungsorte und was dergleichen Extravaganzen mehr sind. Doch solche Überlegungen stellen sich hier gar nicht. Dieser Whiskey wurde letzte Woche gebrannt.«

Hackett beugte sich auf seinem Sessel vor, alarmiert.

»Wie war das?« rief er. »Eine Woche alt? Dann kann er gar kein Whiskey sein. Guter Gott, wollen Sie, daß unsere Herzen versagen oder unsere Nieren sich auflösen?«

De Selby blickte neckisch drein.

»Wie Sie sehen, Mr Hackett, trinke ich diesen hervorragenden Trank selber. Und ich habe nicht gesagt, er sei eine Woche alt. Ich habe gesagt, daß er letzte Woche hergestellt wurde.«

»Nun, heute ist Sonnabend. Wir brauchen uns nicht um einen oder zwei Tage zu streiten.«

»Mr De Selby«, flocht Mick milde ein, »es steht außer Frage, daß Sie mit dem, was Sie sagten, einen feinen Unterschied herausarbeiten wollten, daß eine gewisse Spitzfin-

digkeit in Ihren Worten liegt. Ich kann Ihnen nicht ganz folgen.«
An dieser Stelle nahm De Selby einen Schluck, den man nur als profund bezeichnen kann, und dann breitete sich über seinem gesamten milden Antlitz ein Ausdruck von apokalyptischer Feierlichkeit aus.
»Meine Herren«, sagte er mit hohler Stimme, »ich habe die Zeit bezwungen. Man nannte die Zeit einen Vorgang, einen Aufbewahrungsort, ein Kontinuum, ein Ingrediens des Universums. Ich kann die Zeit aufheben, ihren offenbaren Lauf negativieren.«
Rückblickend fand Mick es komisch, daß Hackett an dieser Stelle, vielleicht unabsichtlich, auf seine Uhr gesehen hatte.
»Bei mir vergeht die Zeit immer noch«, krächzte er.
»Der Lauf der Zeit«, fuhr De Selby fort, »wird in stetem Bezug zur Bewegung der Himmelskörper berechnet. Diese sind als Determinanten für die Natur der Zeit trügerisch. Viele augenscheinlich nüchterne Männer haben die Zeit studiert und sich darüber geäußert – Newton, Spinoza, Bergson, sogar Descartes. Die Postulate von Einsteins Relativitätshumbug sind unwahr, um nicht zu sagen ausgemachter Schwindel. Er versuchte zu sagen, Zeit und Raum hätten separat keine wirkliche Existenz, sondern könnten nur im Einklang miteinander verstanden werden. Die Beschäftigung mit Astronomie und Geodäsie haben die Menschheit ganz einfach verwirrt. Verstehen Sie?«
Da er Mick ansah, schüttelte dieser entschieden den Kopf, verstand sich aber durchaus dazu, einen weiteren ernsthaften Schluck Whiskey zu nehmen. Hackett runzelte die Stirn. De Selby setzte sich an den Tisch.
»Die Betrachtung der Zeit«, sagte er, »auf intellektuelle, philosophische oder auch nur mathematische Kriteria hin

ist Einfalt und ein Zeitvertreib für Liederjane. Bei solchen unschönen Streitereien taucht unweigerlich ein priesterlicher Geck auf, um eine Art Hirnstarrkrampf herbeizuführen, indem er Begriffe wie Unendlichkeit und Ewigkeit ins Spiel bringt.«

Mick fand, es sei schicklich, etwas zu sagen, auch wenn es töricht war.

»Wenn die Zeit illusorisch ist, wie Sie anzudeuten scheinen, Mr De Selby, wie kommt es dann, daß, wenn ein Kind geboren wird, es mit der Zeit zum Knaben heranwächst, dann zum Manne, als nächstes zum Greis und schließlich zum matten und hilflosen Krüppel?«

De Selbys angedeutetes Lächeln zeigte eine Rückkehr seiner gütigen Stimmung an.

»Da haben Sie einen weiteren Irrtum bei der Formulierung von Gedanken. Sie verwechseln Zeit mit organischer Evolution. Nehmen Sie Ihr Kind, das zu einem Manne von 21 herangewachsen ist. Seine gesamte Lebensspanne wird 70 Jahre umfassen. Es hat ein Pferd, dessen Lebenserwartung 20 Jahre beträgt. Es reitet auf seinem Pferd. Halten sich diese beiden Geschöpfe gleichzeitig in ungleichartigen Zuständen von Zeit auf? Hat die Zeit für das Pferd eine dreimal höhere Geschwindigkeit als für den Menschen?«

Hackett war nun auf der Hut.

»Kommen Sie«, sagte er. »Der Hecht, dieser gierige Bursche, soll bis zu 200 Jahre alt werden können. Wie steht es nun mit unserem Zeitverhältnis, wenn ihn ein junger Kerl von 15 Jahren fängt und tötet?«

»Malen Sie sich das selber aus«, erwiderte De Selby liebenswürdig. »Abweichungen, Unvereinbarkeiten, Widersprüche sind überall. Armer Descartes! Er versuchte, alle Vorgänge in der natürlichen Welt auf einen mechanischen Kodex zu reduzieren, kinetisch, aber nicht dynamisch. Jedwede Bewegung war kreisförmig, er bestritt, daß ein Vakuum möglich sein könne und bestand darauf, daß Gewicht unabhängig von Schwerkraft existiere. *Cogito ergo sum?* Er hätte genausogut *inepsias scripsi ergo sum* schreiben können, und den gleichen von ihm vermuteten Beweis erbracht haben.«

»Das Werk dieses Mannes«, warf Mick ein, »mag in einigen Schlußfolgerungen Irrtümer enthalten, war aber von seinem unbedingten Glauben an den allmächtigen Gott bestimmt.«

»Sehr wahr, in der Tat. Ich persönlich denke nicht gering von einer höchsten *supra mundum*-Macht, aber ich habe manchmal daran gezweifelt, ob sie gutartig ist. Wo sind wir mit diesem Durcheinander von cartesianischer Mythologie und biblischer Mythendrechselei? Eva, die Schlange und der Apfel. Grundgütiger!«

»Seien Sie so freundlich, und geben Sie uns noch einen Drink«, sagte Hackett. »Whiskey ist mit Theologie nicht unvereinbar. Besonders magischer Whiskey nicht, der gleichzeitig altehrwürdig und eine Woche alt ist.«

»Aber gewiß doch«, sagte De Selby, erhob sich und ministrierte den drei Gläsern überaus großzügig. Er seufzte, als er sich wieder setzte.

»Sie, meine Herren, sollten«, sagte er, »Descartes' sämtliche Werke lesen, nachdem Sie zunächst gründlich Latein gelernt haben. Er ist ein ausgezeichnetes Beispiel dafür, wie blinder Glaube den Intellekt verderben kann. Er kannte natürlich Galileo, akzeptierte dessen Verteidigung der Kopernikanischen Theorie, daß sich die Erde um die Sonne bewegt und hatte sogar an einer Abhandlung gearbeitet, die diese stützen sollte. Aber als er erfuhr, daß die Inquisition

Galileo als Ketzer verurteilt hatte, legte er hastig das Manuskript beiseite. In unserer modernen Umgangssprache hatte er Schiß. Und sein Tod war vollends lächerlich. Um sich ein bescheidenes Auskommen zu sichern, war er damit einverstanden, Königin Christina von Schweden dreimal die Woche um fünf Uhr morgens zu besuchen, um sie Philosophie zu lehren. Um fünf Uhr morgens in dem Klima! Das brachte ihn natürlich um. Wissen Sie, wie alt er war?«

Hackett hatte sich gerade eine Zigarette angezündet, ohne jemand anderem eine anzubieten.

»Ich glaube, Descartes war nicht ganz richtig im Kopf«, bemerkte er grüblerisch, »und zwar nicht so sehr, weil er unrichtige Ideen verbreitete, sondern wegen der Narretei, die einen Mann von 82 Jahren so unmenschlich früh aus den Federn treibt und noch dazu nahe am Nordpol.«

»Er war 54«, sagte De Selby gleichmütig.

»Ja, aber verdammt noch Mal«, platzte Mick heraus, »er war ein bemerkenswerter Mann, wie verrückt sein naturwissenschaftliches Glaubensbekenntnis auch gewesen sein mag.«

»Es gibt einen französischen Ausdruck; ich habe ihn einmal gehört, und er könnte ihn beschreiben«, sagte Hackett. *»Idiot-savant.«*

De Selby zog eine einzige eigene Zigarette hervor und zündete sie an. Wie hatte er folgern können, daß Mick nicht rauchte?

»Im schlimmsten Falle«, sagte er in einem Ton, den man orakelhaft nennen könnte, »war Descartes ein Solipsist. Eine weitere Schwäche war seine Vorliebe für die Jesuiten. Er wurde sehr zu Recht dafür verlacht, daß er den Raum für etwas Ausgefülltes hielt. Es ist natürlich reiner Zufall, aber ich habe die parallele – allerdings über jeden Zweifel erhabene – Entdeckung gemacht, daß die *Zeit* etwas Ausgefülltes ist.«

»Was bedeutet das?« fragte Hackett.

»Man könnte dieses Ausgefülltsein, dieses *Plenum,* als Phänomen oder Sein bezeichnen, das mit sich selber angefüllt, aber träge ist. Der Raum erfüllt diese Bedingungen offensichtlich nicht. Aber die Zeit ist ein Plenum, unbeweglich, unwandelbar, unvermeidlich, unwiderruflich, ein Zustand absoluter Stockung. Die Zeit vergeht nicht. Wechsel und Bewegung können innerhalb der Zeit stattfinden.«

Mick grübelte darüber nach. Ein Kommentar schien sinnlos. Es schien kaum einen Strohhalm zu geben, an den man sich klammern konnte; nichts, was man hätte infrage stellen können.

»Mr De Selby«, wagte er schließlich einen Vorstoß, »es würde unverschämt erscheinen, wenn jemand meinesgleichen Kritik oder auch nur Meinungen zu etwas äußerte, das sich mir als rein abstraktes Gefüge aus Lehrsätzen darstellt. Ich fürchte, ich bin ganz der traditionellen Idee, dem traditionellen Empfinden von Zeit verhaftet. Wenn Sie mir zum Beispiel gestatten, genug von diesem Whiskey zu trinken, womit ich meine: zuviel, wird mir eine eindeutig temporäre Strafe winken. Mein Magen, meine Leber und mein Nervenkostüm werden am Morgen verwüstet sein.«

»Vom trockenen Würgen ganz zu schweigen«, fügte Hackett hinzu.

De Selby lachte höflich.

»Das wäre eine Veränderung, bei der die Zeit – ihrer ganzen Natur nach – keine Rolle spielt.«

»Möglich«, erwiderte Hackett, »aber diese akademische Betrachtung wird die Realität des Schmerzes in keiner Weise mildern.«

»Eine Tinktur«, sagte De Selby, der sich erneut mit der Flasche erhob und noch einmal großzügig in die drei Gläser schenkte. »Sie müssen mich für einen oder zwei Augenblicke entschuldigen.«

Es erübrigt sich zu erwähnen, daß Hackett und Mick einander ziemlich verwundert ansahen, als er das Zimmer verlassen hatte.

»Dieser Malzwhiskey scheint superb zu sein«, stellte Hackett fest, »aber könnte er irgendein Narkotikum oder ähnliches drinhaben?«

»Wozu denn? Er trinkt doch selbst jede Menge davon.«

»Vielleicht ist er weggegangen, um sich eine Dosis von irgendeinem Gegengift zu verabreichen. Oder ein Brechmittel.«

Mick schüttelte in echter Ablehnung den Kopf.

»Er ist ein sonderbarer Vogel«, sagte er, »aber ich glaube nicht, daß er den Verstand verloren hat oder eine Gefahr für die Allgemeinheit darstellt.«

»Bist du sicher, daß er unschädlich ist?«

»Ja. Nenne ihn meinetwegen exzentrisch.«

Hackett erhob sich und goß sich eine hastige Extraportion aus der Flasche ein, welche Mick seinerseits mit einer Handbewegung zurückwies. Er zündete sich eine weitere Zigarette an.

»Nun«, sagte er, »ich glaube, wir sollten die Gastfreundschaft nicht allzu lange in Anspruch nehmen. Vielleicht sollten wir gehen. Was meinst du?«

Mick nickte. Das Erlebnis war merkwürdig gewesen, und man brauchte es nicht zu bereuen; es konnte vielleicht zu anderen interessanten Dingen oder sogar Menschen überleiten. Wie alltäglich, überlegte er, waren alle Menschen, die er bisher kannte.

Als De Selby zurückkam, trug er ein Tablett mit Tellern, Messern, einer Butterdose und einem zierlichen Korb voller – wie es schien – goldenem Brot.

»Setzen Sie sich doch an den Tisch, liebe Freunde . . . Ziehen Sie Ihre Stühle näher heran«, sagte er. »Nur eine kleine Collatio, wie die Kirche es nennt. Diese köstlichen Wecken aus Weizenmehl habe ich selbst gemacht, wie den Whiskey, aber Sie dürfen nicht glauben, ich lebte wie ein Kaiser im alten Rom tagtäglich in der Furcht, vergiftet zu werden. Ich wohne allein hier, und die Wallfahrt bis zu den Läden ist lang und beschwerlich.«

Mit einem Gemurmel des Dankes nahmen die Besucher dies bescheidene und angenehme Mahl in Angriff. De Selby selbst aß nur wenig und schien abgelenkt zu sein.

»Nennen Sie mich einen Theologen oder, wenn Sie wollen, einen Physiker«, sagte er schließlich ziemlich ernst, »aber ich bin aufrichtig und wahrheitsliebend. Meine Entdeckungen, was die Natur der Zeit betrifft, waren übrigens reiner Zufall. Das Ziel meiner Forschungen sah völlig anders aus. Es hatte nicht das Geringste mit dem Wesen der Zeit zu tun.«

»Tatsächlich?« sagte Hackett ziemlich grob und fuhr fort, grob zu schmatzen. »Und was war das Hauptziel?«

»Die ganze Welt zu zerstören.«

Sie starrten ihn an. Hackett machte ein leises Geräusch, aber De Selbys Miene war gesammelt, leidenschaftslos, finster.

»Na, na«, stammelte Mick.

»Sie verdient, daß man sie zerstöre. Ihre Geschichte und Vorgeschichte, sogar ihre Gegenwart ist das übelriechende Protokoll von Pestilenz, Hungersnot, Krieg, Verwüstung und Elend von so schrecklichem und mannigfaltigem Ausmaß, daß all seine Tiefe und all sein Schrecken keinem einzigen Menschen bekannt sind. Der Herd der Fäulnis ist aufs ganze Universum beschränkt, das Leiden ist übermächtig. Das Menschengeschlecht ist letztendlich verdorben und verkümmert.«

»Mr De Selby«, sagte Hackett, vergebens bemüht, gewichtig zu klingen, »wäre es unhöflich, Sie zu fragen, wie Sie die Welt zerstören wollen? Sie haben sie schließlich nicht erschaffen.«

»Sogar Sie, Mr Hackett, haben Dinge zerstört, die Sie nicht erschaffen haben. Ich schere mich nicht für einen Pfifferling darum, wer die Welt erschaffen hat oder welche grandiose Absicht damit verbunden war, sei sie nun lobens- oder verdammenswert. Die Schöpfung ist widerlich und ekelerregend, und ein totales Aussterben könnte gar nicht schlimmer sein.«

Mick konnte sehen, daß Hacketts Verhalten Schroffheit hervorrief, wo doch Aufklärung, Erhellung dringend nottat. Selbst eine nur marginale Darlegung durch De Selby hätte Licht auf die wichtige Frage geworfen: War er ein echter Wissenschaftler oder lediglich wahnsinnig?

»Ich sehe nicht ein, Sir«, wagte Mick sich bescheiden vor, »wie diese Welt zerstört werden könnte, ehe nicht am Firmament ein Zusammenstoß derselben mit einem anderen großen Himmelskörper zustande gebracht würde. Wie ein Mensch die Sternenbahnen beeinflussen soll –: Das scheint mir ein unlösbares Rätsel, Sir.«

De Selbys strenge Miene entspannte sich etwas.

»Da unser kleiner Imbiß beendet ist, nehmen Sie doch noch einen Drink«, sagte er und schob ihnen die Flasche zu. »Als ich davon sprach, die ganze Welt zu zerstören, bezog ich mich nicht auf die Physis des Planeten, sondern auf jede Art und Äußerung von Leben auf demselben. Wenn meine

Aufgabe erfüllt ist – und ich habe das Gefühl, das wird bald sein –, wird nichts Lebendiges, nicht einmal ein Grashalm, ein Floh, auf diesem Globus mehr existieren. Natürlich werde ich ebensowenig existieren.«

»Und was ist mit uns?« fragte Hackett.

»Sie müssen das Geschick der ganzen Menschheit teilen, und das ist die Ausrottung.«

»Vermutungen sind müßig, Mr De Selby«, murmelte Mick, »aber könnte Ihr Plan teilweise darin bestehen, alles Eis an den Polen und anderswo zu verflüssigen und so alles zu ertränken, wie es bei der biblischen Sintflut geschah?«

»Nein. Die Geschichte von dieser Sintflut ist ganz einfach töricht. Man erzählt uns, sie sei von einer Überschwemmung verursacht worden, die vierzig Tage und vierzig Nächte gedauert habe. All dies Wasser muß auf der Erde existiert haben, bevor der Regen anfing, denn es kann nicht mehr herunterkommen als aufgestiegen ist. Der gesunde Menschenverstand sagt mir, daß dies kindischer Unsinn ist.«

»Das ist nur eine schwächliche rationale Spitzfindigkeit«, warf Hackett ein. Er zeigte gern, daß er hellwach war.

»Was ist dann aber, Sir«, fragte Mick mit schmerzhafter Unterwürfigkeit, »das Geheimnis, das höchste, entscheidende Geheimnis?«

De Selby zog eine Art Grimasse.

»Es wäre mir unmöglich«, erklärte er, »Ihnen, meine Herren, die Sie nicht naturwissenschaftlich geschult sind, auch nur einen flüchtigen Einblick in meine Studien und Erfolge auf dem Gebiet der pneumatischen Chemie zu verschaffen. Meine Arbeit hat den größeren Teil eines Lebensalters in Anspruch genommen, und obwohl mir von Männern im Ausland großzügig Hilfe und Zusammenarbeit angeboten wurden, konnten sie das Problem meines fundamentalen Postulats nicht meistern: Vernichtung der Atmosphäre.«

»Sie meinen, die Luft abschaffen, Sir?« fragte Hackett bestürzt.

»Nur ihren biogenischen und wesentlichen Bestandteil«, erwiderte De Selby, »welcher, natürlich, der Sauerstoff ist.«

»Somit«, warf Mick ein, »wird, wenn Sie der Atmosphäre allen Sauerstoff entziehen oder ihn zerstören, alles Leben enden?«

»Grob formuliert, vielleicht«, stimmte der Wissenschaftler zu, jetzt wieder herzlich, »aber Sie könnten erfaßt haben, worauf es ankommt. Gewisse Komplikationen sind möglich, aber sie brauchen uns jetzt keine Sorge zu machen.«

Hackett hatte sich im stillen nachgeschenkt und zeigte reges Interesse.

»Ich glaube, ich verstehe«, ließ er sich hören. »Der Sauerstoff tritt automatisch ab, und wir müssen mit dem weitermachen, was übrigbleibt, und das ist zufällig Gift. Aber ist das nicht Mord?«

De Selby achtete nicht auf ihn.

»Die Atmosphäre der Erde, das heißt: das, was wir praktisch einatmen, im Gegensatz zur verdünnten Atmosphäre in großen Höhen, besteht aus etwa 78 Prozent Stickstoff, 21 Prozent Sauerstoff, winzigen Mengen Argon und Kohlendioxid und mikroskopisch geringen Mengen anderer Gase wie Helium und Ozon. Unsere Aufmerksamkeit gilt vornehmlich dem Stickstoff, Atomgewicht 14,008, Ordnungszahl 7.«

»Hat Stickstoff einen Geruch?« wollte Hackett wissen.

»Nein. Nach weitestreichenden Forschungen und Experimenten habe ich ein chemisches Präparat hergestellt, das den Sauerstoff jeder beliebigen Atmosphäre völlig eliminiert. Eine winzige Menge dieser harten Substanz, so klein, daß sie für das unbewaffnete Auge unsichtbar ist, könnte so das Innere der größten Halle der Erde in eine tote Welt verwandeln, vorausgesetzt natürlich, daß die Halle ordentlich versiegelt ist. Ich werde es Ihnen zeigen.«

Er kniete stumm vor der Anrichte nieder und öffnete eine der unteren Türen, welche den Blick auf einen kleinen Safe von herkömmlicher Machart freigab. Diesen öffnete er mit einem Schlüssel, und nun war ein runder Behälter aus stumpfem Metall zu sehen, der groß genug war, etwa achtzehn Liter Flüssigkeit zu fassen. Auf der Vorderseite waren die Buchstaben D.M.P. angebracht.

»Grundgütiger«, rief Hackett, »die D.M.P.! Die gute, alte D.M.P.! Mein Opa gehörte zu der Bande.«

De Selby wandte den Kopf und lächelte freudlos.

». . . Ja . . . Die D.M.P. . . . Die Dublin Metropolitan Police. Mein Vater war auch dabei. Schon lange abgeschafft, natürlich.«

»Und weshalb haben Sie das auf Ihrer Chemikalienbüchse?«

De Selby hatte Safe und Tür wieder geschlossen und war zu seinem Stuhl zurückgekehrt.

»Nur eine kleine Laune, nichts weiter«, erwiderte er. »Die Buchstaben stellen in keiner Weise eine Formel oder auch nur eine Gedankenstütze dar. Aber dieser Behälter birgt die unbezahlbarste Substanz auf Erden.«

»Mr De Selby« sagte Mick, von diesen auffälligen Vorgängen ziemlich verschreckt, »wenngleich als selbstverständlich angenommen werden kann, das Ihr Safe gut ist, wäre es nicht töricht, derart gefährliches Zeug hier herumliegen zu lassen, so daß es jeder Einbrecher klauen kann?«

»Ich, zum Beispiel?« warf Hackett ein.

»Nein, meine Herren, da besteht überhaupt keine Gefahr.

Niemand würde wissen, worum es sich bei der Substanz handelt, welches ihre Eigenschaften sind, oder wie man sie aktiviert.«

»Aber wissen *wir* es nicht?« faßte Hackett nach.

»Sie wissen so gut wie nichts«, erwiderte De Selby leichthin, »aber ich beabsichtige, Sie sogar noch etwas weiter aufzuklären.«

»Ich versichere Ihnen«, hielt Mick zu sagen für angebracht, »daß jedwede Information, die Sie uns angedeihen lassen, mit äußerster Vertraulichkeit behandelt werden wird.«

»Ach, machen Sie sich darüber keine Sorgen«, sagte De Selby höflich, »ich werde Ihnen weniger mit Informationen dienen als mit Erfahrung. Ich habe – und ganz unerwarteterweise – eine Entdeckung gemacht. Und zwar setzt eine Atmosphäre, der man den Sauerstoff entzogen hat, augenblicklich die offenbar periodische Natur der Zeit außer Kraft und konfrontiert uns statt dessen mit der wahren Zeit, sowie gleichzeitig mit allen Dingen und Geschöpfen, die die Zeit je enthalten hat oder enthalten wird, vorausgesetzt, wir beschwören sie. Können Sie mir folgen? Wir wollen mit dem gebührenden Ernst an die Sache herangehen. Die Situation ist folgenschwer und kaum von dieser Welt, wie wir sie kennen.«

Er starrte seine beiden neuen Freunde nacheinander sehr gewichtig an.

»Ich habe das Gefühl«, verkündete er, »daß Sie das Recht auf eine persönliche Erläuterung haben, was mich betrifft. Es wäre ganz falsch, mich für christophob zu halten.«

»In meinem Fall auch«, zwitscherte Hackett unverschämt.

»Die frühen Bücher der Bibel habe ich als Mythos akzeptiert, aber als dauerhaften Mythos, eindeutig für die Menschenführung erdacht. Genauso akzeptierte ich die Geschichte von dem schrecklichen Zusammenstoß zwischen Gott und dem rebellischen Luzifer als Tatsache. Aber ich konnte mich viele Jahre lang nicht entscheiden, wie der Zusammenstoß ausgegangen war. Ich fand wenig vor, das die Offenbarung, Gott habe triumphiert und Luzifer auf ewig in die Hölle verdammt, erhärtete. Denn wenn – und ich wiederhole: *wenn* – die Entscheidung umgekehrt gewesen wäre und Gott verloren hätte, wer, wenn nicht Luzifer, würde mit Sicherheit das genaue Gegenteil der Geschichte behaupten und verbreiten?«

»Aber warum sollte er?« fragte Mick ungläubig.

»Um die Menschheit besser in seine Fallen und in die Verdammnis locken zu können«, antwortete De Selby.

»Oha«, bemerkte Hackett, »so ein Geheimnis muß man aber gut für sich behalten können.«

»Trotz meiner Bestürzung«, fuhr De Selby fort, »hatte ich mich bei dieser Spekulation gründlich getäuscht. Inzwischen habe ich nämlich herausgefunden, daß sich die Dinge so entwickelt haben, wie es in der Bibel dargestellt wird, zumindest insoweit, als der Himmel unversehrt ist.«

Hackett stieß einen leisen, vielleicht spöttisch gemeinten Pfiff aus.

»Woher wollen Sie das so genau wissen?« fragte er. »Sie haben diese Welt doch wohl nicht vorübergehend verlassen, Mr De Selby?«

»Nicht eigentlich. Aber ich hatte eine lange Unterhaltung mit Johannes dem Täufer. Ein sehr verständiger Mann, wissen Sie, man könnte schwören, er sei Jesuit.«

»Gütiger Himmel!« rief Mick, während Hackett eilig sein Glas mit klickendem Geräusch auf den Tisch zurückstellte.

»Doch, ja, sehr verständig. Vollendete Umgangsformen, natürlich, und er sah mit großer Liebenswürdigkeit über meine persönlichen Beschränktheiten hinweg. Ein *sehr* interessanter Mensch, dieser Täufer.«

»Wo fand das statt?« fragte Hackett.

»Hier in Dalkey«, erklärte De Selby. »Unter Wasser.«

Nun herrschte Schweigen, kurz, aber absolut.

»Während die Zeit stillstand?« beharrte Hackett.

»Ich werde Sie beide morgen an eben jenen Ort bringen. Das heißt: wenn Sie es wünschen und vorausgesetzt, daß Sie schwimmen können, noch dazu für kurze Zeit unter Wasser.«

»Wir sind beide ausgezeichnete Schwimmer«, sagte Hackett fröhlich, »wenn man davon absieht, daß ich von uns beiden der mit Abstand bessere bin.«

»Wir wären entzückt«, unterbrach Mick mit schwächlichem Lächeln, »wenn sichergestellt ist, daß wir wohlbehalten zurückkommen.«

»Es besteht nicht die geringste wie auch immer geartete Gefahr. Unten beim Hauptquartier des Vico-Schwimmklubs gibt es eine besondere, in den Felsen am Ufer versteckte Kammer. Bei Ebbe hat man durch das Wasser über einen Höhleneingang Zugang zu der Kammer. Bei steigender Flut wird dieses Loch blockiert; die Luft in der Kammer wird gleichsam eingesiegelt.«

»Das könnte eine Schreckenskammer werden«, bedeutete Hackett.

»Ich habe einige selbstentworfene Masken; sie sind mit komprimierter und normaler Luft ausgerüstet und speisen sich aus automatischen Ventilen. Die Masken und der Tank sind ausgesprochen leicht, aus Aluminium.«

»Ich glaube, einigermaßen zu verstehen, worauf das hinauslaufen soll«, sagte Mick mit vor Konzentration gerunzelten Brauen. »Wir begeben uns mit diesen Atemgeräten unter

Wasser, bahnen uns einen Weg durch die felsige Öffnung bis in die Kammer und treffen dort Johannes den Täufer?«
De Selby kicherte milde.
»Nicht unbedingt und nicht genau so. Wir erreichen, wie Sie sagen, die leere Kammer, und ich setze dann eine winzigkleine Menge D.M.P. frei. Danach werden wir in zeitlosem Stickstoff existieren, gleichwohl aber in der Lage sein, aus den Tanks zu atmen, die wir auf dem Rücken tragen.«
»Verändert sich unser physikalisches Gewicht?« fragte Hackett.
»Ja, ein wenig.«
»Und was geschieht dann?«
»Das werden wir sehen, nachdem Sie mich morgen früh um acht beim Schwimmbad getroffen haben. Kommen Sie auf dem Rückweg beim Colza-Hotel vorbei?«
»Gewiß.«
»Dann lassen Sie bitte Teague McGettigan ausrichten, er möge mich um halb acht mit seiner verdammten Droschke abholen. Es kann zu einer rechten Mühsal ausarten, wenn man mit diesen Masken zu schaffen hat.«
So war denn alles verabredet, und De Selby zeigte sich noch einmal umgänglich, indem er seine Gäste zur Tür geleitete und sich von ihnen verabschiedete.

3

Hackett war ein wenig mürrisch und schweigsam, als die beiden über die Vico Road nach Dalkey schlenderten. Mick war geistesabwesend, seine Gedanken befanden sich in einiger Unordnung. Dem sonnigen Abend schien einiges Licht abgeflossen zu sein.

»So eine Abwechslung haben wir nicht oft, Hackett«, bemerkte er.

»Wunderwhiskey wird uns weiß Gott nicht jeden Tag angeboten«, antwortete Hackett düster, »und das schon gar nicht mit der gleichzeitigen Ankündigung, wir seien zum Tode verurteilt. Sollten wir nicht andere Leute warnen? Unsere persönlichen Squaws zum Beispiel?«

»Das wäre, wie es früher hieß, Verbreitung von Defätismus und Unfrieden«, warnte Mick schwülstig. »Was für einen Sinn hätte es?«

»Sie könnten zur Beichte gehen, stimmt's?«

»Das könntest du auch. Aber die Leute würden uns nur auslachen. Soweit es dich betrifft, würden sie sagen, du seist betrunken.«

»Dieser eine Woche alte Rachenputzer war hervorragendes Zeug«, murmelte er nach einer Pause versonnen. »Mir geht es soweit gut, aber ich weiß immer noch nicht, ob nicht doch irgendeine Droge drin war. Ein langsam wirkender hypnotischer Kram oder etwas Schlimmeres, das direkt ins Hirn geht. Bis wir das Colza erreicht haben, sind wir vielleicht schon durchgedreht. Vielleicht werden wir dann von Sergeant Fottrell verhaftet.«

»Du machst mir richtig Angst.«

»Ich möchte nie vor Gericht schwören müssen, daß das, was heute passiert ist, die Wahrheit war.«

»Wir haben morgen früh eine Verabredung«, erinnerte ihn Mick. »Ich würde vorschlagen, daß wir mit niemandem über die heutigen Vorfälle reden.«
»Willst du zu der Verabredung morgen gehen?«
»Unbedingt. Aber ich werde das Fahrrad nehmen müssen, um von Booterstown so früh hierherzukommen.«
Sie gingen weiter, schweigend in ihre Gedanken vertieft.
Es ist nicht leicht, eine Darstellung vom Colza-Hotel zu geben, von seiner Besitzerin, Mrs Laverty, oder von der ihm eigentümlichen Luft. Es war vorher – doch das lag lang genug zurück – eine gewöhnliche Kneipe gewesen, welche die Kennzeichnung »Constantine Kerr, Konzessionierter Weinhändler« trug, und es hieß, Mrs Laverty, eine Witwe, habe die Bar umgestaltet, die anstößige Kneipen-Bezeichnung ausgemerzt und die gesamte Anlage das Colza-Hotel genannt.
Warum dieser merkwürdige Name?
Mrs Laverty war eine äußerst religiöse Frau und hatte sich einmal mit einer Nachbarin über die rote Lampe unterhalten, die in der Kirche vor dem Hochaltar hängt. Als sie erfuhr, daß diese mit Colza-Öl, also Raps-Öl, gespeist wird, nahm sie frommerweise an, es handele sich dabei um ein heiliges Öl, das für wundertätige Zwecke von der Heiligen Colza, M.V.* verwendet wurde, und beschloß, ihr Haus unter den Schutz dieses Zeichens zu stellen.
Hier ist der Grundriß der Bar aus den Tagen, als Hackett und Shaughnessy dort einzukehren pflegten:

* Martyra Virginalis (Jungfrau und Märtyrerin)

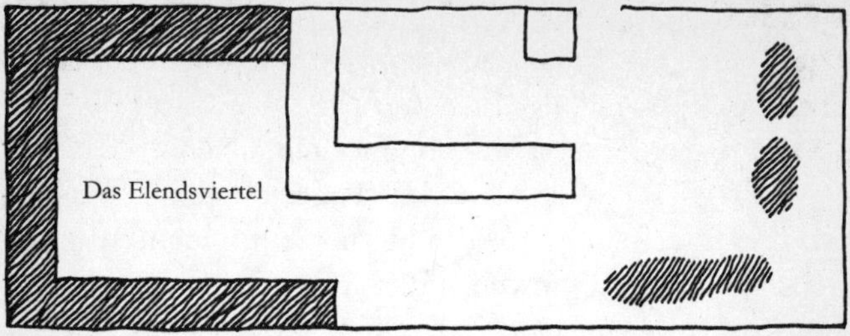

Der als »Das Elendsviertel« bekannte Teil war geräumig und an den Wänden mit weichen lederbezogenen Sitzbänken ausgestattet. Weitere Stühle und kleine Tische standen über den Fußboden verteilt herum. Niemand nahm die Bezeichnung »Hotel« ernst, obwohl Mrs Laverty mannhaft darauf bestand, oben »viele gute Betten« zu haben. Ein mutiger Fremder, der eine Mahlzeit verlangte, bekam Speckstreifen mit Eiern in einer improvisierten Hinterhofküche.

Zu der Zeit, von der hier die Rede ist, hatte Mrs Laverty seit langem für eine Wallfahrt nach Lourdes gespart. War sie taub? Niemand wußte es genau. Die Frage hatte sich vor einigen Jahren erhoben, als Hackett sie öffentlich als Mrs Lavatory, also als Frau Klo, ansprach, wovon sie nie die mindeste Notiz nahm. Vielleicht nahm sie auch, schwerhörig, wie sie war, an, Hackett habe nie anständig sprechen gelernt.

Als Hackett und Shaughnessy nach ihrem Besuch bei De Selby eintraten, war das »Elendsviertel« bzw. das Habitat guter alter Kumpane durch Dr Crewett besetzt, einem sehr alten und verwitterten und weisen Mann der medizinischen Zunft, der lange im Royal Army Medical Corps gedient hatte, es aber verabscheute, mit einem militärischen Rang zu prunken. Ein merkwürdiger junger Mensch saß bei ihm, und Mrs Laverty hatte mit ihrem Strickzeug hinter der Bar Platz genommen.

»Seid alle gegrüßt, und danken wir Gott für unsere Rückkehr in die Zivilisation«, rief Hackett. »Mrs L, bitte geben Sie mir zwei gläserne Tiegel von Ihrem vorzüglichen irischen Malzwhiskey.«

Sie lächelte flüchtig mit ihrem großen, reizlosen Gesicht und schickte sich an zu gehorchen. Sie mochte Hackett nicht sehr.

»Wo waren Sie?« fragte Dr Crewett.

»Spazieren«, sagte Mick.

»Ihr Herren habt von der berauschenden Luft geatmet«, stellte er fest. »Die gesunde Gesichtsfarbe, die Sie beide zur Schau tragen, spricht sehr für Sie beide.«

»Es war ein guter Tag, Herr Doktor«, fügte Mick aufgeräumt hinzu.

»Wir haben Sauerstoff, Theologie und Astrophysik inhaliert«, sagte Hackett, welcher zwei Gläser von Mrs Laverty entgegennahm.

»Aha, Physik? Verstehe«, sagte der junge Fremde höflich. Er war schlank, schwarzhaarig, unausgegoren, trug dicke Augengläser und sah wie etwa neunzehn aus.

»Das griechische Wort *kinesis* sollte man ebensowenig vergessen«, sagte Hackett gelehrt, aber mit spöttischem Unterton.

»Hackett«, warf Mick warnend ein, »ich glaube, es ist besser, wenn wir uns um unsere eigenen Angelegenheiten scheren.«

»Ich mache nämlich zufällig Medizin im Trinity«, fügte der Fremde hinzu. »Und ich sehe mich hier draußen nach einer Bude um.«

»Warum lassen Sie sich in diese Wildnis verschlagen«, fragte Hackett, »wenn Sie dann jeden Tag in die Stadt pendeln müssen?«
»Dies ist ein neuer Freund von uns«, erklärte Dr Crewett. »Darf ich Mr Nemo Crabbe vorstellen?«
Man nickte einander zu, und Hackett erhob zur Begrüßung sein Glas.
»Wenn Sie meinen, ich sollte ins Studentenwohnheim des Trinity College ziehen«, erwiderte Crabbe, »vielen Dank. Das sind erbärmliche, baufällige Unterkünfte, und ein Student, der dort Quartier bezieht, ist verpflichtet, seinen eigenen Nachttopf auszuleeren.«
»Zu meiner Zeit in Ägypten hatten wir so etwas nicht einmal. Aber es gab unbegrenzt viel Sand und verschwenderisch viel Gestrüpp.«
»Außerdem«, fügte Crabbe hinzu, »liebe ich das Meer.«
»Warum auch nicht«, knurrte Hackett. »Bleiben Sie doch einfach hier. Schließlich ist dies ein Hotel.«
Mrs Laverty hob unangenehm berührt den Kopf.
»Ich habe dem Herrn bereits gesagt, Mr Hackett«, sagte sie scharf, »daß wir völlig belegt sind.«
»Schon, aber womit?«
Dr Crewett, ein Friedensstifter, legte sich ins Mittel.
»Mrs Laverty, ich glaube, ich möchte uns allen ein Gläschen ausgeben, wenn Sie so freundlich sein wollen.«
Sie nickte, nunmehr etwas besänftigt, und erhob sich.
»Die verdammte Physik und Chemie! Sie sind mir eine Folter«, vertraute Crabbe allen an. »Mein Vater besteht auf diesem Unsinn mit der Medizin. Ich interessiere mich überhaupt nicht dafür, und Dr Crewett billigt meine Einstellung.«
»Gewiß«, nickte der Medikus.

»Er glaubt, daß die Ärzte heutzutage nur noch Botenjungen für die Drogenhersteller sind.«
»Mein Gott, Drogen«, murrte Hackett.
»Und viele dieser Drogen sind sehr gefährlich und nicht ausreichend getestet«, fügte Dr Crewett hinzu.
»Niemand kann Dr Glaubers großen Triumph hinwegdiskutieren«, bemerkte Hackett und ergriff sein neues Getränk. »Ich habe mich oft gefragt, ob, da das deutsche Wort *glauben* ›denken‹ bedeutet, *Glauber* Denker heißt? Ich erinnere an die nachdenkliche Haltung jenes sitzenden Herrn.«
»Heißt es *nicht!*« sagte Mick brüsk, denn er hatte eine Zeitlang Deutsch studiert.
»Tatsächlich gilt mein wahres Interesse der Poesie«, sagte Crabbe. »Ich habe vermutlich etwas mit Shelley und Byron gemeinsam. Ich meine das Meer, das Meer und die Poesie. Das Meer als solches ist ja schon ein Gedicht.«
»Metrum hat es auch.« Hacketts Stimme klang höhnisch.
»Nichts Schöneres als eine gute Brise und ein Boot von 12 Metern Länge und dann raus in die Bucht.«
Mrs Lavertys sanfte Stimme ertönte aus ihrem abgewandten Gesicht.
»Ich liebe die Poesie. Dieses Stück ›Der Himmelhund‹ ist großartig. Als Mädchen konnte ich Teile davon auswendig.«
»Manche Leute finden, daß es auf den hinteren Versfüßen lahmt.«
»Ich vermute«, stieß Crabbe vor, »daß Sie alle, meine guten Freunde, meinen Vornamen als merkwürdig empfinden werden. Nemo.«
»Er *ist* merkwürdig«, pflichtete ihm Mick in einem Ton bei, den er freundlich gemeint hatte. »Und Ihr Vater muß, wenn ich das so sagen darf, ein merkwürdiger Mann sein.«
»Ich glaube, es war meine Mutter.«

»Sie könnten ihn jederzeit ändern lassen, Crabbe«, schlug Dr Crewett vor. »Laut Gewohnheitsrecht kann man jeden Namen wählen und verwenden, der einem gefällt.«

»Das erinnert mich an den armen Mann, der Piss mit Nachnamen hieß«, berichtete Hackett. »Der Name gefiel ihm nicht, und da änderte er ihn im Rahmen eines einseitigen Rechtsgeschäfts in Vomit um.«

»Ich flehe Sie an: Machen Sie keine Witze«, erwiderte Crabbe, ohne zu lächeln. »Merkwürdigerweise mag ich den Namen Nemo. Denken Sie mal, wie er rückwärts aussieht.«

»Doch, da ist was dran«, gab Hackett zu.

»Poetisch, nicht?«

Es entstand eine kurze Stille, die von Dr Crewett unterbrochen wurde.

»Dabei kommt man ins Grübeln«, sagte er grüblerisch. »Wäre es nicht schrecklich, den arabischen Nachnamen Esra zu haben?«

»Wir hätten gern noch eine Runde, Sussim L«, sagte Mick schelmisch, »bevor ich mich auf den Rückweg ins schöne Booterstown mache.«

Sie lächelte. Sie mochte ihn auf ihre Weise. Doch hatte sie seine hastige Umschreibung überhaupt gehört? Hackett kritzelte eine Notiz.

»Mrs L«, sagte er laut, »könnten Sie dafür sorgen, daß Teague McGettigan dies heute abend noch bekommt? Es handelt sich um eine dringende Verabredung mit einem anderen Herrn für morgen.«

»Mach ich, Mr Hackett.«

Sie brachen bald danach auf und nahmen die Straßenbahn nach Hause. Hackett stieg in Monkstown aus, nicht weit von dort entfernt, wo er wohnte.

Mick fühlte sich recht gut und fragte sich, was der nächste

Tag bringen würde. Schließlich hatte De Selby nichts getan, nur geredet. Vieles davon waren erstaunliche Reden gewesen, aber er hatte versprochen, zu einer Stunde, die bald nach dem Morgengrauen anbrechen sollte, Ernst zu machen. Angenommen, er erschien mit seiner Ausrüstung, gab es ein Risiko? Würde der unzuverlässige Hackett da sein?

Er seufzte. Die Zeit, selbst wenn es so etwas gar nicht gab, würde es zeigen.

4

Milde Luft, die das Meer als Bühnenflüstern im Hintergrund hatte, traf auf Micks Gesicht, als sein Fahrrad in die gassenähnliche Zufahrt zur Vico Road und ihrem felsigen Schwimmloch bog. Es war ein schöner Morgen, ruhig, voll des späten Sommers.

Teague McGettigans Droschke stand am Eingang, der Kopf des Pferdes war in einen Frühstücks-Nasenbeutel getaucht. Mick stieg die Stufen hinunter und begrüßte die Gesellschaft mit einer schwungvollen Armbewegung. De Selby starrte mißbilligend einen Pullover an, den er gerade ausgezogen hatte. Hackett hatte sich in eine sitzende Stellung fallen lassen, war völlig angekleidet und rauchte eine Zigarette, während McGettigan sich in seinem schmutzigen Regenmantel mäkelig an seiner Pfeife zu schaffen machte. De Selby nickte. Hackett murmelte: »Willkommen«, und McGettigan spie aus.

»Liebe junge Freunde«, sagte McGettigan mit leiser Stimme aus seinem alten, dünnen, unrasierten Gesicht heraus, »heute werdet ihr tüchtig naß werden. Heute wird euch der Pelz eingeweicht.«

»Wenn man bedenkt, daß wir bald in jenes Wasser tauchen werden«, erwiderte Hackett, »finde ich an Ihrer Prophezeiung nichts auszusetzen, Teague.«

»Das meine ich nicht. Sehen Sie sich den verdammten Himmel an.«

»Wolkenlos«, bemerkte Mick.

»Sehen Sie um Christi willen hinüber nach Wicklow.«

In der erwähnten Gegend befand sich etwas wie Meeresdunst, und der riesige Berg dahinter war kaum zu ahnen. Mick machte eine Gebärde der Nonchalance.

»Wir werden eine halbe Stunde lang unter Wasser sein, glaube ich«, sagte Hackett. »Zumindest erzählt Mr De Selby das. Wir sind mit Nixen oder sonstwas verabredet.«

»Ziehen Sie sich Ihre Klamotten an, Hackett«, sagte De Selby ungeduldig. »Und Sie auch, Mick.«

»Sie werden eher auf mich hören«, murmelte Teague, »wenn Sie nach oben kommen und Ihre todschicke Kleidung von den Peitschenhieben des Regens demoliert vorfinden.«

»Können Sie sie nicht in Ihrer verwünschten Kalesche aufbewahren?« bellte De Selby. Seine Laune war eindeutig etwas unstet.

Alle machten sich bereit. Teague setzte sich gleichmütig auf einen Felsvorsprung, rauchte und trug die Miene einer nachsichtigen Respektsperson zur Schau, die spielende Kinder betrachtet. Vielleicht war diese Haltung berechtigt. Als die drei bereit waren für das Wasser, winkte De Selby die beiden anderen zu einer privaten Beratung herbei. Die Ausrüstung war auf einem flachen Felsen ausgebreitet.

»Jetzt hören Sie gut zu«, sagte er. »Diese Apparatur, die ich Ihnen beiden anlegen werde, erlaubt Ihnen das Atmen, innerhalb wie außerhalb des Wassers. Das Ventil ist automatisch und braucht nicht eingestellt zu werden; das wäre auch gar nicht möglich. Die Luft ist komprimiert und wird – den konventionellen Zeitfluß zugrundegelegt – eine halbe Stunde reichen.«

»Gott sei Dank, Sir, haben Ihre Theorien bezüglich der Zeit nichts mit dem Luftvorrat zu tun«, bemerkte Hackett.

»Die Apparatur ermöglicht Ihnen auch das Hören. Meine eigene ist etwas andersartig. Sie erlaubt mir all das, darüber hinaus kann ich aber sowohl sprechen als auch gehört werden. Können Sie mir folgen?«

»Klingt klar genug«, stimmte Mick ihm zu.
»Wenn ich die Masken einrasten lasse, ist Ihre Luftzufuhr *an*«, sagte er emphatisch. »Sie können unter Wasser und an Land atmen.«
»Nicht übel«, sagte Hackett höflich.
»Und hören Sie zu«, fuhr De Selby fort, »ich gehe als erster und führe Sie dort hinüber nach links zur Höhlenöffnung, die jetzt unter Wasser liegt. Es ist nur ein paar Meter weit und nicht sehr tief. Die Flut hat jetzt fast ihre volle Höhe erreicht. Bleiben Sie dicht hinter mir. Wenn wir in die Felsnische kommen, setzen Sie sich, so gut Sie können, hin, und tun Sie nichts; warten Sie einfach ab. Zuerst wird es dunkel sein, aber Sie werden nicht frieren. Ich werde dann die irdische Atmosphäre und die Illusion der Zeit ausschalten, indem ich ein Partikel D.M.P. aktiviere. Ist das soweit klar? Ich möchte nicht, daß sich jetzt noch jemand an technischem Gequatsche versucht oder Fragen stellt.«
Hackett und Mick stimmten ihm stumm zu; alles war klar.
»Dort unten werden Sie höchstwahrscheinlich eine Persönlichkeit treffen, die vom Himmel kommt, die allwissend ist, alle Sprachen und Dialekte spricht und alles kennt oder kennen kann. Ich hatte auf einem solchen Ausflug noch nie einen Gefährten, und ich hoffe sehr, daß sich keine Komplikationen ergeben werden.«
Mick war plötzlich sehr aufgeregt.
»Entschuldigen Sie die Frage«, platzte er heraus, »aber wird das wieder Johannes der Täufer sein?«
»Nein. Zumindest hoffe ich das nicht. Ich kann bitten, aber nichts befehlen.«
»Könnte es . . . irgendjemand sein?« fragte Hackett.
»Nur die Toten.«
»Grundgütiger!«

»Doch das ist nicht ganz korrekt. Solche, die noch nie auf Erden waren, könnten erscheinen.«
Die kleine Unterredung war unheimlich. Es war, als pflege der Henker unter dem Galgen eine verbindliche Konversation.
»Meinen Sie Engel, Mr De Selby?« wollte Mick wissen.
»Deistische Wesen«, sagte er barsch. »Halten Sie still, ich lege Ihnen jetzt das Ding an.«
Er hatte eine Atemmaske aufgehoben, sie hatte Riemen und die Tankhalterung für den Rücken.
»Ich bleibe hinter Ihnen«, murmelte Mick, »und Hackett kommt zum Schluß.«
In erstaunlich kurzer Zeit waren alle vollständig für einen Unterwasserbesuch der künftigen – oder vorangegangenen – Welt angekleidet.
Durch seine Taucherbrille konnte Mick Teague McGettigan sehen, der eine Sonntagmorgenzeitung studierte, offensichtlich den hinteren Teil des Blattes mit den Rennergebnissen. Er war mit sich im Reinen, hatte kein Interesse an übernatürlichen Vorgängen. Vielleicht konnte man ihn beneiden. Hackett stand teilnahmslos da, ein Apollo-Astronaut. De Selby nahm abschließende Justierungen an seinen Riemen vor und führte die anderen mit einer Geste zum Saum des Wassers.
Sich am frühen Morgen kopfüber in kaltes Wasser zu begeben ist auch für den Geübtesten ein Schock. Doch in Micks Fall machte der Nebel aus Zweifel und fast erfolgter Sinnestäuschung, der sich, durch das sehr leise Zischen der Luftzufuhr noch verstärkt, in seinem Kopf ausbreitete, das Eintunken zu einem kurzen, aber verwirrenden Erlebnis. Es gab genügend Licht, als er De Selbys ausschlagenden Hacken folgte, und eine deutlich markierte Unruhe im

Wasser zeigte ihm an, daß Hackett nicht weit war. Sofern er fluchte, hörte es niemand.

Ihr Zutritt zur »Kammer« vollzog sich auch für Anfänger rasch genug. Wenn auch nicht geschickt. De Selby fand sogleich die Öffnung, und die anderen folgten ihm einer nach dem anderen hinauf, wobei sie halb klommen, halb schwommen. Ganz spürbar verließen sie das Wasser, und Mick fand sich an einem leeren Orte kauernd wieder, auf einem groben Boden, der mit Steinen und einigen Muschelschalen bestreut war. Alles war dunkel, und ein entferntes Flüstern mußte vom Meer kommen, das sie gerade verlassen hatten. Die Gesellschaft befand sich unter Wasser und vermutlich in einer Atmosphäre, die man atmen konnte, wenn auch nur für kurze Zeit. *Zeit?* Ja, das Wort mag wiederholt werden.

De Selby bedeutete Mick, er möge weiter mitkommen, indem er ihn am Arm zupfte, und mit Hackett hinter ihnen tat er das gleiche. Dann blieben sie stehen. Mick duckte sich und ließ sich schließlich auf einem rundlichen Felsen nieder; De Selby saß zu seiner Linken, und die drei hatten mehr oder weniger zu einer ruhenden Stellung gefunden. Hackett versetzte Mick einen Rippenstoß, doch der wußte nicht, ob dies Mitleid, Ermutigung oder Spott bedeutete.

Seine Bewegungen ließen sogar im Finstern erkennen, daß De Selby mit irgendeiner technischen Verrichtung beschäftigt war. Mick konnte nicht sehen, was er tat, aber zweifelsohne ließ er eine verschwindend geringe Ladung D.M.P. detonieren (oder was immer das richtige Wort dafür ist).

Obwohl er naß war, fror er nicht, aber war aufmerksam, verblüfft, neugierig. Hackett war in der Nähe, aber er rührte sich nicht.

Ein schwaches Licht schien sich zu nähern, ein vager

Schimmer. Er wuchs allmählich, bis er die Abmessungen der finsteren Kammer genauer kennzeichnete, so daß sie unerwartet geräumig und seltsam trocken wirkte.
Dann sah Mick eine Gestalt, eine Erscheinung, weit von ihm entfernt. Die Erscheinung sah aus, als säße sie, und sie verstrahlte ein wenig Licht. Allmählich nahm sie mehr Umriß an, blieb aber unsagbar weit entfernt, und das, was Mick für ein sehr langes Kinn im Profil gehalten hatte, war mit ziemlicher Sicherheit ein Bart. Ein Gewand aus einem dunklen Material kleidete die Erscheinung. Es ist merkwürdig, aber die Offenbarung erschreckte ihn nicht. Doch war er verdutzt, als er De Selbys vertraute Stimme beinahe dröhnend neben sich vernahm.
»Ich danke Ihnen sehr für Ihr Kommen. Ich habe zwei Studenten mitgebracht.«
Die erwidernde Stimme war leise, kam von weit her, klang aber vollkommen klar. Der Dubliner Akzent war unüberhörbar. Die außergewöhnliche Ausdrucksweise kann hier nur typographisch kenntlich gemacht werden.
»Ach was. Gern geschehen.«
»Es geht Ihnen gut, wie üblich, hoffe ich?«
»Gott sei Dank keine Klagen. Und wie geht es Ihnen, beziehungsweise: Wie, glauben Sie, geht es Ihnen?«
»Durchaus erträglich. Aber das Alter beginnt sich bemerkbar zu machen.«
»Ha-ha. Da muß ich aber lachen.«
»Warum?«
»Ihre Art von Zeit ist lediglich ein verwirrendes Register des Zerfalls. Erinnern Sie sich an das, von dem Sie nicht wußten, daß es Ihre Jugend war?«
»Ja, aber ich wollte über *Ihre* Jugend sprechen. Das Wesen Ihres Lebens in der Jugend muß, verglichen mit dem Ihres

hagiarchischen Greisenalters, ein donnernder Kontrast gewesen sein, der Aufstieg zur Frömmigkeit plötzlich und sogar quälend. War dem so?«

»Sie spielen auf anoxische Anoxämie an? Vielleicht.«

»Sie geben zu, daß Sie ein leichtfertiger und liederlicher junger Mann waren?«

»Für einen Heiden war ich gar nicht mal so schlimm. Außerdem war es vielleicht mein irisches Blut.«

»Ihr irisches Blut?«

»Ja. Mein Vater hieß Patrick. Und er war ein ziemlicher Schluri.«

»Geben Sie zu, daß Ihnen weder Alter noch Farbe von Frauen wichtig war, wenn es sich bei der in Frage stehenden Handlung um den Vollzug der geschlechtlichen Beiwohnung handelte?«

»Ich gebe gar nichts zu. Vergessen Sie bitte nicht, daß ich sehr schlechte Augen hatte.«

»Waren all Ihre Paarungszeremonien heterosexueller Natur?«

»Heteroschnickschnack! Außer meinen eigenen schriftlichen Aussagen liegt nichts gegen mich vor. Viel zu vage. Seien Sie bloß auf der Hut bei dieser Sorte Mumpitz. Schwarz auf Weiß haben Sie nichts in der Hand.«

»Ich habe mich der Forschung und der Praxis geweiht, nicht der Literatur.«

»Sie sind beklagenswert unerfahren. Sie können das Zeitalter, in dem ich gelebt habe, seine Sitten, überhaupt nicht erfassen, geschweige diese afrikanische Sonne beurteilen.«

»Soso, die Hitze. Ich habe viel über die Eskimos gelesen. Diese armen Schweine sind ihr Leben lang dem sicheren Verderben preisgegeben, mit Frostbeulen und Eiszapfen bedeckt, aber wenn sie einen Seehund fangen –: Heißa! Aus dem Fell machen sie warme Kleidung, mit dem Fleisch veranstalten sie Schlemmerfeste, und den Tran bringen sie heim ins Iglu und erleuchten damit Lampen und Herde. Dann fängt der Spaß an. Der nordische Nanuk – immer bereit, einen Kleinen wegzustecken.«

»Ich verdamme die Fleischeslust, gleichgültig, ob sie sich zufällig ergab, oder ob ihr bewußt Vorschub geleistet wurde.«

»Ja, jetzt, Sie später Gnostiker! Die Schamröte muß Ihnen ins Gesicht steigen, wenn Sie sich Ihrer frühen ungezogenen gymnastischen Übungen entsinnen, wenn man bedenkt, daß Sie jetzt Kirchenvater sind.«

»Quatsch. Ich erfand obszöne Großtaten aus Prahlerei, um nicht als unschuldig oder feige zu gelten. Ich bin durch die Straßen von Babylon gewandelt und umgab mich dabei mit rohen Gesellen, die schwitzten von den Feuern der Wollust. Als ich in Karthago war, schleppte ich einen Kessel voll unverwirklichter Ausschweifungen mit mir herum. Gott in seiner Erhabenheit versuchte mich. Aber das Zweite Buch meiner Bekenntnisse besteht ausschließlich aus schockierenden Übertreibungen. Ich war ein Kind meiner rohen Zeit. Und ich behielt den Glauben – im Gegenteil zu vielen meines Volkes in Algerien, die jetzt arabische Einfaltspinsel und Sklaven des Islam sind.«

»Bedenken Sie all die Zeit, die Sie im Schlund Ihrer sexuellen Phantasien vergeudet haben, anstatt sie Studien der Schrift zu widmen. Liederlicher, lustbesessener Libertin!«

»Ich war schwach in jener Zeit, aber Ihre Herablassung finde ich kränkend. Sie sprechen von den Vätern. Und wie steht's mit diesem pränikänischen thooleramawn, *Origenes von Alexandria? Was tat er, als er meinte, die Gier nach Frauen lenke ihn von seinem heiligen Schreibwerk ab? Ich werde es Ihnen sagen. Er stand auf, eilte in die Küche hinaus, griff sich ein Brotmesser und – zack! – beraubte sich mit einem Ratsch seiner Persönlichkeit. Na?«*

»Ja. Nennen wir es heroisches Ungestüm.«

»Wie konnte Origenes der Vater von irgendwas sein, wenn er nicht mal Klöten hatte? Beantworten Sie das mal.«

»Wir müssen annehmen, daß seine spirituellen Testikeln intakt geblieben sind. Kennen Sie ihn?«

»Ich kann nicht sagen, daß ich ihn bei uns je getroffen hätte.«

»Aber ist er dort, verdammt noch Mal? Sind Sie denn nicht allwissend?«

»Nein. Ich kann allwissend sein, aber die wichtigste Weisheit besteht manchmal darin, nicht zu wissen. Ich könnte vermutlich den Polyarchen fragen.«

»Wer in aller Welt ist der Polyarch?«

»Er ist nicht in aller Welt, und wieder weiß ich es nicht. Ich glaube, er ist der Stellvertreter Christi im Himmel.«

»Gibt es dort noch mehr seltsame Mitbewohner?«

»Viel zu viele, wenn Sie mich fragen. Sehen Sie sich diesen gobhawk *an, den man Franz Xaver nennt. Gezecht und gehurt hat er in den Slums von Paris mit Calvin und Ignatius Loyola, herumgetrieben hat er sich in Lasterhöhlen voller Ratten, Ungeziefer, Speichellecker und Syphilis. Xaver war ein großer Reisender, hat sich in Äthiopien und Japan danebenbenommen, hat sich mit buddhistischen Kutten-Affen abgegeben und wollte auf eigene Faust China bekehren. Und Loyola? Da zerreißen Sie sich das Maul über mich, aber die Heiligkeit, die dieser Bursche in jungen Jahren entfaltete, war wohl eher Geiligkeit. Er machte sich zum Feldmarschall einer heiligen Armee von Bettelmönchen, die eher den Namen Beutelschneider verdient hätten. Belegte Papst Clemens XIV. den Orden nicht mit dem Bann, und zwar wegen seines suchthaften Hanges zum Kommerz und zur politischen Drahtzieherei? Jesuiten sind die gerissensten, geriebensten und verlogensten Unholde, die jemals einfachen Christen auflauerten. Die Inquisition war Ignatius bereits auf den Fersen. Wußten Sie das? Schade, daß sie ihn*

nicht erwischt haben. Aber jemand, der von der päpstlichen Bannbulle absolut nichts wissen wollte, war niemand Geringeres als die Kaiserin von Rußland. Und nun kommen Sie!«

»Interessant, daß Ihr Vater Patrick hieß. Ist er ein Heiliger?«

»Das erinnert mich an etwas. Sie haben da im Lehrkörper Ihrer Universität in Dublin einen Professor Binchy, und dieser arme Mann schreibt und predigt seit Kindesbeinen, daß die Geschichte mit St. Patrick grundfalsch ist und es in Wahrheit zwei St. Patricks gab. Von solchem alten Kohl lebt der Mann.«

»Warum?«

»Zwei St. Patricks? Bei uns halten sich allein schon vier *von diesen Arschfickern auf, und schlecht kann einem werden, wenn sie mit ihren* shamrocks, *Taschenspielertricks und sonstigem Scheiß anfangen.«*

»Wer noch? Was ist mit Petrus?«

»Dem geht es bestens. Allerdings ist er ein ziemlicher Dreckspatz, um bei der Wahrheit zu bleiben. Er verkörpert sich gern.«

»Was war das?«

»Verkörpert sich. Er nimmt Gestalt an. Wie ich gerade, um Ihnen gefällig zu sein. Was könnte Ihresgleichen sonst mit einer Unbegrenzbarkeit aus Gasen anfangen? Petrus hat nichts anderes im Kopf, als mit den Schlüsseln zu protzen, herumzulärmen und sich so unbeliebt wie möglich zu machen. Es sind schon einige Beschwerden über ihn beim Polyarchen eingegangen.«

»Beantworten Sie mir diese Frage. Der Erlöser sagte: ›Du bist Petrus, und auf diesen Fels werde ich meine Kirche gründen.‹ Ist die spöttische Unterstellung, Er habe seine Kirche auf ein Wortspiel gegründet, da ›petros‹ ›Fels‹ heißt, in irgendeiner Weise begründet?«

»Schwer zu sagen. Der Name Petros taucht weder im klassischen noch im mythologischen oder biblischen Griechisch auf, wenn man

von Ihrem Apostel und seinem Nachfolger und späteren Namensvettern absieht – mit Ausnahme eines freigelassenen Sklaven der Berenike (der Mutter des Herodes Agrippa), der bei Josephus in den Jüdischen Altertümern, *18. Buch, 6. Kapitel, Absatz 3 erwähnt wird, und zwar in einer Passage, die sich auf die späteren Jahre der Herrschaft des Tiberius bezieht, d. h. die dreißiger Jahre n. Chr. ›Petro‹ erscheint als römischer Nachname in Suetons* Vespasiae *(Buch 1) und ›Petra‹ als Frauenname in den Annalen des Tacitus (Buch 11, Kapitel 4).«*

»Und Sie machen sich nicht übermäßig viel aus ihm?«

»Also, bei uns können die Jungs meist nicht widerstehen, wenn er verkörpert durch die Gegend torkelt und seine Schlüssel zur Schau stellt –: Da nehmen sie ihn dann tüchtig auf die Schippe und imitieren den Ruf des Hahnes, Kikeriki.«

»Ich verstehe. Und sonst? Ist Judas bei Ihnen?«

»Das ist auch wieder so ein Scherzrätsel für den Polyarchen. Petrus hat mich mal vollgelabert und versucht, mir eine Geschichte ans Hemd zu kleben, bei der sich einem der Kamm sträubt. Es ging darum, daß Judas vor der Pforte stehe. Haben Sie meinen Witz verstanden? Eine Geschichte, bei der sich einem der Hahnen*kamm sträubt?«*

»Sehr komisch. Ist Ihre Mutter Monika auch da?«

»Augenblick mal! So können Sie mir nicht kommen. Damit habe ich *nun wirklich nichts zu tun. Sie war vor mir da.«*

»Um die Temperatur des Dampftiegels zu senken, in dem Ihr Eintopf aus Wollust und Verworfenheit brodelte –: nahmen Sie sich ein anständiges, armes afrikanisches Mädchen zur Frau – oder zur Konkubine –, und den kleinen Jungen, den sie Ihnen schenkte, nannten Sie Adeodatus. Aber bis heute kennt niemand den Namen Ihrer Frau.«

»Das Geheimnis ist bei mir immer noch gut aufgehoben.«

»Was hat Sie dazu verleitet, Ihrem Sohn einen solchen

Namen zu geben, wo Sie selbst doch noch ein liederlicher Heide waren, ungetauft sogar?«

»Dafür können Sie sich, wenn Sie wollen, bei der Mutti bedanken: Monika.«

»Später haben Sie dann Ihre kleine Frau verlassen, und sie watschelte in die Wildnis, wahrscheinlich zurück in die Sklaverei, schwor dabei jedoch, Ihnen ewig treu zu sein. Befällt Sie deswegen manchmal die Scham?«

»Was mich manchmal befällt, steht überhaupt nicht zur Debatte; ich habe lediglich den Rat meiner Mutti befolgt, und jeder – auch Sie – hat zu tun, was seine Mutti sagt.«

»Und unverzüglich haben Sie, wie Sie in Buch Sechs Ihrer Bekenntnisse darlegen, eine andere Dame zur Frau genommen, wobei Sie gleichzeitig Vielweiberei und Ehebruch begingen. Und Sie haben sie – ich sage nur: ›tolle–lege‹ – mit einem Ihrer Zaubertricks im Garten verstoßen, wobei Sie eine Handvoll gestohlener Birnen aßen. Selbst Evas Anklage belief sich auf nicht mehr als einen einzigen Apfel. Sehen wir in all diesem schändlichen Verhalten wieder das Wirken Ihrer Mutter?«

»Klar. Und Gottes.«

»Weiß Monika, daß Sie mir so unverblümt wie nie zuvor Rede und Antwort stehen?«

»›Wissen‹ ist gut. Wahrscheinlich ist sie unverkörpert hier.«

»Sie haben zwei anständige Frauen betrogen und zugrunde gerichtet, haben Gott mit in die Sache hineingezogen, indem Sie einem Bastard einen Spottnamen gaben, und jetzt machen Sie Ihre Mutter für diese ganze Ruchlosigkeit verantwortlich. Wäre es angebracht, Sie als fühllosen Aufschneider zu bezeichnen?«

»Das wäre es nicht. Nennen Sie mich einen heiligen Aufschneider.«

»Wer ist sonst noch in Ihrem Reich? Judas?«

»Paulus ist bei uns, er verkörpert sich oft und wird ständig von seinem Arzt Lukas gepflegt, der seinem Patienten heiße Breiumschläge auf den entzündeten Nacken packt. Wenn Paulus allzuviel Selbstgefälligkeit an den Tag legt, dieses salbadernde Riesenroß mit seinen Briefen in schlechtem Griechisch, dieser chronische Betrüger, brülle ich ihm manchmal nach: ›Du bist nicht auf dem Weg nach Damaskus!‹ Das gibt ihm dann einen kleinen Dämpfer. Trotzdem war der Vorfall mit ›tolle–lege‹ kein Zaubertrick. Es war ein Wunder. Das erste Buch, das mir in die Hände fiel, war von Paulus, und folgende Zeilen stachen mir ins Auge: ›Frönet nicht der Ausschweifung, noch der Trunkenheit, nicht der Unzucht, noch der Wollust, dem Hader nicht und nicht dem Neid: Sondern gebet euch in den Herrn Jesus Christus, und sorget nicht um des Fleisches ob der Lüste, so es bietet.‹ Aber wissen Sie was? Ich glaube, der schlimmste Schleimer von dem ganzen Pack ist St. Vianney.«

»Von dem habe ich noch nie etwas gehört.«

»Aber ja doch. Jean-Baptiste. Sie kennen ihn besser als den Pfarrer von Ars.«

»Ach, ja. Ein heiligmäßiger Franzose.«

»Eine heiligmäßige Schreckschraube, wollen Sie sagen. Fühlt sich ganz jung zum Priester berufen, so unwissend und dumm wie Brot, weder von Latein noch Kopfrechnen den blassesten Schimmer, entzieht sich dem Ruf, unter die Fahnen zu eilen, als Napoleon junge Franzosen sucht, die sich in Rußland abschlachten lassen wollen, verbringt sicher in der Etappe sechzehn bis achtzehn Stunden pro Tag im Beichtstuhl – passiv, als Beichtvater –, und dann gewöhnt er sich an, Wunder zu wirken, er kommt zu Geld: niemand weiß, wie; und die Zukunft weissagen kann er auch. Reden Sie nicht. Ein teuflischer Zauberer von einem Menschen.«

»Ihr Hausstand wimmelt von Merkwürdigkeiten.«

»Bei uns führt er seine Wunder immer noch vor. Nachgemachten Leichen haucht er Leben ein, und es macht ihm nicht das Ge-

ringste aus, eine imitierte Mumie von den Toten zu erwecken.«
»Ich wiederhole eine Frage, die ich bereits gestellt habe: Ist Judas ein Mitglied Ihres Hausstandes?«
»Ich glaube nicht, daß es der Polyarch gern sähe, wenn ich viel über Judas sagte.«
»Er interessiert mich ganz besonders. Das Evangelium preist Liebe und Gerechtigkeit. Petrus verleugnete seinen Herrn aus Stolz, Eitelkeit und vielleicht auch Angst. Judas tat etwas ähnliches, aber er hatte ein verständliches Motiv. Doch Petrus hat es warm und trocken. Judas auch?«
»Judas ist tot und damit in die Ewigkeit eingegangen.«
»Aber wo ist er?«
»Die Toten haben kein Wo-Sein. Sie haben Umstände, Bedingungen.«
»Hat Judas das Paradies errungen?«
»Pulchritudo tam antiqua et tam nova sero amavit.«
»Sie weichen ab und machen Ausflüchte. Beantworten Sie diese Frage mit Ja oder Nein: Litten Sie unter Hämorrhoiden?«
»Ja. Das ist einer der Gründe, weshalb ich mich nur widerstrebend verkörpere.«
»Hatte Judas irgendein körperliches Gebrechen?«
»Sie haben meine Werke nicht gelesen. Ich habe den Gottesstaat nicht errichtet. Wenn es hochkommt, war ich ein bescheidener Bezirksverordneter, aber nie und nimmer der Stadtschreiber. Ob Judas im Herrn verschieden ist – das ist eine Frage, die man dem Polyarchen vorlegen sollte.«
»De Quincey war der Ansicht, Judas habe seinen Verrat in Szene gesetzt, um seinen Herrn dazu zu provozieren, seine Göttlichkeit durch Taten kundzugeben. Wie denken Sie darüber?«
»De Quincey hat auch Drogen genommen.«

»Fast alles, was Sie gelehrt oder geschrieben haben, entbehrt der Präzision eines Descartes.«

»Descartes war ein Rezitierer – oder Formulierer – dessen, was er, oft irrtümlich, für wahres Wissen hielt. Er selbst hat nichts Neues eingeführt, noch nicht einmal ein methodologisches Erkenntnissystem, welches neuartig gewesen wäre. Sie zitieren doch so gern sein Cogito ergo sum. *Lesen Sie meine Werke. Das hat er nämlich gestohlen. Sehen Sie in meinem Dialog mit Evodius in* De libero arbitrio *nach bzw.* Zur Frage der freien Entscheidung. *Descartes hat viel zuviel Zeit im Bett verbracht, dabei ständig der Halluzination ausgeliefert, er denke. Sie scheinen unter einer ähnlichen Störung zu leiden.«*

»Ich habe alle philosophischen Schriften der Kirchenväter gelesen, vor und nach Nikäa: Chrysostomos, Ambrosius, Athanasius.«

»Wenn Sie Athanasius gelesen haben, haben Sie ihn nicht verstanden. Das Ergebnis Ihrer Studien könnte man mit Fug als Ansammlung patristischer Zeilenschinderei bezeichnen.«

»Dankeschön.«

»Gern geschehen.«

»Die wichtigsten Sachen – Existenz, Zeit, Gottheit, Tod, Paradies und Höllenschlund – sind allesamt Abstraktionen. Ihre Aussagen dazu sind bedeutungslos, und diese Bedeutungslosigkeit ist noch dazu in sich zusammenhanglos.«

»Diskurse sollten aus Worten bestehen, und es ist sehr wohl möglich, dem, was für menschliche Vernunft weder verständlich noch erkennbar ist, einen Namen zu geben. Es ist unsere Pflicht, durch Gedanken und Worte zu Gott zu streben. Aber unsere letzte Pflicht ist es zu glauben, den Glauben zu haben und zu nähren.«

»Ich empfinde einige Ihrer Verkündigungen als ketzerisch und übel. Von der Sünde sagten Sie, sie sei zur Vervollkommnung des Universums notwendig, und damit das

Gute nur umso heller kontrastierend erstrahle. Sie sagten, nicht Gott sei die Ursache dafür, daß wir Böses tun, sondern der freie Wille. Weil Gott allwissend und vorauswissend ist, weiß Er, daß die Menschen sündigen werden. Wie kann dann der freie Wille existieren?«

»Gott hat kein Vorauswissen. Er ist – und hat das Wissen.«

»Die Taten des Menschen sind alle der Vorsehung unterworfen, und deshalb kann er keinen freien Willen haben. Gott schuf Judas. Sorgte dafür, daß er aufgezogen und unterwiesen wurde und daß sein Geschäft blühte. Außerdem fügte Er es, daß Judas Seinen Göttlichen Sohn verriet. Wie konnte Judas dann schuldig sein?«

»Gott hat dadurch, daß er die Folgen des freien Willens kannte, ihn dennoch nicht verringert oder getilgt.«

»Dieser Herr, der es so stark mit Licht und Finsternis hielt, den Sie einst so bewunderten, Mani, meinte, daß Kain und Abel nicht die Söhne von Adam und Eva gewesen seien, sondern die Söhne von Eva und Satan. Wie immer dem gewesen sein mag, die Sünde im Garten Eden wurde zu einer unvorstellbar lang zurückliegenden Zeit begangen, vor Äonen von Jahrhunderten, wenn man das irdische System der Zeitmessung zugrundelegt. Nach demselben System ist die Doktrin von Fleischwerdung und Erlösung heute noch keine zweitausend Jahre alt. Sind all die Millionen und Abermillionen unzählbarer Menschen, die zwischen Schöpfung und Erlösung geboren wurden, als Schwund abzubuchen, sind sie in der Erbsünde gestorben, obwohl sie selbst persönlich völlig schuldlos waren, und muß man annehmen, daß sie der Hölle verfallen sind?«

»Wenn Sie Gott kennen, müßten Sie die Zeit kennen. Gott ist Zeit. Gott ist die Substanz der Ewigkeit. Gott unterscheidet sich nicht von dem, was wir als Jahre betrachten. Gott hat keine Vergangen-

heit, keine Zukunft, keine Gegenwart im Sinne des flüchtigen Lebens, das dem Menschen gewährt ist. Das Intervall zwischen Schöpfung und Erlösung, das Sie erwähnen, war geradezu unaussprechlich nicht-existent.«

»Das ist die Sorte Disput, die ich als ›Schmus‹ zu bezeichnen pflege, aber, wenn man voraussetzt, daß die Seele des Menschen unsterblich ist, muß die Geometrie einer Seele kreisförmig sein und kann, wie Gott, keinen Anfang gehabt haben. Stimmen Sie mir soweit zu?«

»Das könnte man in aller Herzensfrömmigkeit so ausdrücken.«

»Also haben unsere Seelen vor unseren Körpern existiert?«

»Könnte man sagen.«

»Gut. Und wo waren sie?«

»Darüber würde nur der Polyarch Auskunft geben.«

»Sollen wir demnach annehmen, daß irgendwo ein unbeschränktes Reservoir noch unverkörperter Seelen existiert?«

»Die Zeit spielt in einen Akt göttlicher Schöpfung nicht hinein. Gott kann etwas schaffen, das die Eigenschaft besitzt, schon immer existiert zu haben.«

»Hat es irgendeinen Sinn, wenn ich Sie nach der Verehrung befrage, die Sie einst für Plotinos und Porphyrios hegten?«

»Nein. Aber dem manichäischen Dualismus von Licht und Finsternis, von Gut und Böse war Plotins Dualismus von Geist und Materie bei weitem vorzuziehen. In seiner Emanationsdoktrin irrte Plotin nur geringfügig. Plotin war ein guter Mann.«

»Um das Jahr 372, als Sie achtzehn waren, bekannten Sie sich zum Manichäertum und schworen diesem seltsamen Glauben erst zehn Jahre später ab. Was halten Sie jetzt von diesem Wirrwarr aus babylonischer Kosmologie, Buddhismus und gespenstischen Theorien über Licht und Finsternis, über Auserwählte und Hörer, von den Geboten, die den Fleischgenuß, die körperliche Arbeit und den Geschlechtsverkehr mit Frauen verbieten? Oder von Manis Anspruch, er selbst sei der Paraklet?«

»Warum fragen Sie mich jetzt, wenn Sie doch das Traktat gegen diese Irrlehre lesen können, das ich im Jahre 394 geschrieben habe? Soweit es Mani persönlich betrifft, läßt sich meine Einstellung zu ihm vielleicht mit der des Kaisers von Persien vergleichen, wie sie sich 376 manifestierte. Er ließ Mani bei lebendigem Leibe häuten und danach kreuzigen.«

»Wir müssen jetzt allmählich wieder los.«

»Ja. Ihre Luft ist beinahe aufgebraucht.«

»Es gibt da noch eine Frage, die mich immer stark beschäftigt hat und die weder durch Ihre, noch durch die Schriften Dritter erhellt wird: *Sind Sie ein Nigger?*«

»Ich bin ein Römer.«

»Ich habe den Verdacht, daß Ihr römischer Name entweder eine modische Marotte oder eine Verkleidung ist. Sie stammen von Berbern ab, sind in Numidien geboren. Diese Leute waren keine Weißen. Sie gehören viel eher nach Karthago als nach Rom, und sogar in Ihrem Latein findet man punische Entstellungen.«

»Civis Romanus sum.«

»Die Menschen, die in Ihrem Heimatland wohnen, nennt man heute Araber. Araber sind keine Weißen.«

»Berber waren blonde weiße Menschen, mit wunderschönen blauen Augen.«

»Alle echten Afrikaner sind, wenn wir den rassischen Eintopf in diesem Kontinent einmal vergessen, bis zu einem gewissen Grad Nigger. Sie stammen von Noahs Sohn Ham ab.«

»Sie dürfen die afrikanische Sonne nicht vergessen. Ich wurde immer sehr schnell braun.«

»Was ist das für ein Gefühl, wenn man für die ganze Ewigkeit im Himmel ist?«

»Die ganze Ewigkeit? Glauben Sie denn, es gäbe Bruchteile von Ewigkeiten oder vorübergehende Ewigkeiten?«

»Werden Sie mir, wenn ich darum bitte, morgen hier erscheinen?«

»Ich habe kein Morgen. Ich bin. Ich habe nur ein Jetzt.«

»Dann werden wir warten. Danke vielmals und auf Wiedersehen.«

»Leben Sie wohl. Seien Sie vorsichtig bei den Felsen. Gehen Sie mit Gott.«

Sie kletterten, Hackett an der Spitze, und bald fanden sie das Wasser und den Weg in diese Welt.

5

Es war immer noch Morgen, und der Morgen war mild, wie sie ihn verlassen hatten. Teague McGettigan meisterte vornübergebeugt die Handhabung von Pfeife und Zeitung und bedachte sie nur mit einem flüchtigen Blick, als sie sich, nachdem sie die Masken abgelegt hatten, ohne weitere Grübelei munter frottierten.

»Nun«, meinte De Selby, zu Mick gewandt, »was halten Sie davon?«

Mick fühlte sich im Geiste stumpf, verwirrt – und vom normalen Tageslicht fast überrascht.

»Das war ... eine erstaunliche Erscheinung«, stammelte er. »Und ich habe jedes Wort gehört. Ein sehr scharfsinniger und streitbarer Mann, wer immer er war.«

De Selby gefror in seiner halbnackten Körperhaltung, und vor Bestürzung klaffte sein Mund ein wenig.

»Beim gekreuzigten Heiland«, schrie er, »sagen Sie mir nicht, Sie hätten Augustinus nicht erkannt?«

Mick starrte zurück, immer noch wie betäubt.

»Ich dachte, es wäre der Nikolaus«, bemerkte Hackett. Seine Stimme jedoch entriet des üblichen spöttischen Tons.

»Ich vermute«, sann De Selby und begann sich anzukleiden, »daß ich mit Ihnen beiden nicht ganz gerecht war. Ich hätte Sie warnen sollen. Die erste Begegnung mit einem Mann, der aus dem Himmel kommt, kann enervierend sein.«

»Einige Hinweise waren mir einigermaßen vertraut«, sagte Mick, »aber ich konnte die Personen nicht genau einordnen. Meine Güte, der Bischof von Hippo!«

»Ja. Wenn man es recht bedenkt, hat er uns nicht allzuviel Aufschluß hinterlassen.«

»Wenn ich das mal so sagen darf«, warf Hackett ein, »schien er im Himmel nicht sehr glücklich zu sein. Wo war sie denn, die herrliche Auferstehung, die uns allen verheißen ist? Diesen Typ da unten würde man nicht mal vor ein Kaufhaus stellen, damit er Weihnachtsgeschenke verteilt. Er machte einen deprimierten Eindruck.«
»Ich muß allerdings auch sagen, daß die Possen seiner Kumpane merkwürdig schienen«, stimmte ihm Mick bei. »Ich meine, soweit er darüber berichtete.«
De Selby blieb nachdenklich stehen und kämmte sein schütteres Haar.
»Man muß sich bei all diesen Erscheinungen sein Urteilsvermögen bewahren«, sagte er. »Ich verfolge schon die ganze Zeit eine Theorie. Wir sollten nicht vergessen, daß das möglicherweise gar nicht der echte Augustinus war.«
»Aber wer dann?«
Der weise Meister starrte aufs Meer hinaus. »Es hätte sogar Beelzebub persönlich sein können«, murmelte er leise.
Hackett setzte sich plötzlich hin und arbeitete an seiner Krawatte.
»Hätte einer der Herren wohl ein Streichholz?« fragte Teague McGettigan und stand mühsam auf. Hackett gab ihm eine Schachtel.
»So, wie ich es sehe«, fuhr Teague fort, »wird gegen zwölf Uhr ein allmächtiger Klumpen aus Regen und Wind aus Wicklow kommen. Die Berge dort unten bergen Zerstörung für uns alle.«
»Ich fürchte mich nicht vor einem kleinen Guß«, bemerkte Hackett kalt. »Wenigstens weiß man, woran man ist. Es gibt Schlimmeres.«
»Die Felsengipfel stechen wie Finger in die Wolken«, erklärte Teague, »bis die Wolken platzen und der Wind das

Wetter von dort oben bis auf unseren Kopf trägt. Die armen Schweine, die jetzt in Shankill unterwegs sind, werden völlig durchnäßt: schlappe Butterbrote in aufgeweichten Klamotten, in denen sich sonst vielleicht nicht einmal mehr das Geld für einen halben Liter findet, um sich in Byrnes einen Unterschlupf zu leisten.«

Dank der anspruchslosen Natur ihrer Kleidung waren sie bald angezogen. De Selby und Hackett rauchten, und es war halb neun. Dann rieb sich De Selby energisch die Hände.

»Meine Herren«, sagte er lebhaft, »ich vermute, daß Sie, wie ich, vor dieser frühen Schwimmpartie nicht gefrühstückt haben. Darf ich Sie deshalb einladen, mit mir im Lawnmower ein Frühstück einzunehmen? McGettigan kann uns bis zum Tor fahren.«

»Ich fürchte, ich kann nicht mitkommen«, sagte Hackett.

»Daran, daß mein Pferd Jimmy Sie womöglich nicht hinaufziehen könnte, brauchte es aber wirklich nicht zu scheitern«, sagte Teague und spie aus.

»Kommen Sie schon«, sagte De Selby, »wir alle brauchen innere Stärkung nach einem emsigen Morgen. Ich habe unvergleichlichen Schinkenspeck aus Limerick, und jener Apéritif wird uns nicht so bald ausgehen.«

Mick wußte nicht, ob Hackett tatsächlich eine andere Verabredung hatte, aber er machte sich sofort dessen instinktive Entscheidung – Aufbruch – zu eigen, und sei es auch nur, um nachzudenken – oder um zu versuchen, nicht zu denken. De Selby hatte es nicht im mindesten an Manieren oder ehrenwertem Betragen mangeln lassen, aber seine dauernde Gesellschaft schien Unbehagen zu vermitteln – eine vage, gestaltlose Angst vielleicht.

»Mr De Selby«, sagte Mick warm, »es ist wirklich freundlich von Ihnen, Hackett und mich zum Essen einzuladen, aber ich habe zufällig bereits gefrühstückt. Ich glaube, es ist besser, wenn wir uns hier trennen.«

»Wir sehen uns bald«, bemerkte Hackett, »um die Vorfälle des Morgens zu besprechen.«

De Selby zuckte die Achseln und bedeutete McGettigan, ihm mit seiner Ausrüstung behilflich zu sein.

»Wie Sie wünschen, meine Herren«, sagte er höflich genug. »Ich könnte sicherlich einen Bissen vertragen, und vielleicht macht mir Teague das Vergnügen seiner Gesellschaft. Ich dachte, das Wetter, die Elemente, alle Mächte des Himmels sollten einen Vortrag zur Frühstückszeit angebracht erscheinen lassen.«

»Viel Glück auf Ihren ehrenwerten Namen, aber in Ihrer Flasche ist Nahrung genug«, sagte Teague heiter, wobei er die Pfeife aus dem Mund nahm, um es laut sagen zu können.

So trennten sie sich, und Hackett und Mick machten sich auf ihren kurzen Spaziergang nach Dalkey hinein, wobei Mick das Fahrrad mit einigem Widerwillen neben sich herschob.

»Mußt du irgendwohin?« fragte er.

»Nein, muß ich nicht. Was hältst du von der Vorstellung?«

»Ich weiß nicht, was ich sagen soll. Du hast das Gespräch gehört, und ich vermute, daß wir beide das gleiche gehört haben.«

»Glaubst du . . ., daß das alles wirklich passiert ist?«

»Daß muß ich wohl.«

»Ich brauche was zu trinken.«

Sie fielen in Schweigen. Über die Séance (falls dies mißbrauchte Wort hier dienlich ist) nachzudenken, war unnütz, wenngleich quälend, und trotzdem war es unmöglich, derlei Gedanken aus dem Kopf zu verbannen. Im Grunde sah Mick wenig Ersprießliches in einer wie immer gearteten

Diskussion mit Hackett. Hacketts Gedankengänge waren auf die gleiche Art verknotet wie seine eigenen. Sie waren wie zwei Landstreicher, die einander in einer Wüste ohne Fußspuren begegnet waren, und deren jeder den anderen ohne Hoffnung nach dem Weg fragte.

»Nun«, sagte Hackett schließlich mürrisch, »ich habe meine Verdächte nicht über Bord geworfen, was Drogen betrifft, und ich würde nicht einmal Hypnose völlig ausschließen. Aber wir haben nicht die Mittel, um zu überprüfen, ob das Zeug heute morgen eine Halluzination war.«

»Könnten wir nicht jemanden fragen? Uns Rat holen?«

»Wen? Wer würde uns auch nur ein Wort von der Geschichte glauben?«

»Das ist wahr.«

»Übrigens waren diese Unterwasseratemmasken echt. Ich habe solche Dinger schon vorher mal angehabt, aber sie waren nicht so schnieke wie die von De Selby.«

»Woher wissen wir, daß in der Luftflasche nicht ein Gemisch aus irgendeinem Gas war, das einem die Sinne verwirrt?«

»Das ist bei Gott wahr.«

»Ich hatte völlig vergessen, daß ich das Ding anhatte.«

Sie waren unentschlossen an einer Straßenecke in der menschenleeren kleinen Stadt stehengeblieben. Mick sagte, er ginge jetzt lieber nach Hause, um ein wenig zu frühstücken. Hackett fand es noch zu früh, um an Essen zu denken. Doch Mick mußte ja schließlich sein verdammtes Fahrrad loswerden. Konnte er das nicht auf der komischen kleinen Polizeiwache abstellen, in der Sergeant Fottrell amtierte? Aber was sollte das für einen Sinn haben? Hätte er dann nicht die Mühe, es später einmal abholen zu müssen? Hackett sagte, das Fahrrad sei sowieso unnötig gewesen, da es so etwas wie eine frühe Straßenbahn für Exzentriker gebe. Mick sagte nein, nicht sonntags, nicht in Booterstown.

»Ich weiß, daß Mrs L mich einlassen würde«, sann Hackett verdrossen, »aber ich weiß auch, daß die alte Sau noch im Bett liegt und schnarcht.«

»Ja, es war ein merkwürdiger Morgen«, erwiderte Mick mitfühlend. »Da stehst du nun, ohne Aussicht, einer Witwe Gesellschaft zu leisten, die eine Kneipe unter sich hat, und dabei ist es noch keine halbe Stunde her, daß du in der Gesellschaft des Heiligen Augustinus weiltest.«

»Ja.«

Hackett lachte bitter. Mick hatte tatsächlich später am Tag noch etwas vor, fiel ihm ein, wie an fast jedem Sonntag. Um halb vier würde er Mary in Ballsbridge treffen, und sie würden höchstwahrscheinlich in den Herbert Park gehen, um dort verliebt zu schlendern und zu schwatzen. Das Arrangement drohte so lästig zu werden wie alles, was zur Routine verkommt. Wenn sie dereinst verheiratet waren, falls das je geschehen sollte, würde die Gleichförmigkeit des Lebens nicht noch schlimmer werden?

»Ich werde meinem Geist Ruhe gönnen«, kündigte Mick an, »und zwar noch heute, wenn auch etwas später avec ma femme, ma bonne amie.«

»Meine eigene ungenannte Dame enthält sich an Sonntagen«, sagte Hackett träge und zündete sich eine Zigarette an.

Aber plötzlich fuhr wieder Leben in ihn.

»Die Bestürzung heute morgen«, schrie er, »wurde durch den Einsatz einer geringen Menge D.M.P.s ausgelöst. Da haben wir das D.M.P. persönlich!«

Nur zu wahr. Aus einer Seitenstraße näherte sich Sergeant Fottrell, sein Fahrrad neben sich. Sein Nahen war langsam

und gewichtig. Hier erblickte man die Majestät des Gesetzes – unentrinnbar, gemessen, gewiß.
Es ist nicht leicht, ein Porträt seiner Person zu entwerfen. Er war groß, mager, melancholisch, glattrasiert, rot im Gesicht und von unbestimmbarem Alter. Niemand, sagte man, hatte ihn je in Uniform gesehen, aber er war alles andere als ein Zivilstreifenpolizist; seine Polizeilichkeit war unverkennbar. Sommers wie winters trug er einen leichten Tweed-Überzieher von brauner Farbe; eine Spur von Kragen und Krawatte konnte um den Hals herum ausgemacht werden, aber an seiner unteren Person war die Hose eindeutig polizeiblau und die schweren Schuhe ebenfalls ganz sicher aus Polizeibeständen. Dr Crewett behauptete, er habe den Sergeant einmal ohne Überzieher gesehen, als dieser sich bei einer Autopanne nützlich machte, und keine wie immer geartete innere Jacke wurde offenbar, nur ein Hemd. Der Sergeant war sozusagen zu Freunden freundlich. Er trank großzügig Whiskey, wenn sich die Gelegenheit bot, welcher aber keine Wirkung auf ihn zu haben schien. Hackett nahm an, das liege daran, daß der normale nüchterne Zustand des Sergeants mit dem berauschten Zustand anderer Menschen identisch war. Aber was der Sergeant glaubte, was er sagte und wie er es sagte, das war im ganzen südlichen Verwaltungsbezirk Dublin bekannt.
Jetzt blieb er stehen und grüßte, indem er seine Tuchmütze berührte.
»Ein großartiger Morgen, ihr Burschen«, sagte er überschwenglich.
Darüber herrschte Übereinstimmung. Durch die Anwesenheit des Sergeants schienen die Luft und die frühe Straße zu reifen.
»Sie waren, wie ich sehe, am Wasser«, bemerkte er leutselig,

»um in der Salzlauge Kapriolen zu vollführen, die alles andere als simpel sind?«

»Sergeant«, sagte Hackett, »Sie ahnen ja gar nicht, wie sehr anders als simpel.«

»Ich weiche unheilvoll vor dem Meer zurück«, strahlte der Sergeant, »wenn man von gelegentlichem wählerischem Waten zum Nutzen meiner Quadratlatschen absieht. Denn es ist die pure Wahrheit, daß ich von den Hühneraugen zerstört werde. Unsere Arbeit ist Beinarbeit, falls Sie meine Andeutung verstehen.«

»Nur zu wahr, Sergeant«, stimmte Mick ihm bei, »ich habe Sie schon oft mit diesem Fahrrad gesehen, aber noch nie obendrauf.«

»Es ist ein Notfallgerät für Großtaten, die Weitblick und Führernatur erfordern. Aber dem Fahrrad wohnen Gefahren seelischer Natur inne, und die Geschichte dazu werde ich Ihnen an einem anderen Tag zusammenhängend und einleuchtend erzählen.«

»Ja.«

Hackett grübelte über etwas nach.

»Merkwürdig«, sagte er, »ich habe gestern abend aus Versehen eine kleine Flasche im Colza gelassen. Perigastrales Thiosulphat, wissen Sie. Mein verdammter Magen ist voller Lärm und Aufstoßen.«

»Verdammt auch«, seufzte der Sergeant teilnehmend, »das sind wenig fruchtbringende Qualen. Ich weine um jedes Geschöpf, Mann oder Frau, das in der Grubengegend des Magens geplagt wird. Mrs Laverty dürfte jetzt in ihrem Bett sein oder vielleicht in ihrem privaten Bad inwendig mit einer Waschung beschäftigt.«

»Brandy ist gut, wenn man sich den Magen verdorben hat«, preschte Mick mit geübter Taktlosigkeit vor.

»Brandy? Bah!« grimassierte Hackett.
»Nicht Brandy, sondern Brannigan«, schrie der Sergeant und schlug auf seine Lenkstange. »Brannigan, der Apotheker, und er ist ein Mann der Frühmesse. Eben jetzt dürfte er vergnügt an seiner Milchsuppe schaufeln, und zwar supinstens diätetisch. Kommen Sie mit mir.«
Verdrossen folgte Mick Hacketts gebeugtem Rücken, während der Sergeant sie die Straße entlang bis zu einem Eckladen führte, wo er schneidig an die Tür des Wohntrakts klopfte. Der kleine, sanfte Mr Brannigan hatte sie kaum geöffnet, als auch schon alle in der Diele versammelt waren. Mick war über diese improvisierte und törichte Taktik ungehalten. Was würden Passanten von den zwei Fahrrädern zu so früher Stunde halten, wo doch das Fahrrad des Sergeants so leicht zu identifizieren war wie kein zweites im Land? Hackett mochte nun zum Schlucken einer Dosis von Salzen gezwungen sein, um nicht seiner Lüge von den Verdauungsbeschwerden abzuschwören, und das geschah ihm auch ganz recht.
»Ich habe hier einen Mann, Mr Brannigan«, gab der Sergeant wohlgemut bekannt, »und dieser Mann hat eine rasende Unordnung im Kropf, ein makelloser Bürger und ein Märtyrer. Wollen wir uns emsig auf den Weg in die Verkaufsräume begeben.«
Mr Brannigan hatte unter leichten Geräuschen Schlüssel hervorgezogen und öffnete eine Tür in der engen Diele; dann waren sie alle im Laden mit seinen grellfarbenen Waren und Schaukästen. Unter der hohen Zimmerdecke wirkte Mr Brannigan winzig (oder vielleicht war seine Nähe zum Sergeant der wahre Grund), sein Gesicht war vollkommen rund, in ihm stak eine Brille mit runden Gläsern und eine Miene, die erfreut wirkte.

»Welcher der Herren«, fragte er ruhig, »ist nicht mit sich im reinen?«
Der Sergeant hieb mit der Hand offiziell auf Hacketts Schulter.
»Mr Hackett ist unerbittlich der Leidende«, sagte er.
»Wo ist der Sitz der Beschwerde, Mr Hackett?«
Der Patient krampfte die Hand vor dem Bauch zusammen.
»Hier«, maulte er, »wo fast jeder seine verdammten Beschwerden hat.«
»Ah-haa. Haben Sie schon etwas Bestimmtes dagegen eingenommen?«
»Ja. Ich kann Ihnen aber nicht sagen, was es war. Irgendwas auf Rezept, aber das Rezept habe ich nicht bei mir.«
»So, so, verstehe. Ich würde eine Mischung aus essigsaurem Anhydrid und Kohlensäure empfehlen. Flüssig. Hervorragendes Zeug, im richtigen Verhältnis. Ich mache es Ihnen zurecht; dauert keine Minute.«
»Nein, nein«, sagte Hackett in echtem Protest. »Ich würde nie Drogen nehmen, die ich nicht gewohnt bin. Sehr nett von Ihnen und dem Sergeant, Mr Brannigan, aber ich kann warten.«
»Aber wir führen auch jede Menge Markenartikel, Mr Hackett. Sogar für vorübergehende Linderung, wissen Sie . . .«
Doch der Sergeant untersuchte eine große Flasche, die er von einem nicht weit über dem Ladentisch angebrachten Regal genommen hatte.
»Bei allen Pfeifern«, schrie er froh, »hier ist das Elixier der Jugend, unschädlich in seiner irdischen Vollkommenheit!«
Er händigte Hackett die Flasche aus und griff nach einer weiteren, die er Mick in die Hand drückte. Das Etikett lautete:

*********** HURLEY'S STÄRKUNGSWEIN ***********
***** Dreimal täglich oder nach Bedarf ein Glas – *****
*** eine anhaltende Wohltat für Nieren, Magen und ***
** Nervensystem. Von Ärzten, Krankenschwestern **
****** und geriatrischen Anstalten empfohlen. ******

»Das ist tatsächlich kein übles Beruhigungsmittel für den inneren Menschen«, sagte Mr Brannigan ernsthaft. »Viele Damen in der Stadt haben eine große Vorliebe dafür.«

»Sir Thomas O'Brannigan«, stimmte der Sergeant großartig an, »ich werde selbst eine Flasche davon kaufen – schreiben Sie sie für mich an –, und wenn Sie zierliche Stielgläser in Stellung gebracht haben, werden wir alle ganz stolz einen Mundvoll davon einnehmen, denn nur der liebe Herrgott weiß, wie krank wir alle noch werden können, ehe sich der Tag dem Ende neigt.«

Mr Brannigan lächelte und nickte. Hackett prüfte hastig ihre Gesichter im ungewissen Licht.

»Ich vermute, es würde uns guttun«, räumte er ein. »Ich nehme auch eine Flasche.«

Dieser Sonntagmorgen war gewiß mit mannigfaltigen Plagen erfüllt gewesen. Nach bitterer Disputation zwischen De Selby und dem Heiligen Augustinus waren sie hier mindestens eine Stunde lang in dieser geschlossenen Apotheke, tranken Hurley's Stärkungswein und lauschten Sergeant Fottrells *pensées* zu den Themen Glück und Gesundheit, Wunder, die man beim Bereisen des Auslands erlebt, Gesetz und Ordnung, sowie Fahrräder. Das Tonikum war, wie man bereits geargwöhnt hatte, ein billiger Rotwein mit starkem Zusatz. Sein gesellschaftlicher Zweck stand außer Frage.

Es befähigte spröde Damen, die von der Vorstellung, ein

Wirtshaus zu betreten, schockiert gewesen wären, dazu, Getränke, die alles andere als kraftlos waren, mit der verteidigenswerten Absicht, ihre Gesundheit zu fördern, einzunehmen.

Mick hatte ebenfalls eine Flasche gekauft, und sie waren auf dem besten Wege, eine vierte zu leeren, die Mr Brannigan zuvorkommend »übernommen« hatte, als Mick fand, es sei ein Gebot schierer Scham, die kleine Party allmählich zu beenden. Hackett stimmte zwar zu: es gehe ihm schon viel besser, nicht so dagegen Mick; selbst echter Wein ist keine große Hilfe, und ihm war ein wenig unwohl. Der Sergeant dagegen stand unbewegt und war, was den Fluß seiner Rede betraf, so unerschrocken wie je. Als sie sich wieder auf der Straße befanden, wandte Mick sich an ihn.

»Sergeant, der Tag wird älter, und es sind mehr Menschen unterwegs. Würde es Ihnen etwas ausmachen, wenn ich dies Fahrrad bis morgen auf Ihrer Wache unterstellte? Ich finde, daß für mich jetzt eine Straßenbahn nach Hause das Geratene wäre.«

»In zuträglichster Weise sicherlich«, erwiderte er verbindlich. »Richten Sie dem Beamten Pluck aus, ich hätte die Verwahrung unzeremoniell angeordnet.«

Dann brach er auf, um seinen Pflichten gegenüber der Öffentlichkeit zu obliegen, übermittelte seinen Freunden aber vorher noch manchen Segensspruch, der sie in Gottes Hand befahl.

»Weißt du«, erwähnte Hackett, als sie sich entfernten, »dieses ganze augustinische Gequatsche bringt bei mir halbvergessene Sachen wieder hoch, die jetzt in meinem Kopf blubbern. Hat er Pelagius nicht heftig angegriffen?«

»Den Ketzer? Doch.«

»Was meinst du mit Ketzer?«

»Er war einer. Irgendeine Synode hat ihn verurteilt und exkommuniziert.«
»Ich dachte, nur der Papst könne über Ketzerei entscheiden.«
»Nein. Er hat den Papst um ein Berufungsverfahren gebeten, aber ohne Erfolg.«
»Verstehe. Die anderen faulen Köppe waren die Manichäer und die Donatisten. Darüber weiß ich Bescheid. Um die tat es mir überhaupt nicht leid. Aber wenn mich mein Gedächtnis nicht völlig trügt, glaube ich, daß Pelagius ein großer Mann und tüchtiger Theologe war.«
»Du weißt nicht viel über das Thema. Gib doch nicht so an.«
»Er glaubte, daß Adams Fehltritt (und ich persönlich würde mich keinen Deut um so eine Kinderei scheren) nur ihm, Adam, selbst geschadet habe. Er hatte ganz allein die Schuld, und das ganze Gerede darüber, daß jeder in Erbsünde geboren sei, ist Kacke.«
»Oh, ganz wie du meinst.«
»Wer, der an Gott glaubt, kann außerdem noch glauben, daß das gesamte Menschengeschlecht dem sicheren Verderben ausgeliefert gewesen war, bevor – vorgestern! – Christus erschien?«
»Augustinus zum Beispiel, denke ich.«
»Neugeborene kleine Kinder sind unschuldig, und wenn sie vor der Taufe sterben, haben sie ein Recht auf den Himmel. Die Taufe ist nur ein Ritus, eine Art Mythos.«
»Laut De Selby war Johannes der Täufer kein Mythos. Er hat den Mann gesehen. Er betrachtet ihn wahrscheinlich als persönlichen Freund.«
»Bist *du* getauft?«
»Vermutlich.«

»Vermutlich? Genügt denn eine verschwommene Meinung, wenn es um deine Seele geht?«
»Nun sei um Himmels willen still. Hatten wir davon nicht genug für heute und gestern?«
»Eine unangenehme Frage, was?«
»Wenn das so weitergeht, treffe ich noch Martin Luther in der Straßenbahn.«
Hackett zündete sich verächtlich eine Zigarette an und blieb stehen.
»Ich werde dich hier verlassen, ein bißchen spazierengehen, eine Zeitung kaufen, mich hinsetzen und eine Menge langweiligen Mist lesen und auf eine Gelegenheit warten, ins Colza zu schlüpfen. Doch bedenke: *Ich bin ein Pelagianer*.«
Wachtmeister Pluck war jung, grobknochig, hatte einen gesprenkelten Teint und einen Gesichtsausdruck freundlicher Dummheit. Auf dem Fußboden des Tagesraums stand ein Fahrrad überkopf, und er beschäftigte sich mit einem Bruch am vorderen Rahmen, indem er weißes Pulver auf ein herausragendes Stück Eingeweide mahlte. Der Gruß, den er Mick entbot, war ein sinnentleertes Lächeln, zu dem seine peinlich korrekte Uniform noch beizutragen schien, obwohl alle sichtbaren Zähne schadhaft und verfärbt aussahen.
»Morgen, Mr Pluck. Ich habe den Sergeant getroffen, und er sagte mir, ich könnte diese andere Maschine für einen oder zwei Tage hierlassen. Ich fahre mit der Straßenbahn.«
»So, hat er das gesagt?« grinste Wachtmeister Pluck. »So ein feiner, liebenswürdiger Mann!«
»Geht das in Ordnung?«
»Sie sind mir willkommen, Sir, lassen Sie es dort an der Wand. Aber der Sergeant wird ein anderes Lied singen, wenn er mit Teague zurückkommt, dem Droschkenkutscher.«

»Was hat Teague verbrochen?«
Wachtmeister Pluck erbleichte flüchtig bei der Erinnerung an jenen Schrecken.
»Gestern traf er einen Missionar, einen Erlösungsprediger, am Bahnhof und fuhr ihn zum Pfarrhaus. Nun, Teague und seine Mähre waren noch keine fünf Minuten auf dem geheiligten Grund und Boden des Gemeindepfarrers, als sie diesen, bevor sie ihn verließen, auch schon in einen übelkeiterregenden Haufen aus Dung verwandelt hatten.«
»Na, so ein Mißgeschick.«
»Genug, um zwei Furchen neue Frühkartoffeln zu düngen.«
»Aber Teague kann man ja wohl kaum einen Vorwurf daraus machen.«
»Was meinen Sie, soll der Sergeant die Mähre wegen Gotteslästerung einbuchten? Oder wegen Sünde wider den Heiligen Geist? Eins sage ich Ihnen, mein Junge.«
»Und zwar?«
»Das werden entsetzliche Einkehrtage, überall Rosenkränze auf gebeugten Knien, bereit, neue Befehle zu empfangen, und zwar ab morgen. Man wird höllisch blechen müssen. Glücklicherweise und Gott sei Dank kommt zuerst die Frauenwoche.«
»Gott sei Dank, Mr Pluck«, rief Mick bereits an der Tür, »bin ich nicht einmal Mitglied dieser Gemeinde.«
Warum sollte er Predigten über das Höllenfeuer beherzigen? War er nicht, sozusagen, im Himmel gewesen?

6

Mary war kein einfaches Mädchen, kein Thema, über das man leicht schreiben konnte, und Mick war keiner, der darüber hätte schreiben wollen. Er fand, daß Frauen ein schlechthin hoffnungsloses Thema für Diskussion oder Diskurs abgaben, und gewiß mußte die für einen Mann Eine, Spezielle – *la femme particulière,* falls das den Begriff schärfer umreißt – auf andere blaß, bedeutungslos und eitel wirken, wenn er unverfälscht von ihr sprach oder laut an sie dachte. Der wechselseitige Zwang ist ein Mysterium, nicht nur eine Schwäche oder Biogenese, und diese Sorte von Mysterium ist, selbst wenn sie für die beiden Betroffenen verständlich ist, zum mindesten absolut privat.

Mary war kein sanftes Schätzchen und auch nicht hübsch, aber sie sah (in Micks Augen) gut aus und besaß Würde. Sie hatte braune Augen, ihre Persönlichkeit war in rotbraunen Tönen gehalten, und meist war sie still und besonnen. Er glaubte sie sehr gern zu mögen und betrachtete sie keinesfalls lediglich als ein Mitglied ihres Geschlechts oder etwas ähnlich Alltägliches und Triviales. Er war regelrecht von ihr besessen (argwöhnte er), und sie kam ihm immer wieder zu allen möglichen unerheblichen Anlässen in den Kopf, sozusagen ohne anzuklopfen. Hacketts Verhältnis zu jenem besonderen Mädchen, mit dem er sich abgab, schien oberflächlich wie die Lust auf Orangenmarmelade beim Frühstück oder darauf, sich während der Stilleperioden, die manchmal in Gaststätten auftreten, die Fingernägel zu schneiden.

Es gab nicht viel, wovon Mick absolut überzeugt war, aber er glaubte, allen Ernstes sagen zu können, daß Mary ein ungewöhnliches Mädchen war. Sie war gebildet, hatte ein

Jahr in Frankreich verbracht, und sie verstand etwas von Musik. Sie hatte Witz, konnte lebhaft sein, und es war nicht schwer, bei ihr für eine Weile in Worten und Stimmung Frohsinn hervorzurufen. Ihre Leute, die er nicht kannte, hatten Geld. Sie zog sich geschmackvoll und wählerisch an ... und warum auch nicht? Sie arbeitete in einem sogenannten Modehaus in leitender Stellung, die, wie Mick wußte, gut bezahlt wurde und in der man nur mit Menschen von Stand zu verkehren brauchte. Ihr Job war etwas, worüber sie nie gesprochen hatten. Daß ihre Einkünfte ein Geheimnis waren, erfüllte ihn mit tiefer Dankbarkeit, denn er wußte, daß sie kaum unter seinen liegen konnten. Eine Enthüllung, selbst zufällig, hätte ihm zur Demütigung gereicht, obwohl er wußte, daß diese ganze Stellung töricht war. Doch die Arbeit mit dem chenique-chenaque der Couture beeinträchtigte Marys geistige Reife nicht. Sie las viel, sprach oft über Politik und erwähnte einmal sogar ihren halben Vorsatz, ein Buch zu schreiben. Mick fragte nicht, über welches Thema, denn irgendwie fand er die Idee widerwärtig. Ohne sich all die Warnungen zu eigen zu machen, die man jederzeit über die mit intellektueller Arroganz und literarischer Freibeuterei einhergehenden seelischen Gefahren hören und lesen konnte, so lag doch unstreitig eine Bedrohung in der übertriebenen Selbstsicherheit, die aufwendige Erziehung und finanziell abgesicherte Lebensumstände einem jungen Mädchen verleihen konnten. Ohne es zu wissen, konnte sie sich auf Dinge einlassen, die ihre Kräfte überstiegen. Empfand sie seine eigene Gesellschaft als stabilisierendes Element? Mick mußte das bezweifeln, denn es war nur zu wahr, daß er selbst nicht übermäßig ausgeglichen war. Einmal im Monat Beichte war schön und gut, aber er trank zuviel. Er würde das

Trinken aufgeben. Außerdem würde er darauf hinarbeiten, daß Mary mehr von seiner ruhigen Art annahm, von seinem gesunden Menschenverstand.
Doch wie stand es nun wirklich um sie beide? Ungewiß. Er wollte sie heiraten, das war ihm klar. Und das war ein weiteres Thema, das in den drei langen Jahren ihres Miteinanders nie offen zur Sprache gekommen war. Sein mieser Job, die schlechte Bezahlung und die noch schlechteren Zukunftsaussichten waren allgegenwärtig, physische und ekelerregende Erscheinungen, wie eine Wundrose. Aber welche andere Laufbahn stand ihm offen? Oder auch ihr? Im unausdenkbaren alleräußersten Notfall hätte er sich vielleicht einem traurigen Zölibat zugewandt, aber wenn ein anderer käme und sie ihm fortnähme, würde er, da gab es für ihn keinen Zweifel, den Verstand verlieren. Er würde irgend etwas Beängstigendes tun, ganz dumm, aber unvermeidlich.
Sie waren im Herbert Park.
Sie rekelten sich auf einem mit kurzem Gras bewachsenen Abhang beim See, auf dem sich Enten und Spielzeugschiffe in mildem, durch Kinder verursachtem Aufruhr bewegten, und ihre Gespräche waren oberflächlich gewesen. Er hatte es nicht eilig damit, ihr seinen neuen spirituellen Status zur Inspektion offenzulegen – aber hatte sie nicht, fragte er sich, das gute Recht, davon zu erfahren?
»Ich habe dich heute morgen nicht in der Messe gesehen«, bemerkte sie.
War dies ein Einstieg für ihn? Sie rauchte, aber ihr Rauchen hatte nichts Krasses, im Hackettschen Sinne. Sie war eine Dame, und eine Dame konnte sich eine Zigarette erlauben. Man konnte es *kultiviert* nennen.
»Nein. Ich bin sehr früh in Dalkey schwimmen gewesen.«

»Mit Hackett?«
»Ja.«
»Nun, das ist ja ganz neu. Schwimmen ist in Ordnung, aber dafür im Morgengrauen aufzustehen? Ist das nicht eher britisch? Daß Hackett dagegen an einem Sonntag früh aufsteht, ist aufsehenerregend.«
»Es gibt Merkwürdigeres.«
»Wie gefällt ihm das Wasser, wenn er völlig nüchtern ist?«
»Wir haben in der Vico Street noch einen Mann getroffen. Wir wollten allein sein, um unter Wasser ein paar Forschungen anzustellen.«
»Wer war der andere Mann? Kenne ich ihn?«
»Kaum. Wir hatten ihn selbst erst am Tag vorher kennengelernt.«
»Irgendein Meeresbiologe vom Trinity College? Etwas in der Art?«
»Nein, ganz anders. Ein komischer Vogel, um ehrlich zu sein, Mary; obwohl wir aber dann tatsächlich einen Typ vom Trinity getroffen haben.«
»Na, bitte. Dann sind es schon vier.«
»Jetzt bringe bitte nicht alles durcheinander. Der Dichterknabe vom Trinity war heute morgen ganz und gar nicht mit uns zusammen.«
»Und dieser andere komische Vogel? Wie anders war er denn?«
Mick ließ den Blick über die freundlichen Bäume schweifen, die Büsche und Sträucher, die Blumen, die bunt verstreuten Menschen mit Kinderwagen und Lärm. Alles war normal und sogar anziehend. De Selby und seine Gesellen dagegen unterschieden sich gründlich von alledem.
»Ich meine nicht ›anders‹ in irgendeinem schlechten Sinn. Er war ein merkwürdiger Mann. Er hatte ungewöhnliche

Ansichten von der Welt, vom Universum ... Ein Physiker, im Grunde.«
»Ja?«
»Seine Vorstellungen gingen über die Erde hinaus – diese verdammte Erde, auf der wir jetzt liegen.«
»Ach, wirklich? Dieses Dalkey ist ein Ort, über den ich mehr herausfinden muß. Aber über die Erde hinausgehen ... Der einfachste Priester tut das jeden Sonntag.«
»Aber nicht ganz so wie De Selby. So heißt er – De Selby.«
»De Selby? Klingt ausländisch. Wahrscheinlich ein Spion.«
»Oh, De Selby ist kein Ausländer. Kein bißchen. Nach seiner Redeweise zu schließen, ist er ein Sohn unseres geliebten Irland. Und er kann Irland nicht leiden, geschweige irgendeine andere Gegend dieser Welt.«
»Sag mir nicht, er sei ein weiterer zorniger Patriot?«
»Ganz bestimmt nicht.«
»Worauf genau willst du hinaus, Mick?«
»Es ist schwer, dir einen Begriff davon zu vermitteln, mein süßes Närrchen. Und es ist schwer zu glauben.«
Sie setzte sich auf und sah ihn an, wie er so ausgebreitet dalag, dem Gesicht mit der Hand Schatten spendend. Ihre Neugier war geweckt, doch dies war nicht, was Mick beabsichtigt hatte; auf jeden Fall jetzt noch nicht. Eine richtige Aussprache konnte sehr hilfreich sein, wenn sein Geist klarer war und seine Erfahrung reicher.
»Was ist los, Mick? Sag es mir. Erzähle mir deine verdammte Geschichte, falls du eine hast.«
Er setzte sich auf, um wenigstens zu zeigen, daß er keine Witze machte. Hier war wieder einmal eines der Schlamassel, in die durch Zufall zu geraten er so sehr Experte war.
»Mary, laß mich das in wenigen einzelnen Sätzen ausdrücken. Zusammengenommen belaufen sie sich auf einen

ziemlich seltsamen Stand der Dinge. Sogar gefährlich könnte es werden.«

»Ja, aber *was* denn?« Ihre Stimme war scharf.

»Dieser De Selby trifft sich mit merkwürdigen Leuten, wenn er allein ist«, sagte er mit leiser, gleichmäßiger Stimme, die das Gesagte Lügen zu strafen schien. »Einer seiner Kumpel ist Johannes der Täufer.«

»Mick! Gott verzeih dir!«

»Ich meine es ernst.«

»Was ist das für ein Gerede? Heute ist Sonntag – nicht, daß das irgendeinen Unterschied ausmachen würde.«

»Außerdem hat er noch ein paar heilige Köpfe getroffen, zum Beispiel Tertullian, glaube ich. Und Athanasius.«

Jetzt war sie gereizt und runzelte die Stirn.

»Und laß Hackett nicht aus. Daß Hackett auch da war, hast du mir schon gesagt.«

Er sah ihr fest in die braunen Augen.

»Ganz recht. Und mit ihm zusammen haben wir beide den Heiligen Augustinus getroffen.«

Hier entstand eine kurze Stille. Sogar der Lärm ringsum schien gedämpft. Mary zündete sich eine Zigarette an.

»Mick«, fragte sie ernst, »was bezweckst du mit diesem ganzen Quatsch? Soll ich etwa darüber lachen?«

»Ganz bestimmt nicht.«

»Wo hast du den Heiligen Augustinus getroffen?«

»Unter dem Meeresspiegel bei der Vico Road.«

»Unter dem Meeresspiegel?«

»Ja. Wir drei.«

»Und was ist passiert?«

»Es kam zu einer langen und komplizierten Unterredung zwischen De Selby und dem Heiligen Augustinus.«

»Wie sollten Menschen unter Wasser miteinander reden

können, wenn man einmal davon absieht, daß der eine seit Jahrhunderten tot ist?«
»Wir waren in einer Höhle.«
»Das ist absoluter Wahnsinn, Mick. Das weißt du.«
»Hackett und ich konnten nicht sprechen, aber wir waren dabei; wir konnten zuhören, und das haben wir auch getan.«
Wieder Stille. Wie absoluter Wahnsinn kam Mick das, was er sagte, auch vor, aber hatte er die Wahl, wenn diese Angelegenheit aufs Tapet gezerrt wurde? Plötzlich war er froh darüber, daß Hackett auch dort gewesen war; sonst hätte er sich womöglich Marys Folgerung angeschlossen, er sei das Opfer einer Wahnvorstellung gewesen. Und noch etwas: Beide waren sie stocknüchtern gewesen.
»War ein gut Maß Whiskey der Grundstock für dieses Gewäsch?«
»Wir haben beide überhaupt nichts getrunken. Und ich werde dir noch etwas über De Selby berichten . . .«
»Daß er zwei Köpfe hat?«
»Nein. Er wird die Welt zerstören.«
»Guter Gott! Wie?«
»Er behauptet, Mittel und Wege zu haben. Ich gebe nicht vor, daß ich es genau verstehe, und ich kann es auch nicht erklären. Es ist eine sehr abstruse technische Angelegenheit. Er hat eine Art wundertätige Substanz erfunden. De Selby kann die gesamte Atmosphäre verunreinigen und zerstören, die Luft, die wir atmen.«
Diese Wiedergabe ihrer Plauderei ist nicht akkurat, aber im wesentlichen wurde das merkwürdige Erlebnis wie oben behandelt. Und sie ließen es nicht dabei bewenden. Mary stellte weitere Fragen und brachte Unglauben oder milden Spott zum Ausdruck. Er hielt sich still zurück, war höflich

und starrsinnig. Er spielte ein wenig auf seine persönliche Untadeligkeit an, seine Unschuld, sogar seine Einfalt. Er hatte den Lauf der Ereignisse schließlich nicht ersonnen. Doch trotz allem versuchte er, keinen Zweifel daran aufkommen zu lassen, daß er sich nicht entschuldigte. Er war, wer er war, und er hatte seine kleinen Rechte.

Schließlich schien Mary es zu akzeptieren – nicht das, was er so ungeschminkt berichtet hatte, sondern die Tatsache, daß etwas sehr Ungewöhnliches wirklich geschehen war, und, daß er, obwohl offensichtlich verwirrt, keine exotischen Lügen auftischte. Das war schon etwas; ein mysteriöses Etwas, aber etwas.

Nach einer Weile standen sie auf und schlenderten in die Richtung der Lansdowne Road. Natürlich waren die breiten Straßen, auf denen sie gingen, unnötig gewöhnlich, die Menschen alltäglich, wenn nicht gar farblos, und er für sein Teil war niedergeschlagen. Warum auch nicht? Mary war still, wenn sie nicht gerade leichthin plauderte.

Es war kurz vor sechs, als sie an einem Baum stehenblieben. Mary sagte, sie habe zwei Eintrittskarten für eine bestimmte musikalische Veranstaltung am selben Abend. Ihre Stimme klang träge. Sie hatte keine große Lust, hinzugehen. Er denn? Er sagte nein.

»Heute abend werde ich, so Gott will, früh zu Bett gehen, Mary. Und lange und tief schlafen und traumlos.«

»Du bist müde?«

»Ich bin zwischen dieser und der künftigen Welt aufgerieben. Aber wahrscheinlich liegt es an der mörderischen Hitze.«

»Ja, und an den Komplikationen mit De Selby. Ich werde über alles, was du mir erzählt hast, nachdenken und versuchen, ernst zu bleiben. Ich habe so etwas wie eine Idee.

Wenn ich meiner Sache sicher bin, spreche ich mit dir darüber. Wir müssen gemeinsam mal mit Hackett reden. Ruf mich an, wie üblich. Und . . . Hör zu, Mick.«
»Ja, Mary?«
»Trinke zum Abendessen ein paar Flaschen Stout, wenn du welche im Hause hast.«
»Tja . . . Vielen Dank für den . . . Hinweis? Ja, Mary.«
Man mag es glauben oder nicht, Tageslicht oder kein Tageslicht –: Sie küßten sich so heimlich wie möglich unter jenem Baum.
Und auf dem Heimweg trödelte er noch ein wenig bei Crowe's herum. Die abendliche Versammlung dort war frohgestimmt, der Malzwhiskey wohltuend und von tiefer Bronze. Mary war eine prachtvolle Dame. Bald war ihm leichter ums Herz. Und er erneuerte sein Gelübde, diese Whiskeytrinkerei ab sofort einzustellen. Wenn es denn um die unmittelbare Zukunft ging, ließ sich nichts gegen Stout einwenden.

7

Erstaunlicherweise folgte für Mick eine Phase der Erholung – kurz genug zwar, nur acht oder neun Tage lang, aber sein in Wallung geratenes Gemüt beruhigte sich nicht unbeträchtlich, als die Begegnungen mit De Selby in der Stille eines ausgeruhteren Kopfes erneuter Betrachtung unterzogen wurden. Nichts wie auch immer Geartetes war geschehen, sagte er sich, Worte waren gefallen, sonst nichts. Allerdings: durch jene Erscheinung des Augustinus in der grotesken Kammer unter der Brandung schien ein Bruch mit der natürlichen Ordnung stattgefunden zu haben, aber vielleicht ergaben sich noch mehrere Erklärungen dafür, einschließlich der einer vorübergehenden psychischen Malaise, eines Trugbilds, wie es sich einstellen kann, wenn man Mescalin oder Morphium genommen hat. Hacketts Argwohn, De Selby habe eine sehr langsam wirkende Droge zum Einsatz gebracht, war keineswegs auszuschließen, obwohl er bedauerte, daß sie, anstatt an dieser lächerlichen Weinprobe in der Apotheke teilzunehmen, sich nicht sofort miteinander hingesetzt hatten, um ihr Erlebnis im Detail zu vergleichen und sicherzustellen, daß ihre Erinnerungen an den De-Selby-Augustinus-Duolog identisch waren. Hackett war zwar – selbstverständlich – unverläßlich und ungestüm, allerdings besaß Mick persönlich nicht die naturwissenschaftliche Ausbildung, ein merkwürdiges Vorkommnis im nachhinein auszuwerten, obwohl er jetzt besser dazu in der Lage wäre, jede weitere Entwicklung, die ihm, falls das Gottes Wille war, noch zuteil würde, in sich aufzunehmen. Einstweilen hatte er es nicht eilig damit, Dalkey wieder zu besuchen, obwohl sein Fahrrad immer noch dort weilte.

In dem Zimmer, das er sich in Dublin Castle mit drei anderen teilte, klingelte das Telephon, und man winkte ihn an das Gerät. Das würde Mary sein. Sie hatten vereinbart, daß solche Anrufe kurz sein sollten, denn ihm mangelte es völlig an Privatsphäre. Schwer zu sagen, warum er es haßte, daß Dritte seine bedeutungslosen Antworten hörten.

»Ich muß morgen nach London, um die heilige Sache meiner Firma zu vertreten«, sagte sie.

»Für wie lange?«

»Etwa eine Woche.«

Was sie dann sagte, beunruhigte ihn ein wenig. Sie hatte mit ihrer Mutter gesprochen, aber keine Namen erwähnt; sie hatte lediglich gesagt, daß jemand, den sie kannte, in Schwierigkeiten und Verlegenheit sei, und daß sie sich frage, was man da machen könne. Die Mutter hatte ihr daraufhin sehr entschieden geraten, die betreffende Person solle Pater Cobble in Milltown Park aufsuchen. Er sei ein überaus freundlicher und verständnisvoller Mann und jederzeit bereit, dem Wanderer mit Rat zur Seite zu stehen.

»Er gehört natürlich zu den Jesuitenpatres«, fügte Mary hinzu. »Unternimm aber nichts, bis ich zurück bin. Vielleicht rufe ich Pater Cobble heute abend noch an; ob er überhaupt Zeit hat. Meide einstweilen dieses Hotel in Dalkey. Und, Mick, paß gut auf dich auf.«

Verdammt noch Mal aber auch, dachte er –: Sollte dies eine Ausweitung werden, eine unerwartete Abschweifung, ein neuer Horizont? Augustini abschätzige Bemerkungen über St. Ignatius und seinen Orden kamen ihm wieder in den Sinn. Welche Ironie lag doch darin, wenn er zaghaft einen Jesuiten zum Thema de Selby konsultierte! Er kicherte in sich hinein (vielleicht ein gutes Zeichen), als er zu seinen dürren Akten zurückkehrte. Die Zeit würde es erweisen.

Aber vier Tage später klingelte wieder das Telephon. Wer konnte das sein? Er grunzte zustimmend, als eine tiefe männliche Stimme seinen vollen Namen erwähnte.
»Ah! Mein Name ist Cobble, Pater George Cobble. Eine liebe Freundin hat mir gegenüber Ihren Namen erwähnt. Ich rufe an, um Ihnen zu sagen, daß ich Sie mit Freuden jederzeit sehen würde.«
»Das ist sehr nett von Ihnen, aber . . .«
»Keine Spur, mein lieber Junge. Wenn ein kleiner Schatten auf einen fällt, wie es jedem von uns passieren kann, sollte man diesen kleinen Schatten gemeinsam meistern.«
»Oh, ich verstehe.«
»Wenn der kleine Schatten auf eine größere Oberfläche fällt, ist er weniger undurchdringlich, und mit Gottes Gnade kann er sogar völlig verschwinden.«
»Pater, ich habe Vorbereitungen getroffen, für etwa eine Woche zu verreisen. Ein kleiner Urlaub, falls Sie verstehen, was ich meine.«
»Soso. Das ist gute und frohe Nachricht. Sie wohnen, glaube ich, in Dalkey.«
»Nein, nein. Booterstown.«
»Ah, ja. Ich verstehe. Sie werden morgen in einer Woche gewiß zurück sein. Das wäre der erste Septembertag. Würden Sie mit mir um, sagen wir, sechs Uhr abends eine Tasse Tee im Royal Marine in Dunleary trinken?«
»Das ist sehr freundlich von Ihnen. Sehen Sie, es geht um eine dritte Person, über die ich mit Ihnen sprechen wollte.«
»Vorzüglich. Dann können wir diese Verabredung also festmachen.«
»Sehr gut, Pater. Um sechs am Ersten.«
Auf diese Weise schob sich Pater Cobble sanft in Micks Leben und Angelegenheiten, von diesem ungebeten. Micks

Geschichte mit dem kurzen Urlaub war natürlich eine Improvisation, die aber, das sollte nicht unerwähnt bleiben, keiner Panik entsprang. Er wünschte aus mehreren Gründen keine plötzliche Gegenüberstellung mit diesem Jesuitenpater, und er empfand sofort leichten Ärger darüber, daß Mary ihn solchermaßen ausgeliefert und wenig Verständnis für seine intellektuelle Integrität an den Tag gelegt hatte. Zuerst mußte er Hackett davon berichten und hören, was dieser zu sagen hatte, vorausgesetzt, daß es möglich war, ihn zu einer ernsthaften Prüfung des Sachverhalts zu bringen. Zweitens brauchte er dringend von Mary die Fakten, und zwar alle, über Pater Cobble. Was für ein Mensch war er, wie alt, welchen geistlichen Rang nahm er ein, und bei genau welcher Art von »Problemen« war er beratend tätig? Der letzte Punkt war der wichtigste, fand er. Der wohlmeinende, aber zudringliche und beschränkte Geistliche war oft mehr als nur lästig. Indem er den Besucher ausfragte und seine Nase in alles steckte, um dessen Problem zu isolieren und zu analysieren (falls dieser wirklich ein Problem hatte), konnte er sich selbst zu einem beträchtlichen neuen Problem auswachsen. Und Mick brachte sich in Erinnerung, daß er, obwohl er die Regeln der Kirche in vernünftigem Maße befolgte, noch nie rein menschlich mit einem Priester besonders harmoniert hatte. Im Beichtstuhl hatte er ihre Fragen oft naiv, dumm, gelegentlich unverschämt gefunden; und das Gefühl, daß sie es gut meinten und ihr Bestes taten, schuf nur zusätzliche Verbitterung. Er war in sich vollkommen genug, dachte er: gebildet, tolerant, voll Verachtung für offenes Laster oder lasterhafte Reden, doch stets bemüht, bei jenen, so in ihrer Schwäche gefehlt hatten, Nachsicht walten zu lassen. Wenn er eine ureigene Schwäche hatte, dann war es gedankenlose Nach-

giebigkeit gegenüber dem Alkohol; diese trübte den moralischen Scharfblick, brachte die Urteilsfähigkeit aus dem Gleichgewicht und konnte – gütiger Himmel! – den Sinn in sündige Träumereien der fleischlichen Sorte leiten. Mit Gottes Hilfe sollte der Alkohol wohl bald an seinen Platz verwiesen sein, aber nicht durch irgendeine plötzliche, törichte, herrische Geste. Was jetzt nottat, war eine fließende Änderung – erwachsen, weltläufig, nicht überstürzt.
Seine Mutter? Man mag es für ungewöhnlich halten, daß seine arme Mutter, mit der er allein zusammenlebte, so wenig Platz in seinem Denken einnahm. Sie war einfach und fromm in der Weise von Mrs Laverty, aber viel älter als diese. Sie war wirklich eine alte Frau, und es war undenkbar, mit ihr auch nur so milde und oberflächlich wie möglich über etwas wie De Selby zu sprechen; schon der Gedanke daran war beinahe komisch. Falls sie ein einziges Wort davon verstünde, würde sie barmherzig folgern, Mick habe »einen zur Brust genommen«, denn, da sie seinen Vater geliebt hatte und wußte, daß er am Trunk gestorben war, wußte sie sehr wohl, daß er in den Tavernen kein Fremder war. Ja, es ist seltsam und traurig, so nah bei jemandem zu leben, der einem so teuer ist, und doch keinen echten Berührungspunkt, wenn man von banalen und trivialen flüchtigen Gesprächen absieht, keinen Zugang zu einem Gedankenaustausch mit ihm zu haben. Bemerkte er denn nicht den Zustand, dem sich nahezu all seine Hemden näherten? Wie oft mußte man ihn daran erinnern, sich mindestens vier Paar Socken zuzulegen? Ach ja, aber es war eine süße Sackgasse.

Im *Gaiety* sah er sich ein Stück an. Nach der ersten Hälfte wußte er, daß er seine Zeit vergeudete. Und am nächsten

Abend fuhr er mit der Straßenbahn nach Dalkey. Hackett hatte weder zu Hause noch im Geschäft Telephon, und dies war die einzige Methode, wenn man ihn treffen oder ihm eine Nachricht hinterlassen wollte. Das Licht im *Colza* wirkte heller, obwohl die Voltzahl zweifellos die gleiche war wie immer. Schon als er die Tür aufstieß, konnte er Hacketts Stimme hinter der inneren Unterteilung hören. Hacketts Stimme und Stimmung waren gehoben, als er ihn mit Sergeant Fottrell im »Elendsviertel« vorfand, obschon sie nicht am selben Tisch saßen. Hinter dem Tresen stand Larry, eine ältere, kleine, graue Erscheinung, die nie viel zu sagen hatte, nominell der Kellermeister, aber mit zahllosen Alltagspflichten betraut, vom Putzen der Latrinen und Herde bis zum Begießen der Topfpflanzen überall im ersten Stock.

Hackett nickte seinem alten Freund Mick zu.

»Gott segne Sie, und ist es nicht ein erhabener und fabelhafter Abend, dem Herrn und Seiner Heiligen Mutter sei Dank?« sagte der Sergeant lächelnd.

»Ich wünsche Ihnen einen guten Abend, Sergeant. Ich muß mich entschuldigen, weil ich noch nicht wegen des Fahrrads vorgesprochen habe.«

»Ganz und gar kein Beinbruch, mein Junge. Ich habe es ohne die geringste Aussicht auf Strafaussetzung in einer Zelle eingekerkert, und Wachtmeister Pluck wurde von mir angewiesen, es aufs anspruchsvollste um Naben und Hebel herum einzuölen.«

Mick bedankte sich und bat Larry um einen Halben.

»Ich erzählte dem Sergeant gerade«, sagte Hackett laut, »von Judas Ischariot. *Das* war aber mal ein anständiger Mann, dem übel mitgespielt wurde; zum Scheißkerl hat man ihn gemacht. Der unglückliche arme Mann war wie jemand, der mit einem Sack über dem Kopf herumläuft, und dazu möglicherweise noch betrunken.«

»Er mußte für seine Taten büßen, genau wie wir alle«, erwiderte Mick. Er fand, daß Hackett ihn verdrießlich stimmte.

»Nun hör aber mal zu. Diese Reden verfangen bei mir nicht. Ich habe in Marsh's Bücherei über alles nachgelesen. Judas war ein intellektueller Typ. Er wußte, was er tat. Außerdem hat man ihn hintergangen. Bei dem ganzen Schützenfest wurde ihm in der Gesellschaft das schlechteste Los zuteil.«

»Wir wissen nicht genau, was für ein Los ihm am Ende beschieden war. Denk an die Anstrengungen, die De Selby unternommen hat, um es herauszufinden.«

»O'Schariot war ein Mann von wie Herbstlaub abfälligem Charakter, wenn ich das mal so folgern darf«, verkündete Sergeant Fottrell.

»Wir wissen zumindest, was er getan hat. Er bekam dreißig Silberlinge. Was für eine Bezahlung ist das?«

»Wir wissen nichts Genaues über den Wert dieser Bezahlung nach heutigen Maßstäben.«

»Beantworte die Frage, Mann«, fuhr Hackett hitzig fort. »In welchem Verhältnis konnte diese Zahlung zum Wert dessen stehen, was er verkauft hat?«

»Er war Geschäftsmann und hätte selbst gut genug beurteilen können, wieviel etwas wert war.«

»Er wurde von diesen Schurken, den Pharisäern, schmählich hintergangen.«

Mick war vorübergehend still, trank sein Porter und hoffte, daß Hackett sich abkühlen würde. Er brach ihr Abkommen, sich in Gegenwart des Sergeants friedlich zu benehmen. Mick überlegte, wie er dem Gespräch eine andere Wendung geben konnte.

»Es heißt, er habe sich für das Geld ein Stück Land gekauft«, sagte er versuchsweise.
»Und darum«, flocht der Sergeant ein, »habe ich oft gedacht, daß dieser Teufelskerl im Herzen ein irischer Landmann gewesen sein muß, und zwar ganz folgerichtig, wenn man seine unheimliche Liebe zur Scholle bedenkt . . .«
»Kaum«, murmelte Mick.
»Sein heimliches Sehnen nach fruchtbarer, phlegmatischer Gebärmutterkrume mit ihren prallen Scheuern voll Milch und Honigseim.«
»Wie ich schon sagte«, bellte Hackett wild, »war Petrus ein viel schlimmerer Lauser und Lakai, der noch lange mit der ihm eigenen niedrigen Perfidie weiterwirkte, *nachdem* Judas seinen Herrn verraten hatte, und das noch dazu umsonst und für ein Dankeschön. Jawohl! Der Fall mit dem fehlenden Zeugen. Judas mag durchaus gute und edle Beweggründe gehabt haben, wie es De Quincey für möglich hielt. Doch Petrus benahm sich gemein und feige; ihm war immer die eigene Haut am wichtigsten. Ja, darauf werde ich hinarbeiten.«
»Worauf?«
»Die Rehabilitierung von Judas Ischariot.«
»Er gehörte zu der Klasse von Männern«, fügte der Sergeant hinzu, »die man genau in einem Ort wie Swanlinbar antreffen könnte, oder in Cushendun an einem schönen Tag.«
»Wie willst du dabei vorgehen?«
»Alles daran setzen, daß die Akte berichtigt wird. All die Verleumdungen, mit denen man ihn überhäuft hat, beruhen auf nichts als Schlußfolgerungen. Ich hoffe, ich kann erreichen, daß die Bibel teilweise umgeschrieben wird.«
»Da wird der Heilige Vater noch ein Wörtchen mitreden.«

»Zum Teufel mit dem Heiligen Vater. Ich werde darauf hinarbeiten, daß die Bibel auch bestimmt das Evangelium nach Judas enthält.«

»Heiliger Judas, bitte für uns«, deklamierte der Sergeant feierlich und trank dann feierlich.

Hackett starrte ihn durchbohrend an und wandte sich dann an Mick.

»Wer könnte besser als Judas selbst die innere Wahrheit berichten und mitteilen, was er vorgehabt hat –: seinen Plan?«

»Die Geschichtlichkeit der existierenden Evangelien«, erklärte Mick, »wird an keiner Stelle ernstlich in Frage gestellt. Ebenfalls gilt als erwiesen, daß Judas keine Aufzeichnungen hinterlassen hat. Du fragst, wer die innere Wahrheit berichten könne, wenn nicht Judas? Vielleicht. Aber er hat es nicht getan. Er hat nichts mitgeteilt.«

Hacketts Gesichtszüge waren zu einem gräßlichen Hohnlächeln angeordnet.

»Für einen studierten und aufgeklärten Menschen bist du wirklich ein ziemlicher Ignorant. Die Bibel der Römisch-Katholischen Kirche hat eine Menge Material, welches ›Die Apokryphen‹ heißt. Es gab apokryphe Evangelien nach Petrus, Thomas, Barnabas, Johannes, Judas Ischariot und vielen anderen. Meine Aufgabe wäre es, das Ischaräische Evangelium wieder aufzuspüren, zu erhellen und in seine Rechte einzusetzen.«

»Und wenn du ein historisch plausibles Testament findest, und darin steht etwas, das Judas gesagt hat, etwas, womit du überhaupt nicht gerechnet hast, etwas, das deiner Beweisführung strikt zuwiderläuft?«

»Sei nicht ein noch ärmeres Schwein, als sich nicht unbedingt vermeiden läßt.«

Mick goß sich den Rest des halben Liters ins Halsinnere hinunter und stellte das Glas mit Entschiedenheit auf den Tresen zurück.
»Mein Entschluß«, verkündete er, »lautet dahingehend, für euch, ihr zwei Herren, ein Gläschen Whiskey und für mich einen weiteren Halben einzukaufen. Larry, bitte tu im Dienste des Friedens das Nötige.«
»Wenn das nicht überaus passend und sprießlich ist?« bemerkte der Sergeant leutselig. Hackett runzelte die Stirn, schien jedoch ein wenig besänftigt, dachte vielleicht auch, daß seine Reden zu emphatisch gewesen waren und nicht fortgesetzt werden sollten. Mick hoffte, zu seiner wahren Mission vorstoßen zu können.
»Ich möchte dir von etwas erzählen«, sagte er, als Larry sich eilig an die Arbeit machte. »Jemand, dem gegenüber ich De Selby erwähnte, hat zufällig ohne mein Wissen einen etwas peinlichen Schritt unternommen.«
Hackett starrte ihn verdrossen an.
»Ich glaube, ich weiß, wer dieser Jemand ist«, knurrte er. »Was hat sie getan?«
»Nun, es war ihre Mutter. Sie hat ein Treffen mit mir und einem Jesuiten arrangiert.«
»Einem was? Einem *Jesuiten?*«
»Ja. Aber, wie es scheint, weiß dieser Pater Cobble aus Millstone bisher nur, daß jemand Schwierigkeiten hat. Und über Pater Cobble weiß ich persönlich nichts, konnte bisher auch noch nichts herausfinden. Das Treffen ist bis auf weiteres für heute in einer Woche im Royal Marine Hotel anberaumt.«
»Beim barmherzigen Gotte, warum sollte man sich mit diesen neugierigen, aufdringlichen Maulaffenfeilhaltern einlassen?«

»Es war nicht *meine* Idee, das habe ich dir schon gesagt. Aber was hältst du davon, wenn ich mich mit ihm treffe, ihm eine ganz kurze Schilderung gebe, einen groben Umriß, De Selby betreffend, und ihn dann auffordere, in die Vico Road mitzukommen, um ihn zu besuchen?«

Hackett grimassierte, lachte unfroh und kostete von seinem neuen Getränk.

»Sei dir von vornherein darüber im klaren«, sagte er, »daß ich dabei nicht anwesend sein werde. Das wäre zuviel verlangt. Vielleicht strengt De Selby sich ganz besonders an und schmeißt ein erstklassiges Gala-Diner, um diesen Priester zu bewillkommnen. Mit den Ehrengästen Johannes dem Täufer, Hieronymus, der kleinen Heiligen Theresia, St. Thomas à Kempis, Matt Talbot, den vier Heiligen Patricks plus der Heiligen Johanna.«

»Aber was meinst du? Sei ernst.«

»Falls dir vorschweben sollte, die Herabkunft des Augustinus zu vereinfachen, bist du, glaube ich, haargenau auf dem falschen Wege. Das Ganze könnte nach Rom gemeldet werden, und wo bleiben wir dann? Exkommunizieren werden sie uns.«

Diese Einstellung war in groben Zügen das, was Mick erwartet hatte.

Aber er hatte sich bereits entschieden. Hackett wäre ohnehin keine echte Bereicherung dieser kleinen Teegesellschaft gewesen.

»Ich kann dir da nicht beipflichten«, erwiderte er, »denn Jesuiten sind intelligente und ausgebildete Menschen, was immer sie sonst auch sein mögen. Doch selbst eine Komplikation wäre einem nicht enden wollenden bodenlosen Mysterium vorzuziehen. Du wirst kaum bestreiten können, daß wir beide nicht so recht wissen, was wir von jenem

Schwimmausflug am frühen Sonntagmorgen zu halten haben. Diese Leute wissen über Diabolismus Bescheid, falls es sich um diesen handeln sollte. Wir können eine solche Angelegenheit nicht einfach auf sich beruhen lassen.«

»Ich schon.«

»Ja. Du bist mir an Nervenkraft und Mut weit überlegen. Wir haben beide De Selbys Drohung gehört, die gesamte Menschheit zu zerstören, und wir beide waren Zeugen, als er uns vorführte, daß er im Besitz eines einzigartigen Zerstörungsgeräts ist. Einfach dazusitzen und nichts zu tun, wäre, nun . . . unmenschlich.«

»Wir waren nicht Zeugen seines Besitzes einer einzigartigen Zerstörungswaffe. Er hat da zweifellos eine eindrucksvolle Trickkiste oder Chemikalie oder Droge. Zerstört hat er nichts.«

»Er hat die Atmosphäre zerstört und die Zeit – soweit wir sie kennen – aufgehoben. Genau, wie er es vorausgesagt hatte.«

»Du vergrößerst etwas, das lediglich eine Impression war, und du gibst dir einen Anschein von *grandeur*. Du weißt, was einem anderen Menschheitserlöser zugestoßen ist. Möchtest du auch einer werden?«

»Ich bin fest entschlossen, etwas zu unternehmen, und der Vorschlag mit Pater Cobble ist mir so lieb wie jeder andere Vorschlag, obwohl er nicht von mir stammt.«

»Ganz, wie du meinst.«

»Bei allem Sand der Wüste von Lawrence von Arabien«, skandierte Sergeant Fottrell, »haltet euch weiter hinterrücks und füllt die Humpen dieser Kumpanei auf, und zwar kontinentalisch.«

»Danke, Sergeant«, sagte Hackett beiläufig.

»Und außerdem«, fuhr Mick fort, »werde ich nach diesem

Glas De Selby besuchen und ihn fragen, ob er den ehrwürdigen Pater empfangen möchte.«
Das tat er. Ganz allein.

8

Mick war überrascht über die Schnelligkeit, mit der die Tür auf sein Klopfen hin geöffnet wurde, als hätte De Selby – durch übernatürliches Telephon gewarnt – dahinter gewartet. Da stand er, lächelte steif und entbot sein Willkommen. Er schritt voran – nicht in das Zimmer, in dem der vorige Besuch stattgefunden hatte, sondern in eine kleinere Zimmerflucht im hinteren Teil des Hauses, welche – wegen ihrer Regale und Vitrinen voller Flaschen und Krüge, elektrischen Apparaturen, Tiegel, Waagen, Meßgefäße und sämtlicher herkömmlicher Paraphernalien naturwissenschaftlichen Experimentierens – als Laboratorium bezeichnet werden mußte. Es gab jedoch vor dem leeren Kamin ein paar gemütliche Stühle und einen kleinen Schachtisch. Er nahm Micks Hut und zog von irgendwo hinter sich eine Flasche und zwei Gläser hervor.

»Sie werden mir verzeihen, Michael, wenn ich sage«, bemerkte er, als er sich setzte, »daß ich froh darüber bin, Sie ohne Ihren Bekannten zu sehen. Ich fand ihn ziemlich oberflächlich.«

Dies bestürzte Mick einigermaßen, denn De Selbys Manieren waren bisher tadellos gewesen. Mick ließ es sich jedoch nicht anmerken.

»Nun gut, er ist bisweilen ein wenig hastig und unbedacht«, erwiderte er. »Gut, daß ich Sie zu Hause angetroffen habe. Darf ich fragen, ob Sie irgendwelche weiteren, äh . . . spirituellen Erfahrungen gemacht haben, sub aqua oder sonstwie?«

De Selby hatte sich erhoben und schenkte sorgsam zwei Gläser voll.

»Oh ja. Von größerem Ausmaß, aber weniger erhellend.

Diese Charaktere aus dem Alten Testament neigen dazu, einfältig, unwissend und abergläubisch zu sein, verglichen mit den christlichen Sophisten, Ketzern und verlogenen Kirchenvätern.«

»Tatsächlich? Mit wem haben Sie gesprochen, wenn ich fragen darf?«

»Mit zweien der Burschen, separat. Jonas war einer der beiden, oder Jonah, wie ihn die Protestanten nennen. Warum bestehen diese unbelehrten Schwätzer so heftig darauf, auf triviale Weise anders zu sein?«

»Jonas? Der Mann, der von einem Wal verschluckt wurde?«

»Die angemessene Antwort darauf lautet ja und nein, obwohl Sie auf der richtigen Spur sind. Ich persönlich glaube nicht, daß es ein Wal war. Damals war der Hai ein ungeheures Geschöpf, das bis zu neunzig Fuß lang wurde.«

»Ist es denn so wichtig, ob es ein Wal oder ein Hai war?«

»Für mich in meiner Funktion als Theologe ist es das. Die betreffenden Stellen in der Bibel, sowohl im Alten als auch im Neuen Testament, beziehen sich durchweg auf ›einen großen Fisch‹. Der Wal als solcher wird nie erwähnt, und, wie dem auch immer sein mag, der Wal ist kein Fisch. Nach Ansicht der Naturwissenschaftler, und diese Ansicht wird durch reiches Dokumentenmaterial gestützt, war der Wal früher ein Landtier, dessen Organe sich inzwischen für ein Leben im Meer umgebildet haben. Er ist ein Säugetier, säugt seine Jungen, er ist ein Warmblüter und muß zum Atmen an die Oberfläche kommen, wie der Mensch persönlich. Es ist sehr unwahrscheinlich, daß es zu Jonas' Zeiten Wale im Meer gegeben hat.«

»Sie erstaunen mich, Mr De Selby. Der Glaube, daß es ein Wal war, ist doch recht allgemein verbreitet.«

»Das mag sein, aber das Geschöpf war Gegenstand vieler Kasuistik, zweifelsohne auf Betreiben der Jesuiten. Sein Fleisch ist einigermaßen eßbar, wie das des Delphins. Römische Katholiken dürfen, wie wir wissen, freitags kein Fleisch essen. Aber an diesem Wochentag haben sie nie gezögert, Wal zu essen, und zwar mit der Schein-Begründung, er sei ein Fisch. Er ist noch nicht einmal, was seine Fortbewegung betrifft, ein Fisch, denn diese findet mittels des Schwanzes statt. Der große Schwanz eines Wals ist horizontal, wohingegen der Schwanz von absolut jedem echten Fisch vertikal ist.«

»Nun, nun. Sie scheinen ebenfalls auf einem Gebiet bewandert zu sein, das ich einmal Natur-Ichthyophilosophie nennen möchte.«

»Na, na. Schon gut. Ein weiterer Punkt ist der, daß der Hai ein Fischfresser ist, wogegen sich der Wal nahezu ausschließlich von Plankton ernährt, welches man als winziges Meeresgemüse bezeichnen könnte.«

Dieser Vortrag verfehlte seinen Eindruck auf Mick keineswegs, vielleicht weil seine eigenen Bibelstudien so winzig wie Plankton gewesen waren. Offensichtlich gab es nur wenig, was außerhalb der Reichweite von De Selbys Belesenheit oder Meditation angesiedelt war.

»Sagen Sie mir«, wagte Mick sich vor, »hatte denn Jonas selbst die mindeste Ahnung von der wahren Identität seines . . . Gastgebers?«

An dieser Stelle schluckte De Selby ein langes, langsames Rinnsal seines unvergleichlichen *hausgemacht** und schwieg, bevor er antwortete. »Um Ihnen die Wahrheit zu sagen, Michael, ich fand Jonas einen ziemlichen Arschkeks.«

»Was?« Nicht nur das Wort als solches, sondern die un-

* Im Original: *hausgemacht* (A.d.Ü.)

heimliche Glut, mit der es vorgebracht wurde, war für Mick wie ein Schlag ins Gesicht – Probe vielleicht einer Unschuld, von der er nicht wußte, daß er sie besaß.

»Und der Herr war ebenfalls dieser Meinung.«

»Aber Jonas war doch wohl immerhin ein Prophet, oder?«

»Er war ein Prophet, der in Ungnade fiel. Er weigerte sich, Gottes Befehlen zu gehorchen, weil er es – *muryaa!* – besser wußte. Deshalb wurde er ins Meer gekippt.«

»Und inwiefern war er ungehorsam?«

»Der Herr hatte ihm befohlen, in die große und verderbte Stadt Ninive zu gehen und dort zu predigen. Aber er wußte es besser als der Herr, wußte, daß die Leute bereuen und in sich gehen würden, daß es Zeitverschwendung wäre, dorthin zu gehen, und statt dessen schiffte er sich ein, um woandershin zu fahren. Es erhob sich ein fürchterlicher Sturm, die Rache des Herrn an Jonas, und die Mannschaft, wohl wissend, daß sie alle seinetwegen in Gefahr waren, warf ihn ins Meer. Der Sturm beruhigte sich sofort, aber inzwischen war Mr Hai bei Jonas erschienen.«

»Darauf zielte meine Frage ja auch ab. Sagte Jonas irgendetwas, das belegen könnte, warum Ihre Wahl auf einen Hai fiel?«

»Die Bibel sagt lediglich, daß er drei Tage und Nächte im *Bauche* des Geschöpfs verbracht habe. Unklar, wie jemand in der Dunkelheit Nacht und Tag unterscheiden konnte.«

»Vielleicht wäre Hunger ein Anhaltspunkt?«

»Wenn ›Bauch‹ ›Magen‹ heißt: Zwischen dem Bauch eines Hais und dem Bauch eines Wals besteht ein großer Unterschied. Der Magen eines Wals ist wie ein Haus; er hat verschiedene Abteilungen. Man könnte dort ein Eßzimmer haben, ein Schlafzimmer, eine Küche, vielleicht eine Bibliothek.«

»Aber Sie haben mit Jonas gesprochen. Hat er irgendeine Bemerkung über das Innere des Ungeheuers gemacht, das ihn verschlang?«

»Keine Spur. Er hat Mist geredet, wie ein billiger Politiker oder ein Jesuiten-Novize im ersten Jahrgang.«

»Wie enttäuschend.«

»Naja, und dann wurde er aufs Festland gekotzt. Wir können von Leuten, die das Opfer von Wundern wurden, nicht erwarten, daß sie die Wunder erläutern. Außerdem waren mehrere dieser alten Propheten ›Sprachrohre‹, in der pejorativen amerikanischen Bedeutung.«

Sie tranken schweigend, bedachten diesen seltsamen Vorfall, das dunkle Geheimnis, das er beinhaltete, das nicht einmal durch eine Konsultation zwischen De Selby und Jonas persönlich gelüftet worden war; in der Tat äußerst merkwürdig. Aber wer war De Selbys zweiter Gesprächspartner, fragte sich Mick, als ihm ein weiteres Mal großzügig nachgeschenkt wurde. Die Heilige Theresa von Avila?

»Wer war Gegenstand Ihres zweiten Interviews, Mr De Selby?«

»Ach, ja. Franz von Assisi natürlich, der Gründer der Franziskaner. Ein merkwürdiger Mensch. Wie Ignatius von Loyola führte er zunächst ein liederliches und beklagenswertes Leben, und wie dieser erblickte er die Wahrheit während einer gefährlichen Krankheit. Aber Franz war ein echter Heiliger, und Poet dazu.«

»Komisch«, meinte Mick dazu. »Ich habe kürzlich selbst einen Poeten getroffen – im Colza Hotel, ausgerechnet. Einen Burschen namens Nemo Crabbe. Er studiert gegen seinen Willen Medizin im Trinity, weigert sich aber, im College zu wohnen, weil jeder Student seinen Nachttopf selbst ausleeren muß.«

De Selby blinzelte erstaunt.
»Meine Güte«, sagte er milde, »haben Sie da keine Diener oder Laufburschen?«
»Anscheinend nicht. War Ihr Interview mit dem Heiligen Franziskus wichtig?«
De Selby besann sich schweigend.
»Nur von durchschnittlicher Wichtigkeit. Er war sehr ehrlich, tat aber kaum mehr, als das zu bestätigen, was heute anerkanntes Wissen über ihn ist. Ich sagte ihm, daß seine Heiligsprechung nur zwei Jahre nach seinem Tode übereilt und anmaßend gewesen sei. Er sagte mir barsch, darüber könne ich mich bei Gregor IX. beschweren.«
»Stimmt es, daß er den Vögeln gepredigt hat und all das?«
»Wahrscheinlich nicht wörtlich, aber als Mensch war er sehr lieb und freundlich zu aller Art von Kreatur, da er rings um sich her nichts als die Werke Gottes sah. Man könnte ihm vielleicht einen leichten Anflug von Pantheismus vorwerfen.«
»Ja. Ich weiß nicht viel über ihn, außer daß er oft mit seinen Vögeln zu Weihnachten auf den Kalendern erscheint.«
»Oh, er war durchaus der Wahre Jakob und nicht so ein Billiger Jakob wie Augustinus. Arroganz ging ihm völlig ab. Und er empfing die Stigmata der Gekreuzigten, nachdem er vierzig Tage lang auf einem Berg gefastet hatte. Aber der arme Kerl war sehr schüchtern, als das zur Sprache kam . . .«
De Selby kicherte heiter.
»Er schien bei dieser Erwähnung zu erröten wie ein Schüler, dem ich ein Kompliment mache, weil er den Hundertmeterlauf gewonnen hat.«
Sie unterbrachen ihr Gespräch über diese beiden heiligen Konferenzen, um zu einem allgemeinen Überblick auf De

Selbys grausigen Plan einer weltweiten Katastrophe zu kommen. Mick fragte ihn, ob er die Welt, wie sie dem gemeinen Manne bekannt sei, nämlich vom Zauber der übernatürlichen Welt, zu der er, De Selby, Zugang hatte, erleuchtet und durchfädelt, als organisierte Schöpfung nicht für viel zu fesselnd und zu wundervoll halte, als daß man sie so summarisch und gänzlich zerstören sollte? Bei Erwähnung solcher Themen wurde De Selby ernst. Nein, nur dieser Erdenball stand zur Debatte, und die Zerstörung, die er plante, war ein Untergang auf Rezept, schlimm, aber unvermeidlich, und eine Pflicht vor Gott, soweit es ihn persönlich betraf. Die ganze Welt war verderbt, die menschliche Gesellschaft eine unerträgliche Schändlichkeit. Gott hatte seine wahre Kirche gegründet, betrachtete aber die Kulte, sogar die kapriziösen Dämonen geweihten Kulte, wenn sie nur im wesentlichen gut waren, wohlwollend. Das Christentum ist die Religion Gottes, aber Judentum, Buddhismus, Hinduismus und Islam sind ebenfalls erträgliche Gottesmanifestationen; das Alte und das Neue Testament, Weda und Awesta sind sämtlich geheiligte Dokumente, aber in Wahrheit befand sich jede dieser organisierten Religionen in Auflösung und Schwund. Der Allmächtige hatte De Selby zu jener D.M.P.-Substanz geführt, so daß die Oberste Wahrheit auf immer und unwiderruflich vor allen heutigen Kirchen geschützt werden konnte.

»Ist dies in der Tat«, fragte Mick, »ein zweiter göttlicher Plan zur Errettung der Menschheit?«

»So könnte man es nennen.«

»Rettung durch völlige Zerstörung?«

»Es gibt keine andere Möglichkeit. Jeder wird heimgerufen, und er wird gerichtet werden.«

Mick war nicht danach, ein solches Gespräch fortzusetzen.

Obschon durch die freundlichen Dämpfe der Whiskeys seines Gastgebers einigermaßen abgeschirmt, fühlte er seinen Geist von De Selbys bescheidenem Anspruch – denn um nichts Geringeres ging es ihm! –, allen Ernstes ein neuer Messias zu sein, ekelerregend umwölkt. Mick dachte: welch' gotteslästerliche Dreistigkeit! Dennoch ... D.M.P. existierte. Er wußte es; Hackett wußte es. Oh, zur Hölle damit!

Ihm fiel die Absicht ein, die ihn hergeführt hatte, und plötzlich, als er Pater Cobble erwähnte, war er überhaupt nicht mehr schüchtern oder zögerlich; er war sogar erleichtert, als er sich des guten Priesters entsann, und sehr gern nahm er einen weiteren Drink entgegen – aber nur einen ganz kleinen.

»Mr De Selby«, sagte er, »glauben Sie bitte nicht, ich wollte Sie mit vulgärer Schmeichelei überhäufen, aber ich finde Ihre Bemerkungen über vergleichbare Religionen, Gottesherrschaft und die endgültigen Unwägbarkeiten von physischem Tod und Ewigkeit faszinierend.«

»Die Eschatologie hat schon immer das Denken von Menschen angezogen, die ihren Verstand gebrauchen.«

»Ja, und da wir gerade von Kirchen sprechen, ein alter Bekannter von mir, Pater Cobble ...«

»Pater Cobble? Was für ein Name! Ich kenne einen Pater Stone, er ist Zisterzienser.«

»Sachte, Mr De Selby. Pater Cobble ist Jesuit.«

»Ah – *ignatius elenchi!* Feine Freunde haben Sie, Michael.«

»Er ist übrigens ein überaus intelligenter Mensch. Er könnte Ihnen ein Streitgespräch liefern; das möchte ich wetten. Er weiß alles über Philosophie und Kirchengeschichte.«

»Das bezweifle ich gar nicht, denn die Jesuiten sind ganz

bewanderte Burschen in ihrem Fach ... oder glauben es zumindest zu sein.«
»Würde es Sie stören, wenn ich ihn am Ersten des nächsten Monats für einen Abendbesuch mitbrächte? Er ist ein exzellenter Gesellschafter; dafür garantiere ich.«
De Selby lachte echt und tief empfunden, wobei er die Drinks mit einem Schuß Wasser krönte.
»Natürlich, bringen Sie ihn mit«, lächelte er. »Kultivierte Gesellschaft ist etwas, das ich in diesem Hause empfindlich vermisse, obwohl Abgeschiedenheit, hélas, die allermeiste Zeit für meine Arbeit wesentlich ist. Aber das braucht nicht zu bedeuten, daß ich in Einzelhaft leben muß. Doch sagen Sie mir eines, Michael.«
»Recht gern. Was?«
»Sind Hochwürden einem Glase guten Whiskeys nicht abgeneigt, oder spricht er eher dem Rotwein zu?«
Eine hübsche Frage über jemanden, den er noch nie gesehen hatte.
»Ich ... Ich bin nicht sicher. Unsere Zusammenkünfte fanden immer auf neutralem Boden statt.«
»Macht nichts. Es gibt hier jede Menge Wein, allerdings keinen hausgemachten.«
Somit war der Handel perfekt. Aber es dauerte noch mindestens eine Stunde, bis Mick De Selby vor dessen Tür die Hand reichte. De Selbys Rede war plötzlich auf die Innenpolitik abgeschweift, und hier gab es endlich ein Gebiet, auf dem er sich unsicher bewegte und manchmal verirrte, wo Mick jedoch ein erfahrener Führer war.

9

Die alten farbigen Häuser von unregelmäßiger Größe, die an den schmalen Kais des Liffey stehen, scheinen sich vorzubeugen, als wollten sie sich im Wasser genau betrachten; aber diesmal, als Mick voll angenehmer Empfindungen an ihnen vorbeiwandelte, ruhte sein Blick nicht auf ihnen. Er grübelte, wenn auch nicht in Düsternis. Er hatte einen Einfall, der ihm schlau, meisterhaft, wenn nicht sogar kühn vorkam. Zwar würde er weder den Unterwasser-Geist des Augustinus vertreiben, noch die neuropsychotischen Verirrungen De Selbys ungeschehen machen, aber er überzeugte ihn davon, daß er, Mick, *etwas tun* konnte, um jeden echten Plan, die menschliche Rasse mit Vernichtung heimzusuchen, vielleicht auf Dauer, bestimmt aber einstweilen, zu vereiteln. Er war froh. Er beschloß, ein ruhiges Fleckchen aufzusuchen, in dem alkoholische Getränke erhältlich waren, und dann, wenn es Gott gefiel, kein solches zu bestellen, sondern etwas Gesundes, Erfrischendes, Harmloses zu versuchen. Reines Denken – Planen – war jetzt erforderlich.

Und Pater Cobble? Ja, Mick würde die Vereinbarung einhalten und ihn zu einem Besuch bei De Selby mitnehmen. Der Besuch könnte sich leicht als wertvoll erweisen, und außerdem war er froh darüber, daß Hackett verzichtet hatte. Er hatte das Gefühl, Hacketts Anwesenheit hätte nur komplizierend gewirkt, sogar ein Hindernis dargestellt, und dies traf ebenfalls auf die Schritte zu, die er als nächste zu tun hatte, um seine neue Idee in die Tat umzusetzen.

Seine Schritte führten ihn ins Metropole in der wichtigsten Straße von Dublin. Man nannte es weder Kino, Restaurant, Tanzsaal noch Schnapshöhle, obwohl es all diese Wonnen

bot. Das Trinken geschah in einer stillen, mild beleuchteten Diele im Souterrain, wo die Tische durch hohe, feststehende Wandschirme aus dunklen Hölzern gegeneinander abgeteilt waren. Es war eine bevorzugte Zuflucht für Gemeindepriester vom Lande, und, obwohl Kellnerinnen bedienten, waren weibliche Gäste ausgeschlossen.
Er setzte sich und bestellte ein kleines Vichy-Wasser. Als im Nachbarabteil eine andere Bestellung serviert wurde, verdutzte ihn der Dank, den der unsichtbare Gast aussprach, höchlich, war er doch in Aussage wie Tonfall unverwechselbar.
»In Dankbarkeit für diese Flasche, meine liebe Maid, werde ich eine neuntägige Andacht für die Ausgestaltung Ihrer Seele irreziprok zum Heiligen Martin von Tours persönlich abhalten.«
Es half alles nichts: Mick mußte sein Glas nehmen und in die Nachbarlaube ziehen. Glücklicherweise war Sergeant Fottrell allein. Er erhob sich mit altmodischer Courtoisie und streckte eine Hand aus.
»Nun, Gott bewahre, aber Sie müssen mir detektivisch folgen?«
Mick lachte.
»Nein, wirklich nicht. Mir war nach einem stillen Glas, und ich dachte, hier unten würde mich keiner kennen.«
»Oho, aber der Teufel sorgt für die Seinen.«
Merkwürdigerweise schien dieser ungeplante Zusammenstoß mit dem Sergeant Micks zur Hälfte gekeimtes Verlangen nach Einsamkeit nicht anzutasten. Er war sogar froh, den Sergeant getroffen zu haben. Er entschuldigte sich noch einmal dafür, daß er es versäumt hatte, sein Fahrrad von der Wache in Dalkey abzuholen. Der Sergeant hob seine lange Oberlippe von seinem Glas voll Gerstenwein und

zuckte dabei als Zeichen der Vergebung mit der Wimper.
»Der Platz, an dem sich das Fahrrad jetzt befindet«, sagte er gewichtig, »ist bei weitem sicherer als die hauptsächlichste Hauptstraße, schon rein intuitiv.«
»Ach so, ich dachte nur, es könnte im Wege sein.«
»Es ist hinter Schloß und Riegel in Zelle Nummer Zwei, und Sie stehen sich gesundheitlich weit besser, wenn Sie von ihm geschieden sind. Sagen Sie mir folgendes: Wie fanden Sie Wachtmeister Pluck?«
»Ich hatte ihn natürlich schon vorher gesehen. Ein sehr angenehmer Mensch.«
»Was tat er denn auf wahrnehmbare Weise?«
»Er flickte einen defekten Fahrradschlauch.«
»Ahaaa!«
Der Sergeant kicherte, nahm einen weiteren Schluck aus seinem Glas und runzelte, mit seinen Erinnerungen beschäftigt, leicht die Stirn.
»Das wäre der dritte Platten in sieben Tagen«, sagte er in einem Ton, aus dem Befriedigung zu sprechen schien.
»Das klingt nach einer ziemlich schlimmen Statistik«, erwiderte Mick. »Ist das ganz einfach Pech, oder liegt es an den schlechten Straßen?«
»Das Landratsamt muß sich die kleinen Landstraßen zum Verdienst anrechnen, die schlimmsten in Irland. Aber Wachtmeister Pluck empfing seine Reifenpannen um halb eins am Montag, um zwei am Mittwoch und um halb sechs am Sonntag.«
»Woher in aller Welt wissen Sie das? Führt er Tagebuch darüber?«
»Das tut er nicht. Ich kenne Daten und Zeiten protuberant, denn es war kein Geringerer als ich, der die Pannen mit dem Taschenmesser herbeigeführt hat.«

»Grundgütiger Himmel, warum?«
»Zum Besten von Wachtmeister Pluck. Doch wie ich hier so sitze, habe ich diese sprechenden Bilder einen Stock höher betrachtet. Gewiß und wahrhaftig handelt sich dabei um äußerst merkwürdige wissenschaftliche Errungenschaftbarkeiten; soviel dürfte wohl klar sein.«
»Sie sind gegenüber dem Stummfilm ein großer Fortschritt.«
»Und Sie wissen, wie man sie zustande bringt?«
»Aber ja! Die photo-elektrische Zelle.«
»Nun gut. Und warum kann man, wenn man Licht in Geräusch verwandeln kann, Geräusch nicht in Licht verwandeln?«
»Sie meinen, man sollte eine *phono*-elektrische Zelle erfinden?«
»Diese Erfindung wäre, wenn man einmal in Sonderheit annehmen möchte, daß dem unstreitig so sei, ein gordischer Eierkuchen. Ich bewege oft in meinem Sinn, was für ein Licht die edle amerikanische Verfassung spenden würde, welche von Präsident Roosevelt verkündet wurde.«
»Eine sehr interessante Spekulation.«
»Oder eine Rede von Arthur Griffith?«
»Genau.«
»Charles Stewart Parnell wiegte sich in dem schönen Glauben, der Grund für alles Leid und alle Tränen Irlands sei in seiner Vorliebe für die Farbe Grün zu suchen. Hüllt mich in das grüne Banner, Jungs. Wenn man die Reden dieses großen Mannes durch die Zelle jagte (und manchen Monat hat er selbst in einer Zelle verbracht), wäre es da nicht hämochromatisch nur folgerichtig, wenn ein helles grünes Licht dabei herauskäme?«
Mick lachte darüber und über die ganze wunderbare Vor-

stellung. Es hatte, glaubte er sich zu erinnern, einmal eine Orgel gegeben, die Licht auf eine Leinwand »spielte«, zaubrische Muster aus Farbenspiel. Aber das war es nicht, was dem Sergeant vorgeschwebt hatte.

»Doch. Und welche Farbe hätte wohl Carusos Stimme, oder John McCormack, wenn er *Down by the Sally Gardens* singt? Aber sagen Sie mir eins, Sergeant. Warum haben Sie beständig die Reifen von Wachtmeister Pluck durchbohrt?«

Der Sergeant winkte der Kellnerin, bestellte für sich einen Gerstenwein und eine kleine Flasche »*da*von« für seinen Freund. Dann beugte er sich vertraulich vor.

»Haben Sie je die Mollyküle entdeckt oder vom Hörensagen wahrgenommen?« fragte er.

»Natürlich.«

»Würde es Sie überraschen oder zusammenbrechen lassen, wenn Sie wüßten, daß die Mollykül-Theorie in Dalkey am Werk ist?«

»Nun . . . Ja und nein.«

»Sie richtet dort schrecklichen Schaden an«, fuhr er fort. »Die Hälfte der Bevölkerung ist davon befallen; sie ist schlimmer als die Blattern.«

»Könnte nicht die Gesundheitsbehörde die Sache in die Hand nehmen, oder die Gesellschaft der Freunde des Vaterländischen Schul- und Erziehungswesens, oder finden Sie, es geht eher die Haushaltungsvorstände an?«

»Das Wesentliche, der springende Punkt und das, worauf es mir ankommt«, erwiderte er beinahe grimmig, »ist das Landratsamt.«

»Kompliziert genug sieht es allerdings aus.«

Der Sergeant trank zierlich, tief in Gedanken versunken.

»Michael Gilhaney, einer meiner Bekannten«, sagte er schließlich, »ist ein Mensch, den das Wirken der Mollykül-

Theorie schon fast erledigt hat. Würde es Sie ominös verwundern, wenn Sie erführen, daß er auf dem besten Wege in der Gefahr schwebt, ein Fahrrad zu sein?«
Mick schüttelte in höflichem Unverständnis den Kopf.
»Er ist nach einfacher Berechnung fast sechzig Jahre alt«, sagte der Sergeant, »und wenn er noch er selber ist, hat er nicht weniger als fünfunddreißig Jahre auf dem Fahrrad verbracht, über die steinigen Feldwege und die unnachgiebigen Hügel hinauf und hinab und hinein in die tiefen Gräben, wenn sich die Straße unter der Mühsal des Winters verliert. Ständig ist er zu jeder Stunde des Tages unterwegs und fährt hierhin oder dorthin, und zu jeder zweiten Stunde des Tages kommt er mit seinem Fahrrad wieder von hierher oder dorther zurück. Wenn ihm nicht jeden Montag das Fahrrad gestohlen würde, wäre es ihm sicher schon mehr als halbwegs gelungen.«
»Was wäre ihm halbwegs gelungen?«
»Selber ein gottverdammtes Fahrrad zu sein.«
Hatte Sergeant Fottrell sich für einmal dazu verstiegen, trunken draufloszureden? Seine Grillen waren für gewöhnlich amüsant, aber weniger gut, wenn sie keine Bedeutung hatten. Als Mick etwas sagte, das darauf abzielte, starrte ihn der Sergeant ungeduldig an.
»Haben Sie je als junger Bursch die Mollykül-Theorie studiert?« fragte er. Mick sagte: nein, zumindest nicht eingehend.
»Das ist eine sehr ernste Unterschlagung und schwerverständliche Verschlimmerung«, sagte er rauh, »aber ich werde Ihnen sagen, wie es sich damit verhält. Alles besteht aus kleinen Mollykülen seiner selbst, und diese fliegen in konzentrischen Kreisen herum und in hohem Bogen und in Segmenten und unzähligen anderen Routen, zu zahlreich,

sie kollektiv zu erwähnen, stehen dabei nie still oder ruhen sich aus, sondern sie flitzen davon und trudeln mal hier-, mal dorthin und sofort wieder zurück, immer auf Achse. Folgen Sie mir soweit verständnisinnig? Mollyküle?«

»Ich glaube schon.«

»Sie sind so munter wie zwanzig ungeratene Kobolde, die auf einem flachen Grabstein Reigen tanzen. Nun nehmen Sie mal ein Schaf an. Was ist ein Schaf anderes als Millionen kleiner Teilchen von Schafsmäßigkeit, die durcheinander wirbeln und innerhalb des armen Tieres verzwickte Konvulsionen aufführen? Na? Was?«

»Das müßte das Schaf schwindlig machen«, stellte Mick fest, »besonders, wenn sich das Wirbeln auch in seinem Kopf abspielt.«

Der Sergeant ließ ihm einen Blick zuteil werden, den er selbst zweifelsohne als *non-possum* und *noli-me-tangere* bezeichnet hätte.

»Das ist eine überaus tollkühne Bemerkung«, sagte er scharf, »denn die Nervenstränge und der Schafskopf selbst sind dem Wirbeln unterworfen, weshalb ein Wirbel den anderen aufhebt, und bitteschön: es ist, als kürzte man einen Bruch, wenn man über und unter dem Strich eine Fünf stehen hat.«

»Darauf bin ich, um die Wahrheit zu sagen, noch nicht gekommen.«

»Mollyküle sind ein sehr verzwicktes Theorem, und man kann ihnen mit Hilfe der Algebra beikommen; es empfiehlt sich aber, dabei schrittweise vorzugehen, Lineale und Kosinen und ähnliche vertraute Instrumente zu benutzen, und wenn man dann alles fertig hat, glaubt man nicht, was man überhaupt bewiesen hat. Wenn das nämlich passierte, müßte man es zurückverfolgen, bis man eine Stelle gefun-

den hat, an der man seine Fakten und Ziffern, wie sie in der *Algebra* von Knight & Hall genau niedergelegt sind, wieder glauben kann, und von der betreffenden Stelle müßte man sich dann wieder vorarbeiten, bis man den ganzen Eierkuchen anständig geglaubt hat und nicht Teile davon halb geglaubt hat oder einen Zweifel im Kopf zurückbehält, der einen plagen würde wie ein inmitten des Bettes verlorener Kragenknopf.«
»Sehr wahr«, entschloß sich Mick zu sagen.
»Wenn man heftig genug und oft genug mit einem eisernen Hammer auf einen Stein schlägt, werden einige Mollyküle des Steins in den Hammer gehen, sowie ebensowohl umgekehrt.«
»Das ist wohlbekannt«, pflichtete er bei.
»Das Brutto- und Nettoresultat davon ist, daß die Persönlichkeit von Menschen, die die meiste Zeit ihres natürlichen Lebens damit verbringen, die steinigen Feldwege dieses Landkreises mit eisernen Fahrrädern zu befahren, sich mit der Persönlichkeit ihrer Fahrräder vermischt: ein Ergebnis des wechselseitigen Austauschs von Mollykülen, und Sie wären erstaunt über die große Anzahl von Leuten in dieser Gegend, die beinahe halb Mensch, halb Fahrrad sind.«
Mick keuchte leicht vor Erstaunen, und das machte ein Geräusch wie Luft, die aus einem schadhaften Reifen austritt.
»Guter Gott, ich vermute, Sie haben recht.«
»Und Sie wären unsagbar baff, wenn Sie die genaue Zahl stämmiger Fahrräder kennten, die heiter am menschlichen Leben Anteil nehmen.«
An dieser Stelle zog der Sergeant seine Pfeife hervor, etwas, das er sehr selten in der Öffentlichkeit tat, und schweigend begann er das mühselige Geschäft, sie aus seiner arg mitge-

nommenen Dose mit sehr dunklem Tabak zu stopfen und vollzurammen. Mick kam ins Grübeln, und er dachte an Gegenden auf dem Lande, die er in seinen jüngeren Tagen gekannt hatte. Er dachte an einen Ort, an dem ihm wohl gewesen war.

Braune Moore und schwarze Moore waren zu beiden Seiten der Straße säuberlich angeordnet, und hie und da hatte man rechteckige Kästen aus ihnen herausgeschnitten, jeder mit gelb-braunem, braun-gelbem Wasser gefüllt. Weit entfernt in Himmelsnähe waren winzige Menschen über ihre Torfstecherei gebeugt; mit ihren Patent-Spaten schnitten sie präzis geformte Soden und bauten sie zu einem großen Denkmal zusammen, so groß wie ein Wagen nebst Pferd. Es kamen Geräusche von ihnen herüber, vom Westwind kostenlos an seine Ohren befördert, Lach- und Pfeifgeräusche und Bruchstücke von Strophen der alten Moorlieder. In größerer Nähe stand ein Haus in Gesellschaft dreier Bäume und von der Heiterkeit eines Geflügelklüngels umgeben, welcher allzumal pickte und scharrte und laut disputierte, dabei jedoch nie mit der unermüdlichen Herstellung von Eiern innehielt. Das Haus als solches war stumm und still, aber ein Baldachin aus trägem Rauch war über dem Schornstein errichtet, um anzuzeigen, daß es drinnen Menschen gab, die Verrichtungen nachgingen. Vor ihm lief die Straße flink über das flache Land und kurz verhaltend, wenn es galt, sachte einen Hügel zu erklimmen, der sie an einer Stelle erwartet hatte, an der hohes Gras wuchs und wo es graue Feldsteine und faulige, verkrüppelte Bäume gab. Alles Übrige wurde durch den Himmel besetzt gehalten, hell, undurchdringlich, unaussprechlich und unvergleichlich, mit einer lieblichen Insel aus Wolken, zwei Meter rechts von Mr Jarvis' Plumpsklo verankert.

Die Szene war wirklich und unbestreitbar, aber unvereinbar mit den Reden des Sergeants. War die Annahme nicht ungeheuerlich, daß die kleinen Leute, die dort in weiter Ferne Torf gewannen, zum Teil Fahrräder waren? Mick sah ihn von der Seite an. Er hatte nun seinen torfartigen Tabak zusammengedrückt und zog eine Schachtel mit Streichhölzern hervor.

»Sind Sie sicher, was das Menschsein von Fahrrädern betrifft?« wollte Mick von ihm wissen. »Widerspricht das nicht der Doktrin von der Erbsünde? Oder ist die Mollykül-Theorie wirklich so gefährlich, wie Sie sagen?«

Der Sergeant zog wild entschlossen an seiner Pfeife, während sein Streichholz sprühte.

»Sie ist drei- bis viermal so gefährlich, wie sie sein könnte«, erwiderte er düster. »Frühmorgens denke ich oft, daß sie viermal so gefährlich ist, und, beim barmherzigen Gotte, wenn Sie hier ein paar Tage lang lebten und Ihrer Beobachtungs- und Betrachtungsgabe uneingeschränkt die Zügel schießen ließen, wüßten Sie, wie sicher die Gewißheit der Bestimmtheit ist.«

»Wachtmeister Pluck sah aber nicht wie ein Fahrrad aus«, sagte Mick. »Er hatte kein Hinterrad und nicht einmal eine Klingel am rechten Daumen.«

Der Sergeant betrachtete ihn mit einigem Mitleid.

»Sie können nicht erwarten, daß ihm eine Lenkstange aus dem Nacken wächst, aber ich habe gesehen, wie er versucht hat, Dinge zu tun, die noch genauer unbeschreiblich waren als das. Ist Ihnen je das merkwürdige Benehmen von Fahrrädern auf dem Lande aufgefallen, beziehungsweise das der Mehr-Mensch-als-Fahrräder?«

»Nein.«

»Es ist eine einheimische Katastrophe. Wenn ein Mann es

erst mal soweit kommen läßt, werden Sie nicht viel sehen, denn er wird sich mit einem Ellenbogen gegen Wände lehnen oder sich beim Stehen mit einem Fuß auf dem Kantstein abstützen. So ein Mann ist ein unnützes Phänomen von großem Charme und großer Intensität und ein sehr gefährlicher Artikel.«

»Gefährlich für andere Menschen, meinen Sie?«

»Für sich und alle gefährlich. Ich kannte mal einen Mann namens Doyle. Er war einunddreißig Prozent.«

»Nun, das ist doch noch nichts Ernstes.«

Der Sergeant paffte fleißig, denn seine Pfeife war nun voll betriebsbereit.

»Vielleicht. Dafür können Sie sich bei mir bedanken. Es waren drei Brüder Doyle im Haus, und sie waren so verachtungswürdig arm, daß sie sich nicht jeder pro Stück ein Fahrrad leisten konnten. Manche Menschen werden nie erfahren, welches Glück sie damit haben, daß sie ärmer sind als jeder von ihnen gegenseitig. Aber es gewann, verdammich, einer der Brüder bei einem Preisausschreiben der Zeitschrift *John Bull* zehn Pfund. Als ich präzisen Wind von dieser Botschaft bekam, wußte ich, daß ich schnelle Schritte einleiten mußte, damit es nicht zwei Fahrräder in der Familie gab, denn Sie werden verstehen, daß ich jeden Monat nur eine begrenzte Anzahl von Fahrrädern stehlen kann. Glücklicherweise kannte ich den Briefträger gut und nahm ihn ins Gebet, um den Scheck in meine Richtung abzulenken. Der Briefträger! Wie Hafergrütze: ständig in Bewegung!«

Die Erinnerung an diesen Mann des Öffentlichen Dienstes schien beim Sergeant ein wehmütiges, sardonisches Kichern hervorzurufen, das von verworrenen Gestikulationen seiner roten Hände begleitet wurde.

»Der Briefträger?« fragte Mick.
»Zweiundsiebzig Prozent«, sagte er leise.
»Großer Gott!«
»Eine Runde von neunundzwanzig Meilen jeden einzelnen Tag, und das vierzig Jahre lang, bei Hagel, Regen oder Schneebällen. Es bestand nur sehr wenig Hoffnung, seine Werte wieder unter fünfzig Prozent zu kriegen. Ich habe ihn dazu gebracht, den Scheck in einem privaten Nebenbüro einzulösen, und wir haben uns das Geld zum Wohl der Allgemeinheit väterlich geteilt.«
Seltsam: Mick hatte nicht das Gefühl, der Sergeant sei unehrlich gewesen; er war eher sentimental gewesen, und der Zustand des Briefträgers bedeutete, daß es sich gar nicht um eine moralische Problemstellung handelte.
Er fragte den Sergeant, wie sich das Fahrrad seinerseits von Tag zu Tag in einer Situation wie dieser verhalte.
»Das Verhalten eines Fahrrads mit einem sehr hohen Anteil homo sapiens«, erläuterte er, »ist sehr schlau und rundherum bemerkenswert. Man sieht nie, wie sie sich aus eigener Kraft bewegen, aber man trifft sie unerwartet an den unwahrscheinlichsten Orten an. Haben Sie je ein Fahrrad gesehen, in einer warmen Küche ans Büffet gelehnt, wenn es draußen gießt?«
»Ja.«
»Nicht übermäßig weit vom Herd entfernt?«
»Genau.«
»In Hörweite, nah genug, um die Gespräche der Familie zu verfolgen?«
»Vermutlich.«
»Nicht gerade tausend Meilen von den Essensvorräten entfernt?«
»Das ist mir nicht aufgefallen. Grundgütiger, Sie wollen

damit doch nicht andeuten, daß diese Fahrräder *essen*?«
»Sie wurden nie dabei beobachtet; niemand hat sie je mit einem Mundvoll Kümmelkuchen ertappt. Ich weiß nur, daß Nahrung verschwindet.«
»Was!«
»Ich habe mehr als einmal Krümel an den Vorderrädern dieser Herren bemerkt.«
Eher schwächlich winkte Mick der Kellnerin und bestellte ein weiteres Getränk. Dem Sergeant war es bitter ernst, daran gab es keinen Zweifel. Und dies war der Mann, der, wie Mick beschlossen hatte, ihm helfen sollte, das große Rätsel um den Heiligen Augustinus zu lösen. Er fühlte sich sonderbar niedergeschlagen.
»Niemand nimmt Notiz davon«, sagte der Sergeant sanft. »Tom glaubt, daß Pat dafür verantwortlich ist, wenn plötzlich Fressalien fehlen, und Pat glaubt, Tom sei die Ursache. Nur sehr wenige Menschen können sich ausmalen, was in so einem beängstigend unfraktionierten Haus vorgeht. Es gibt noch anderes . . ., aber darüber schweigt man besser.«
»Na, kommen Sie schon, Sergeant. Was gibt es noch?«
»Nun, ein Mann, der auf einem Damenfahrrad fährt. Das ist der Gipfel der schwefligen Unmoral; Hochwürden Gemeindepfarrer täte nur zu gut daran, so einem niedrigen Charakter zu verbieten, daß er auch nur soviel wie seine Nase in eine Kirche steckt.«
»Ja . . . So ein Lebenswandel ist unziemlich.«
»Gott stehe der Nation bei, die sich in solchen Angelegenheiten Schwäche leistet. Die Fahrräder würden das Wahlrecht verlangen, und sie würden sich um Sitz und Stimme im Landtag bewerben, um die Straßen noch schlechter zu machen, als sie ohnehin schon sind, um ihre hintersten Hintergedanken zu verwirklichen. Hingegen und anderer-

seits ist ein gutes Fahrrad ein großartiger Kamerad, ein Freund, und es besitzt großen Zauber.«
»Trotz alledem bezweifle ich, daß ich je wieder dieses mein Fahrrad besteigen werde, das Sie draußen in Dalkey auf der Revierwache festhalten.«
Der Sergeant schüttelte leutselig den Kopf.
»Na, na, ein bißchen kann nicht schaden; es härtet ab und versorgt Sie mit Eisen. Aber sicher ist auch, daß zu weites, zu häufiges und zu schnelles Gehen gleichwohl alles andere als gesund ist. Der Aufprall Ihrer Füße auf der Straße bewirkt, daß eine gewisse Menge Straße in Sie heraufdringt. Wenn ein Mensch stirbt, sagt man, er werde, begräbnistechnisch gesprochen, wieder zu Lehm, aber zu viele Fußmärsche stopfen Sie noch viel früher mit Lehm voll (oder beerdigen Sie Stück für Stück in der Landstraße) und bringen Sie dem Tod auf halbem Wege näher. Leicht ist es nicht, kleinsäuberlich zu entscheiden, welches die beste Art der Fortbewegung ist.«
Es entstand eine kleine Pause. Mick wollte schon erwähnen, wie intakt man bleiben konnte, wenn man sich auf Flugreisen beschränkte, entschied sich aber dagegen; der Sergeant hätte ihm sicherlich mit einem Hinweis auf die Kosten widersprochen. Mick bemerkte, daß sich das Gesicht des Sergeants umwölkt hatte und daß er in den Kopf seiner Pfeife starrte.
»Ich werde Ihnen vertraulich ein Geheimnis mitteilen«, sagte er mit leiser Stimme. »Mein eigener Großvater war dreiundachtzig, als wir ihn begruben. Er war fünf Jahre lang vor seinem Tode ein Pferd gewesen.«
»Ein *Pferd*?«
»Ein Pferd, und zwar in allem außer den äußerlichen Externalitäten, denn er hatte Jahre seines Lebens – viel zu viele,

bei allen Pfeifern, als sicher und bekömmlich ist – im Sattel verbracht. Meist war er faul und verhielt sich ruhig, aber hin und wieder brach er in einen schnittigen Galopp aus und setzte in vollendeter Haltung über die Hecken. Haben Sie je einen Mann auf zwei Beinen galoppieren sehen?«

»Nein.«

»Nun, es heißt, das sei ein großartiger Anblick. Er sagte immer, er habe das Grand National gewonnen, als er noch bedeutend jünger gewesen sei, und er pflegte seine Familie mit Erzählungen über seine schwierigen Sprünge und deren unüberwindliche Höhe zu Tode zu ärgern.«

»Und der Großvater hat sich diesen Zustand durch zuviel Reiten zugezogen?«

»Sie haben es erfaßt. Mit seinem alten Hengst Dan war es genau umgekehrt. Er machte ständig Ärger, kam nachts ins Haus, nahm sich tagsüber Freiheiten mit jungen Mädchen heraus und beging so viele beklagenswerte Ordnungswidrigkeiten, daß man ihn schließlich erschießen mußte. Die *polis* zeigte damals nicht das spärlichste Verständnis. Sie sagte, sie werde das Pferd festnehmen und anklagen und dem Magistrat vorführen müssen, wenn es nicht umgebracht würde. Also hat die Familie das Pferd erschossen, aber wenn Sie mich fragen, war es mein Großvater, der erschossen, und das Pferd, das auf dem Friedhof von Cloncoonla beigesetzt wurde.«

Der Sergeant begann, über seine komplizierten Ahnen nachzusinnen, besaß aber die Geistesgegenwart, der Kellnerin mit seiner Pfeife zu winken und eine weitere Dosis der beruhigenden Arznei zu bestellen.

»Gewissermaßen«, überlegte Mick, »hatte Ihr Großvater es gar nicht so übel getroffen. Ich meine, ein Pferd ist wenigstens ein Geschöpf, ein Lebewesen, der Genosse des Menschen auf Erden, und es gilt überall als edles Tier. Wenn es sich dagegen um ein Schwein gehandelt hätte . . .«

Der Sergeant wandte sich um und strahlte ihn an, wobei er lange und zufrieden an seiner Pfeife paffte.

»Was Sie da sagen, kommt aus einem guten Herzen, und es ist gleichermaßen ernst wie dienlich. Das irische Volk hat eine große Schwäche für das Pferd. Als Tipperary Tim starb, der Droschkengaul, der das Grand National gewann, und das einzige Pferd aus dem ganzen Feld, das noch stehen konnte, hätte man Heiligen Gottes schwören können, es sei ein allgemein geliebter Erzbischof gewesen, der dort heimgegangen war, um seinen ewigen Lohn zu empfangen. Man sah starke Männer weinen.«

»Ja, und denken Sie an Orby, das großartige Pferd, das für Boss Croker das National gewonnen hat. Bis zum heutigen Tag ruht es in Sandyford.«

»Ach, ja. Und dann gab es noch Master McGrath, den Hund, der schneller war als der Wind. Von ihm steht eine Statue an einer Kreuzung in Tipp, woher die Mutter stammte.«

Beide kosteten mit Vergnügen ihre Verwandtschaft mit den höheren Tieren aus, obwohl Mick dort einen Schlußstrich zog, wo es galt, durch längere fleischliche Interkussion selbst eines zu werden.

»Nun, Sergeant, ich bin entzückt, daß wir wenigstens in einem Punkt einigermaßen übereinstimmen. Die menschliche Metamorphose vis-à-vis einem eisernen Fahrrad dagegen ist etwas ganz anderes. Und es geht dabei um mehr als den ungeheuerlichen Austausch von Gewebe und Metall.«

»Und das wäre?« fragte der Sergeant neugierig.

»Alle anständigen Iren sollten eine angemessene nationale Einstellung haben. Praktisch jedes Fahrrad, das man in

Irland hat, wurde entweder in Birmingham oder in Coventry hergestellt.«

»Ich sehe intimst, worauf Sie hinauswollen. Ein Element des Verrats spielt mit hinein. Ganz richtig.«

Es schien, als sei ihm dieser Punkt bisher nicht bewußt geworden, und Finsternis sammelte sich in seinem Blick, als er im Innern diesen Punkt betrachtete, wobei er schwerfällig paffte und den Tabak in seinem Pfeifenkopf mit braungebeiztem Finger zusammendrückte.

»Je nun«, sagte er schließlich, »der Glaube und das Fahrrad sind als solche kein heiteres Thema, sondern sie stellen ein gigantisches gesellschaftliches Problem dar. In meinen jüngeren Jahren führte es zu einem Tod durch Erhängen.«

»Wirklich?«

»Allerdings. Ich war damals in Borrisokane stationiert, und dort war ein berühmter Mann namens McDadd. McDadd hielt den Landesrekord für die hundert Meilen mit Vollgummireifen. Ich brauche Ihnen nicht in aller Exaktitüde zu erzählen, was ihm der Vollgummireifen angetan hat. Wir mußten das Fahrrad hängen.«

»Das Fahrrad hängen?«

»McDadd hegte einen erstklassigen Groll gegen einen anderen Mann namens MacDonaghy, aber er rührte MacDonaghy nicht an. Er wußte, wie die Dinge standen, und versetzte MacDonaghys Fahrrad einen fürchterlichen Hieb mit dem Brecheisen. Danach kam es zu einem hastigen Handgemenge zwischen McDadd und MacDonaghy, und dieser – ein dunkelhaariger Mann mit Brille – lebte nicht mehr lange genug, um zu erfahren, wer gewonnen hatte.«

»War das nicht ein Fall von Totschlag?«

»Nicht für den Sergeant, den wir damals hatten. Er hielt es für übelsten Mord und außerdem noch für einen schlimmen

Fall von Kriminalität. Lange Zeit konnten wir McDadd nicht finden oder mit Sicherheit bestimmen, wo er sich zum größten Teil seiner selbst aufhielt. Wir mußten sowohl sein Fahrrad als auch ihn festnehmen, und dann beobachteten wir beide eine Woche lang peinlich genau in geheimer Observierung, um zu sehen, wo sich die Mehrheit von McDadd befand und ob das Fahrrad meistenteils in McDadds Kehrseite pari passu und vice versa war, falls Sie meine Bedeutung verstehen.«

»Ich glaube schon, aber ich sehe durchaus auch die Möglichkeit einer Anklageerhebung wegen Verschwörung.«

»Vielleicht, vielleicht auch nicht. Am Ende der Woche gab der Sergeant seinen Entschluß bekannt. Seine Lage war bis zur Extremität schwierig und schmerzlich, denn nach Dienstschluß war er innig mit McDadd befreundet. Er verurteilte das Fahrrad, und das Fahrrad wurde gehängt.«

Dies klang für Mick stark nach Schnellgericht, und offenbar war das Urteil ohne die Formalien eines ordentlichen Verfahrens gefällt und vollstreckt worden.

»Vielleicht lag auch der Strafbestand im Straßenzustand«, kommentierte er.

»Es waren rauhe Zeiten«, erwiderte der Sergeant und rauchte nachdenklich. »Aber danach gab es eine großartige Totenwache, und das Fahrrad wurde im selben Grab beigesetzt wie MacDonaghy. Haben Sie je einen fahrradförmigen Sarg gesehen?«

»Nein.«

»Es handelt sich da um ein sehr verzwicktes Werk höchster Schreinerkunst; man möchte sich wünschen, ein erstklassiger Handwerker zu sein, um bei der Lenkstange gute Arbeit zu leisten, von den Pedalen und der Rücktrittnabe ganz zu schweigen.«

»Ich zweifle nicht daran.«
»Ach, ja. Die Tage der Fahrradrennen mit Vollgummireifen waren traurige Tage für Irland.«
Der Sergeant verfiel wieder in Schweigen. Fast konnte man das sanfte Schwappen der Flut der Erinnerungen in seinem Kopf hören.
»Es gab auch tragödische Fälle, wenn auch von ganz anderer Art. Ich entsinne mich eines alten Mannes. Er war soweit kein schlechter Kerl, aber er bewegte sich so komisch und hatte so einen merkwürdigen Gang, daß er damit die Leute zur Raserei brachte. Er ging zum Beispiel einen sacht ansteigenden Hügel mit einer Geschwindigkeit von, sagen wir, einer halben Meile in der Stunde hinauf, zu anderen Zeiten aber rannte er wieder so schnell, daß man hätte schwören mögen, er habe bis zu fünfzehn Emm Peh Haa draufgehabt. Und das ist Tatsache, verdammt noch Mal.«
»Hat jemand herausgefunden, was bei ihm nicht stimmte?«
»Ja. Ein sehr intelligenter, weit- und scharfsichtiger, unverstößlicher Mann hat es herausgefunden. Ich war es. Wissen Sie, was bei dem armen Hund nicht stimmte?«
»Nein. Was?«
»Er hatte einen heftigen Fall von Sturmey Archer erwischt. Er war der erste im Land, der zu Beginn des Jahrhunderts mit der Dreigangschaltung fuhr.«
»Ja, ich glaube, ich sehe die möglichen Komplikationen. Zum Beispiel haben doch, glaube ich, Rennräder eine Gabel mit Spezialfederung. Ja. Das ist alles sehr interessant. Aber . . . Ich habe jedenfalls versprochen, zeitig zu Hause zu sein, und ich werde uns noch ein letztes Glas bestellen.«
Mick winkte der Kellnerin.
»Ich wollte Sie noch etwas fragen«, fügte er hinzu.

Als die Getränke kamen, bedachte er sich, wie es in den alten Büchern heißt. Er hatte den Redefluß des Sergeants und sein abstruses Thema genossen. Es wäre – vielleicht – angemessen, ihn den De Selby des kleinen Mannes zu nennen. Aber letzterer nahm ihn noch immer ganz in Anspruch, war, sollte er vielleicht sagen, seine alltägliche, allnächtliche Obsession.

Aber jetzt hatte er einen Plan, der ebenso schlau wie wagemutig war. Er dachte sich, es könne nur klug und überlegt sein, den Sergeant ohne dessen Wissen daran teilhaben zu lassen, denn wenn dieser gewisse Dinge in Erfahrung brächte, die er selbst in Gang gesetzt hatte, könnte seine unstreitige Begabung für das Unpassende zum Schluß die fein geschmiedeten Ränke doch noch zum Bersten bringen. Eine Rolle hatte Mick bereits – wieder ohne dessen Wissen – Hackett zugedacht. Datum und zeitlicher Ablauf der Operation hingen jetzt nur noch von einem einzigen Punkt ab: Er mußte klären, wie De Selby seine tödliche D.M.P.-Substanz auf der ganzen Welt gleichzeitig zirkulieren lassen wollte, um den Zustand der Isolierung zu verhindern: der Abdichtung, die im Fall der Unterwasser-Höhle in Dalkey erreicht worden war.

Es war ihm jetzt nicht klar, wie De Selby das in einigermaßen kurzer Zeit schaffen sollte, und selbst indem er sich das eigene Hirn zermarterte und zerquälte, bot sich ihm kein Anhaltspunkt, wie dieses riesige Vorhaben ins Werk zu setzen sei. Sogar eine Weltmacht mit Zehntausenden von Flugzeugen würde ein solches Vorhaben entmutigen, und trotz der übernatürlichen Kontakte, die De Selby zu pflegen schien, war begründeter Zweifel angebracht, ob Engelscharen dazu aufgerufen werden konnten. In Wahrheit gab es keinerlei Beweis, daß Gott, der Allmächtige, De Selby

überhaupt guthieß. Es war immerhin möglich, daß Gott auf Micks Seite stand.
»Sergeant Fottrell«, sagte er ernst, »ich glaube, Sie kennen Mr De Selby in der Vico Road?«
Ein freundliches Stirnrunzeln sammelte sich auf dem Gesicht.
»Eine beispielhafte und erhabene Persönlichkeit«, erwiderte er, »aber ein Quentchen halsstarrig.«
Das war vielversprechend: Respekt, mit dem Sauerteig des Argwohns angesetzt.
»Genau. Ich kenne ihn selbst recht gut, aber er hat mich in Unruhe gestürzt. In seinem Haus in den Wäldern hat er Experimente durchgeführt. Er ist ein Wissenschaftler, natürlich.«
»So ist es. Stochert ohne die mindeste Gefühlsregung in den dunklen Geheimnissen der heiligen Welt herum.«
»Ich will nun nicht sagen, daß er die Gesetze bricht. Aber ich weiß, daß er die Gemeinde in Gefahr bringt. Er weiß nicht (und ließe sich wahrscheinlich auch nicht davon überzeugen), daß seine Experimente außer Kontrolle geraten und uns alle mit einer Epidemie erschreckenden Siechtums heimsuchen könnten, in deren Verlauf Gott weiß wieviele Menschen wie die Fliegen sterben und dabei die Pestilenz an andere Menschen weitergeben; nicht nur hier in Dublin und Dalkey, sondern möglicherweise in England und anderen Teilen der Welt.«
Der Sergeant hatte seine Pfeife wieder in Brand gesetzt.
»Das ist überaus ungünstige und unstatthafte Botschaft«, sagte er. »Das ist noch schlimmer als die Fahrrad-Frage.«
»Ich bin froh, daß Sie es so sehen. Sie sind ein Mann, Sergeant, der größer ist als seine Aufgabe; sonst hätten Sie keine Fahrräder gestohlen, um das tödliche Radfahren be-

reits in Mitleidenschaft gezogener Einzelpersonen einzuschränken –, sonst hätten Sie Wachtmeister Plucks Maschine nicht vorsätzlich mit einem Plattfuß versehen.«

Diese Rede entzückte den Sergeant offenbar, ganz wie es Micks Absicht gewesen war.

»Es gibt Zeiten«, sagte er, »da ist Der dort oben mein oberster Vorgesetzter. Es ist meine schlichte Pflicht, Mitglieder der menschlichen Rasse zu beschützen, manchmal vor sich selbst. Nicht jeder begreift der verzwickten Welt Perikula, die sich einer hochnotpeinlichen Nachprüfung entziehen.«

»Meine Rede. Nun weiß ich zufällig, daß Mr De Selby auf künstlichem Wege die Bakterien ausgebrütet hat, die bei Menschen Unterleibstyphus hervorrufen. Das ist eine sehr ernste und gefährliche Krankheit, noch schlimmer als Typhus.«

»Eine unersättliche Behelligung.«

»Ja.«

»Eine unterschiedslose Verschärfung, gegen die man nur in peinlichster Form vorgehen kann.«

»Mr De Selby bewahrt diese Mikroben zehnmillionenweise in einem metallenen Behälter auf, der einem Fäßchen ähnelt. Er hat ihn in seinem Haus, in einem Safe, sicher verwahrt.«

»Ein Safe, was?«

»Ja. Im Interesse der Menschheit plane ich, diesen Behälter voll gefährlichen Ungeziefers aus dem Hause des Wissenschaftlers zu entfernen – ihn zu stehlen, wenn Sie so wollen – und an einen sicheren Ort zu schaffen, wo er keinen Schaden anrichten kann.«

»Heda! Augenblick mal! Stehlen? Ja, doch wohl. Ich würde das weder für schändlich noch für schädlich erachten.«

»Dann kann ich mich, Sergeant, auf Ihre Mitarbeit verlassen?«
Er hatte sich wieder entspannt, offensichtlich erleichtert, weil der Plan lediglich darin bestand, etwas zu entfernen, das, obschon gefährlich, ohne finanziellen Wert war.
»Nicht nur auf meine Mitarbeit, sondern auf meine aktive stillschweigende Einwilligung bei der *res ipsa*. Aber in einem Safe verwahrt? Ich besitze nicht das handwerkliche Geschick, im Schloß eines Geldschranks zu stochern.«
»Ich auch nicht. Und es wäre gefährlich, ihn zu sprengen oder Gewalt anzuwenden. Doch diese Art von Wagnis kommt ohnehin nicht in Betracht. Der Tresor sieht massiv und stark aus, aber er ist altmodisch. Sehen Sie sich dies an!« Aus einer kleinen Innentasche seines Jacketts zog Mick einen Schlüssel und hielt ihn empor.
»Ich habe Ihnen gesagt, Sergeant, daß unser Freund unvorsichtig ist«, sagte er, »und vielleicht hätte ich sagen sollen: ›sträflich fahrlässig‹, sowie auch verwegen. Dies ist der Schlüssel zum Safe. Ich hob ihn, als ich ihm vor kurzem einen Besuch abstattete, vom Fußboden seines Wohnzimmers auf.«
»Ja, da soll doch gleich . . .«, schrie der Sergeant betroffen.
»Unsere Aufgabe ist wirklich einfach genug«, fuhr Mick fort. »Zuerst müssen wir dafür sorgen, daß Mr De Selby an dem fraglichen Abend nicht zu Hause ist. Ich glaube, ich kann das ohne große Mühe arrangieren. Wenn er fort ist, wird niemand sonst da sein. Und unser Eindringen wird nur von kurzer Dauer sein.«
»Bündig genug wird sie, beim Geier, sein.«
»Wenn wir den Behälter haben, werden wir ihn im Unterholz verstecken – beim kleinen Tor an der Vico Road. Dann werden wir nach Hause gehen. Früh am nächsten

Morgen werde ich ihn mit einem Taxi abholen. Den Rest überlassen Sie mir dann. Der einzige kleine Haken besteht darin, wie man ins Haus kommt.«

»Das sollte nicht Gegenstand ausgesuchter Besorgnisse sein«, erwiderte der Sergeant gefällig, »denn wenn er so fahrlässig ist, wie Sie sagen, könnte ich, ohne mit der Wimper zu zucken, mit einem Fenster ganz geschwind verfahren.«

»Und ohne es einzuschlagen, hoffe ich. Wir wollen ihn doch nicht alarmieren oder aufschrecken.«

»Dann eben nicht. Ich habe ein gutes Taschenmesser.«

»Ah, das ist der richtige Weg, Sergeant. Wir können also davon ausgehen, daß soweit alles klar ist?«

»Außer dem Datum der Durchführung.«

»Ja. Das werde ich Ihnen rechtzeitig mitteilen.«

Mick erhob sich und streckte in bester Verschwörermanier die Hand aus. Der Sergeant packte sie.

»Auf die großartige Verteidigung und Erhaltung«, intonierte er feierlich, »von Adams Rasse.«

10

Für Mick sollte jetzt eine kurze Frist der Untätigkeit und Ruhe folgen, und er war froh darüber. Er hatte nun einen Plan, wie dieser D.M.P.-Bedrohung zu begegnen sei, und er fand, daß hastige oder ungestüme Schritte nur schaden konnten. Es war sein eigener Plan, und er allein der ihn wirklich Ausführende, während die beiden anderen – Hackett und Sergeant Fottrell – ahnungslose Teilnehmer waren. Er hielt es für klug, fürs erste keinen der beiden zu treffen, denn äußerste Geheimhaltung war wesentlich; beide – besonders der wißbegierige Hackett – mochten Fragen stellen, und das konnte nur zu heiklen Ausreden führen.

Mary war noch nicht zurückgekehrt, und das würde wahrscheinlich auch nicht vor seiner Zusammenkunft mit Pater Cobble geschehen, der noch am selben Abend ein Besuch bei De Selby folgen sollte. Das war der nächste Schritt in der natürlichen Abfolge, und man konnte nichts tun, um diese zu beschleunigen. Was bedeutete schon eine Woche in dieser düsteren Lage? Es schien ihm angemessen, sich innerhalb des teuflischen Plans, den er entworfen hatte, dem Müßiggang hinzugeben. Micks Neugier, was De Selbys Möglichkeiten betraf, seine tödliche Chemikalie gleichzeitig über die ganze Welt zu verteilen, hatte erheblich nachgelassen, denn wenn sein, Micks, einfacher Plan funktionierte, war das Interesse an der Frage nur noch akademischer Natur.

So verlief sein Leben einige Tage lang ruhig, beinahe schicklich. Er dachte ein wenig über seine wachsende, wenn auch geheime Wichtigkeit für die Welt nach, durch die er wandelte, seine stille Befehlsgewalt über die Sachverhalte in einer ganz fabelhaften Konfrontation. Und welche kleine Waffe festigte die eiserne Ruhe seiner Nerven? Die Antwort darauf, da war er ganz sicher, lautete: Vichy-Wasser.

Die Art, wie er seinem kleinen Beruf nachging, war womöglich noch flüchtiger als gewöhnlich; abends schwamm er meist noch ein wenig im nahen Blackrock, trank danach ein paar Flaschen Mineralwasser, begab sich dann nach Hause und zeitig zu Bett. Er vermeinte, nicht ohne Stolz, die gleiche korrekte, lässige, zivilisierte Haltung einzunehmen wie De Selby selbst angesichts unheilvoller Entwicklungen und nie zuvor gehörter Katabolismen.

Eines Tages zur Zeit der Mittagspause jedoch tat er einen kleinen Schritt von untergeordneter Bedeutung. Er bewegte sich im Rahmen des Planes, aber er tat ihn mit, so könnte man es bezeichnen, beiläufiger Sorgfalt. Sein allgemeiner Mangel an häuslicher Verantwortung, die leichte Art, mit der er von Tag zu Tag alles ausgab, was er verdiente, und seine ziemlich sorglose Einstellung zum Dasein waren sämtlich mögliche Gründe dafür, daß er nie ein Bankkonto gehabt hatte und, was den Lebensbereich betraf, in dem es darum geht, Schecks auszustellen, ganz unerfahren war. Nun suchte er die geringen Summen zusammen, die er zu Hause beiseite gelegt hatte, verkaufte ein paar Bücher und eine Taschenuhr, die er nie benutzte und nicht benötigte, und sah, daß er 25 Pfund besaß und sogar noch ein bißchen mehr. Er ging zur Hauptfiliale der Bank von Irland am College Green im Herzen Dublins, eröffnete, nachdem er eine wichtige Amtsperson kennengelernt hatte, mit der Einzahlung von 21 Pfund ein Barkonto und erhielt ein Scheckbuch. Sehr töricht, natürlich, aber er konnte eine kleine Welle von Begeisterung nicht unterdrücken. Es war

ihm indessen nicht darum gegangen, seine Würde aufzupolstern: er hatte einen anderen, sehr guten Grund gehabt.
Der erste Tag im September war ein Sonnabend. Am Vorabend überkam ihn eine gewisse Unbehaglichkeit. Er würde Hackett bald treffen müssen, um ihn über seine Rolle aufzuklären. Da Mick am Sonnabend ohnehin in Dalkey sein wollte, schien nichts dagegen zu sprechen, am Freitag einen Ausflug ins *Colza* zu machen, denn vielleicht traf er ihn dort an und konnte ganz allgemein die Lage peilen. Außerdem war es nicht unwahrscheinlich, daß er auch die eine oder andere Nachricht über De Selby empfing.
Er überlegte die Angelegenheit gründlich, befahl sich dann, in trivialen Angelegenheiten nicht mehr so spitzfindig und selbstquälerisch zu sein, und nahm gegen neun die Straßenbahn nach Dalkey.
Das Colza Hotel war still und sah von außen in der Tat verlassen aus, aber in der Abteilung der Bar, die »das Elendsviertel« genannt wurde, fand er Dr Crewett und den jungen Nemo Crabbe vor, die sich gesittet unterhielten. Mrs Laverty saß hinter dem Tresen und strickte. Er grüßte jeden, bestellte ein Vichy-Wasser und setzte sich.
»Nun, meine Herren«, fragte er, »hat es irgendein Zeichen von meinem Freund Hackett gegeben?«
Dr Crewett nickte.
»Ja«, sagte er. »Der Herr war vorhin mit seiner frühreifen Dame hier. Ich glaube, er bringt ihr das Schwimmen bei.«
»Wir wollten nicht rundheraus fragen«, sagte Crabbe, »weil Ihr Freund von unbeständiger Gemütsverfassung ist, besonders wenn er Erfrischungen zu sich nimmt. Er könnte annehmen, wir spionierten ihm nach.«
Dr Crewett zeigte ein Lächeln, das vielleicht eher ein boshafter Seitenblick war.

»Sie dürfen nicht vergessen, Mick, daß man, wenn man einer Dame das Schwimmen beibringen will, zuerst eine stille, unauffällige Stelle am Strand aussuchen und ihr dann beim Ablegen ihrer gesamten Kleidung behilflich sein muß.«
Darüber brüllte Crabbe vor Lachen.
»Soviel hatte sie, verdammt noch Mal, gar nicht zum Ausziehen an«, kicherte er.
»Es ist sowieso nicht wichtig«, sagte Mick leichthin. »Ich wollte ihm nur etwas sagen – nichts Wichtiges. Gibt es sonstige Nachrichten, gute oder schlechte?«
»Nicht viel«, sagte der Doktor.
»Flaue Zeiten«, bemerkte Mick.
»War da nicht etwas mit dem Gemeindepfarrer?« warf Crabbe ein.
»Es wurde vage darüber gesprochen, daß sich der Gemeindepfarrer über etwas geärgert und Sergeant Fottrell alarmiert habe. Wahrscheinlich unzulängliche Bademoden am White Rock oder ähnlicher Unsinn. Irgendein lüsterner Wichtigtuer, der Ärger machen will.«
»Ich glaube nicht, daß das der Grund war, Herr Doktor«, sagte Mick.
»Dies ist ein schreckliches Land, was sexuelle Besessenheit betrifft«, bemerkte Crabbe. »Ich gebe Ihnen fünf Städte: Tyrus, Sidon, Gomorrha, Sodom und Dublin.«
»Nein. Ich habe gehört, daß Teague McGettigans Gaul sich nach Meinung Seiner Ehrwürden danebenbenommen haben soll, und zwar auf dem Grund und Boden rings um das Pfarrhaus.«
Dr Crewett lachte.
»Mrs Laverty«, rief er, »geben Sie uns noch zwei Getränke und meinem armen Freund ein Vichy-Wasser. Meine Güte,

das ist gut. ›Das Pferd in der Geschichte‹. Der Ritt des Paul Revere; der Angriff der Leichten Kavallerie; das Trojanische Pferd; die Katharsis von Teagues Droschkengaul.«

»Ich habe das Tier nur einmal gesehen«, sagte Crabbe, »und es erstaunt mich, daß es die Energie zu einer solchen Leistung aufgebracht hat.«

Sie wandten sich ihren neuen Getränken zu.

»Ja«, fügte Crabbe hinzu, »es gibt eine weitere Neuigkeit, sehr trivial. Ich habe eine Bude, nicht hier, sondern in Dunleary. Eine Frau namens Muldowney. Immerhin einigermaßen sauber. Außer dem Frühstück bekomme ich dort kaum etwas zu essen. Mrs Muldowney haßt den Alkohol, rügt ihn heftig und beständig und nimmt ihn in unvorstellbaren Mengen zu sich.«

»Natürlich im stillen«, sagte Mick zustimmend und dachte an Curley's Stärkungswein.

Die Konversation war abgeglitten und drohte gänzlich zusammenzubrechen. Es gab einfach nichts, worüber man reden konnte.

»Es ist schade«, wagte sich Mick schließlich vor, »daß die meisten von uns nicht das Geld haben, um im Ausland zu leben. Leute unseres Schlages scheinen in einem ausländischen Klima aufzublühen. Ein Grund ist vielleicht der, daß dieses Land zu feucht ist.«

»Es besitzt zu viele Schwindler und Heuchler«, sagte Crabbe.

»Wir glauben gern«, sagte Dr Crewett, »daß die Iren das Volk sind, das vornehmlich die Vereinigten Staaten aufgebaut hat. Ich glaube, es ist wahr, daß sie und die Italiener, beides gediegene römisch-katholische Rassen, für das dauerhafte System von Verbrechen und Laster verantwortlich sind, das in Amerika herrscht.«

Unter der Oberfläche war Dr Crewett ein wahrer Misanthrop.
»Ich hatte eher an das europäische Festland gedacht«, erläuterte Mick, »und natürlich an Groß-Britannien. Shaw wäre verfault, wenn er hier geblieben wäre. Und sehen Sie sich Stanford an, John Field, Tom Moore, Hugh Lane und sogar Balfe. Bedenken Sie den wunderbaren internationalen Ruf, den der verstorbene James Joyce genießt, nachdem er die meiste Zeit seines Lebens als armer Flüchtling verbracht hat, ein armseliger Lehrer, immer auf der Flucht von einer Schule Europas zur nächsten.«
Dr Crewett stellte jäh sein Glas ab.
»Was meinen Sie mit ›der verstorbene James Joyce‹? Meinen Sie das im Ernst?«
»Im Ernst?«
»Ja.«
»Natürlich meine ich das im Ernst.«
»Ich dachte, jeder wisse, daß Joyce' Tod – all diese Berichte in ausländischen Zeitungen mitten in den Kriegswirren – der letzte Quatsch waren.«
»Sie meinen, daß Joyce noch am Leben ist?«
»Allerdings.«
»Warum ist er dann den Berichten nicht entgegengetreten? Bei solchen unfundierten Meldungen sollte man auf Gegendarstellung klagen können.«
»Weil er die Geschichte selbst in die Welt gesetzt hat.«
An dieser Stelle stutzte Mick. Der Doktor sprach in vollem Ernst, und unverstellter Leichtsinn zumindest entsprach nicht seinem zynischen Naturell.
»Ich kann das nur sehr schwer glauben«, sagte Mick schließlich.
»Alles, was ich von Joyce bisher gelesen habe«, stellte

Crabbe fest, »fand ich sehr hübsch und poetisch. Sein *Porträt des Künstlers* zum Beispiel. Er ist ein Mensch, den ich sicherlich gern kennenlernen würde. Dr Crewett, wenn er noch lebt, wo ist er?«
Dr Crewett schüttelte vage den Kopf.
»Die komplette Geschichte habe ich nie gehört«, sagte er. »Es hat da, glaube ich, irgendeinen Skandal gegeben. Ich weiß nicht, ob er militärischer, ehelicher oder moralischer Natur war. Die Deutschen haben ihn aus Frankreich ausgewiesen, soviel steht fest, und es ist völlig klar, daß er sich nicht irgendwohin in Richtung Osten absetzen konnte. Er mag sich zunächst nach Spanien durchgeschlagen haben oder mit Hilfe der französischen Résistance nach England gekommen sein. Auf jeden Fall war er sechs Monate nach seinem angeblichen Tod unter anderem Namen in England.«
»Selbst wenn wir das einmal als gegeben annehmen, so wäre das doch schon ziemlich lange her. Woher wissen Sie, daß er noch lebt?«
»Ich kenne einen Mann, der vor ein paar Monaten mit ihm gesprochen hat. Heutzutage könnte die Nachricht von seinem echten Tod nicht mehr verfälscht oder unterdrückt werden.«
Darüber erregte sich Mick beträchtlich, und als Erwiderung auf diese Erregung fügte Dr Crewett hinzu:
»Aber was soll's? Es ist seine Privatangelegenheit, und außerdem hat er das Schreiben sowieso aufgesteckt.«
»Ja, aber wo ist er?«
»Könnte er in den Vereinigten Staaten sein?« fragte Crabbe. »Dort würde man ihn bestimmt gut behandeln; wahrscheinlich würden sie ihm einen Lehrstuhl an einer der dortigen Universitäten geben.«

»Nein, dort ist er nicht«, erwiderte der Doktor. »Ich glaube zwar nicht, daß es ein Geheimnis ist, daß er noch lebt, aber . . . nun . . . sein tatsächlicher Aufenthaltsort ist streng vertraulich. Ich finde, ein wohlbekannter Mann, an dessen Leben die Öffentlichkeit lange genug teilgehabt hat, besitzt ein Recht auf Zurückgezogenheit, wenn ihm danach ist, und besonders, wenn es einen guten Grund dafür gibt, daß ihm danach ist.«

Diese doch eher affektierte Rede erfüllte Mick mit Ungeduld. Höchstwahrscheinlich war sie darauf abgezielt, den Zuhörer zu reizen. Wenn Joyce das europäische Festland verlassen hatte und nicht in Amerika war, mußte er in Groß-Britannien, Irland oder auf der Insel Man sein. Die Erdteile Asien und Afrika waren für einen solchen Mann als Wohnorte undenkbar. Und die Insel Man war für einen, der Verborgenheit und Anonymität suchte, zu klein. Es schien hinreichend klar, daß Dr Crewett wußte, wo sich der Unterschlupf befand und lediglich seinen Eigendünkel förderte, wenn er sich in dieser Angelegenheit zierte. Sie war also ›streng vertraulich‹? Schiere Narretei, soweit sie den Doktor betraf. Seine vornehme Rücksichtnahme hatte ihn noch nie, und das wußte jedermann, davon abgehalten, sich in anderer Leute Angelegenheiten zu mischen. Mick hielt den direkten Vorstoß für das angemessene Verfahren.

»Nun, Dr Crewett«, sagte er so streng wie möglich, »ich glaube nicht, daß es vernünftig ist, jemandem wie mir *irgend*eine Information über Joyce vorzuenthalten. Sie wissen, daß ich den Mann in höchstem Maße schätze, und daß ich in jeder mir möglichen Weise aktiv um sein Wohl besorgt wäre. Wenn ich also wirklich wüßte, wo er wohnt – oder, wenn Sie wollen, sich versteckt –, würde ich seinen Wunsch, unerkannt und verborgen zu bleiben, absolut

respektieren. Ich wäre der letzte auf der ganzen Welt, eine solche Information der breiten Öffentlichkeit preiszugeben.«
Der Doktor grimassierte flüchtig, doch verdeckte er dies mit einem tiefen Zug aus seinem Glas.
»Mein guter Mann«, sagte er, »Sie wissen sehr wohl, daß mein Vertrauen zu Ihnen überhaupt nicht zur Debatte steht. Ich wollte damit lediglich sagen, daß ich jede Information, die ich erhalten habe, unter eben jenem Siegel der absoluten Verschwiegenheit erhalten habe. Verstehen Sie? Naja, wir kommen später noch darauf zurück.«
»Sehr gut«, sagte Mick kurz. »Wie Sie wollen.«
Er war sicher: er wußte, was der Doktor meinte. Der Doktor zog es vor, in Gegenwart von Nemo Crabbe nichts zu sagen, da dieser ihnen allen noch vergleichsweise wenig bekannt war.
»Crabbe«, sagte Mick lebhaft, »ist es Ihnen gelungen, sich ein wenig stärker mit den dornenreichen Stationen auf dem Weg zum Doktor der Medizin auszusöhnen?«
Crabbe verzog grollend den Mund.
»Kein bißchen«, erwiderte er. »Soweit ich es überblicke, studieren wir Studenten von heute unter großen Mühen, um ein Zertifikat zu erlangen, das uns bescheinigt, daß unser Wissen überholt ist. Revolutionäre Fortschritte auf dem Gebiet der Diagnose, der Therapie und der Pharmakologie finden heutzutage alle paar Monate statt. Eine neue Wunderdroge macht über Nacht Dutzende von vertrauten Medikamenten überflüssig. Denken Sie an das Penicillin und die Antibiotika überhaupt.«
Ja, das war ein recht einleuchtendes Argument, dachte Mick. Ob es wohl angebracht war, sich hier über Sergeant Fottrells Velozipeditis auszulassen? Kaum.

»Als Fleming im Jahre 1928 durch Zufall etwas herstellte, das er dann Penicillin nannte«, merkte Dr Crewett an, »hat er nichts erfunden und nichts Neues entdeckt. Als junger Mensch habe ich in der Grafschaft Carlow oft Landarbeiter gesehen, die ein Furunkel im Nacken dadurch behandelten, daß sie fauligen Kuhmist auf der infizierten Stelle befestigten, und das geschah gewöhnlich mit Hilfe eines schmutzigen Halstuchs. Dieser Dung vernichtete im stillen die Staphylokokken.«

Mick schien es, als erinnere er sich vage an ähnliches.

»Nun, Fleming bekam den Nobelpreis«, sagte er. »Wofür?«

»Seine Tat war ein reiner Labor-Unfall«, nahm der Arzt seinen Faden wieder auf, »aber er verdient großes Lob dafür, daß er genau beobachtete, was er sah und es mit wissenschaftlicher Genauigkeit feststellte.«

»Aber die Einführung des Penicillins«, protestierte Mick, »war doch eine veritable Umwälzung für die Behandlung einer ganzen Reihe von Krankheiten.«

»Ich habe bei Gelegenheit auch die eine oder andere Spritze von dem Zeug gekriegt«, sagte Crabbe.

»Flemings sekundäre Leistung«, sagte Dr Crewett, »bestand darin, daß er den Prozeß der Pilzvermehrung durch die Einrichtung künstlicher Kulturen synthetisch gesteuert hat. Aber das eigentliche Geheimnis des Penicillins war der Volksmedizin schon jahrhunderte-, wahrscheinlich jahrtausendelang bekannt.«

»Ja, das glaube ich auch.«

»Deshalb ist es töricht, wenn Menschen in Westeuropa überheblich auf Medizinmänner, deren Gebräu und Absud, auf Molchsaugen, Froschzehen und dergleichen herabsehen. Diese Wilden hatten keine Ahnung von Chemie oder Pathologie, aber sie waren in der Lage, unverstandene und nichtsdestoweniger gültige medizinische Traditionen fortzuführen. Die Vögel und die unvernünftige Schöpfung besitzen ähnliche instinktive Arzneien gegen ihre eigenen Gebrechen.«

»Gönnen Sie uns noch einen Tropfen, Mrs Laverty«, rief Crabbe, »und dann muß ich fort und mich meinen Verrichtungen widmen.«

Mrs Laverty entstieg ihrer Festung und füllte die Gläser, wobei sie bemerkte, jetzt könne es nicht mehr lange dauern, und sie meine, es liege Donner in der Luft; sie schließe das aus ihren Hühneraugen, welche sie am Körper trage.

»Wenn man einmal die Dummheiten bei der akademischen Ausbildung auf dem Gebiet der Medizin außer acht läßt«, sagte Crabbe rauh, »wer zum Teufel will denn schon ›Praktischer Arzt‹ sein?«

»Es ist eine Art zu leben«, sagte Dr Crewett. »Sogar ein sehr schlechter Arzt kann sich seinen Lebensunterhalt verdienen.«

»Einen Lebensunterhalt: ja«, gab Crabbe zurück, »aber gütiger Himmel, was für ein Leben!«

»Besser als die Arbeit in einem Salzbergwerk.«

»Falls und wenn ich die Examina bestehe«, krächzte er, »bin ich sicher, daß ich mich irgendwie auf ungewöhnliche Weise nach Strich und Faden lächerlich machen werde, vielleicht wie Schweitzer oder Livingstone.«

»Nun, dann sind Sie berühmt«, erwiderte Dr Crewett sardonisch, »und die ganze Welt wird Sie bewundern.«

»Ach, der Teufel soll Sie holen.«

Pseudotechnische Zwiegespräche dieser Art interessierten Mick nicht sonderlich, und das Folgende nahm er kaum noch wahr. Nachdem Crabbe aufgebrochen war, wandte er sich von neuem an Dr Crewett.

»Ich bin ziemlich sicher, daß Joyce sich irgendwo in diesem Lande aufhält, denn es ist undenkbar, daß er in England leben könnte, und Dublin, so geistesverwandt selbst die veränderte Stadt von heute noch sein mag, wäre zu gefährlich für einen berühmten Mann, dessen Los es ist, nicht erkannt werden zu dürfen. Wo ist er?«
Der Arzt lächelte verschmitzt.
»Ich sagte Ihnen schon, daß die Information, die ich besitze, vertraulich behandelt werden muß«, erklärte er, »und das heißt, daß Sie sie vertraulich entgegennehmen müssen und sie unter keinen Umständen weitergeben dürfen.«
Dies war weiterer morbider Mumpitz, folgerte Mick, aber an ihm, Mick, sollte es nicht liegen: er würde beim gegenseitigen naiven Spielchen mitmachen.
»Ich akzeptiere das unter einer Bedingung. Die Information als solche werde ich für mich behalten. Ich würde aber für mich in Anspruch nehmen, sie insofern zu verwenden, als ich mit Joyce in Verbindung träte, woraufhin er mich möglicherweise von der Verpflichtung, seinen Verbleib geheimzuhalten, entbindet. Es könnte mir gelingen, ihn davon zu überzeugen, daß seine Ängste, welcher Art immer sie sein mögen, unbegründet sind.«
»Oh, dagegen könnte ich kaum etwas vorbringen, außer daß Joyce, wenn Sie ihn zur Strecke gebracht haben, Sie höchstwahrscheinlich fragen wird, woher Sie wußten, wo Sie ihn suchen sollten. Es wäre mir gar nicht lieb, wenn dann mein Name erwähnt würde.«
»Kennen Sie ihn denn?«
»Nein.«
»Dann ist der Punkt gegenstandslos, obwohl mir natürlich nicht im Traum einfallen würde, Ihren Namen zu erwähnen.«

Dr Crewett zog flüchtig die Stirn in leichte Falten, als wolle er damit sagen, daß es ihm nicht angenehm sei, wenn seine Existenz so summarisch abgetan werde.
»Sagen Sie mir doch mal«, meinte er, »in welcher Angelegenheit Sie mit Joyce sprechen möchten? Warum wollen Sie ihn sehen?«
Eine starke Frage war das: mutwillig, unverschämt, dumm.
»Jedermanns Gründe, diesen Mann kennenlernen zu wollen, sollten deutlich genug auf der Hand liegen«, sagte Mick eisig. »In meinem Fall ist Neugier der erste Grund. Ich glaube, daß das Bild, das er in seinen Schriften von sich selbst übermittelt, trügerisch ist. Ich glaube, daß er ein viel besserer oder ein viel schlechterer Mensch sein muß. Ich denke, ich habe alle seine Werke gelesen, obwohl ich gestehen muß, mich seinem dramatischen Œuvre nicht mit der geziemenden Beharrlichkeit gewidmet zu haben. Seine Lyrik finde ich hohl und manieriert. Aber ich hege tiefe Bewunderung für sein gesamtes übriges Werk, für seine Gewandtheit und Findigkeit im Umgang mit Sprache, für seine Präzision, seine Subtilität, wenn er uns ein Bild von Dublin und seinen Menschen vermittelt, für seine Genauigkeit, wenn er das gesprochene Wort authentisch festhält, und für seinen enormen Humor.«
Als spontane Bewertung literarischer Arbeit war diese Stegreif-Aussage gar nicht schlecht, fand Mick. Aber war er schließlich nicht ein wohlbelesener Mann für sein Alter und seine Herkunft? Und unerschrocken genug, wenn es galt, sich Büchern zu stellen, in denen eine Gefahr für die Moral lauern mochte? Jawohl, das war er.
Dr Crewett stellte sein Glas ab. »Nun, da soll doch gleich ...«, sagte er. »Sie mögen Ihren Joyce ja tatsächlich. Ich hätte nie einen solchen Enthusiasmus bei Ihnen vermutet.«

Auf Micks Gesicht durfte sich nun wieder Wohlwollen ausbreiten.
»Vielleicht wollen Sie bedenken, daß das *Colza* nicht unbedingt ein literarischer Salon ist. Solche Themen sind hier nicht der angemessene Gesprächsstoff.«
»Da haben Sie wahrscheinlich recht. Doch, doch.«
»Ich habe einige der dummen Bücher gelesen, die *über* Joyce und sein Werk geschrieben wurden – meist von Amerikanern. Ein echtes Buch über Joyce, das sich aus vielen langen Gesprächen mit ihm speist, könnte Mißverständnisse aufklären und Fehler korrigieren, könnte viele Dummheiten aus der Welt schaffen.«
»Mein Gott, nun sagen Sie nicht, daß Sie auch noch ein veritabler Autor und Exeget sind!«
»Nein, das möchte ich ganz und gar nicht behaupten, aber wenn ich das Material sammeln könnte, wäre einer meiner Freunde bestimmt dazu in der Lage, es zu einem schönen, frischen Buch zu verarbeiten. Ich kenne zufällig jemanden, der sehr gut schreiben kann. Stilvoll.«
»Nun . . . Das ist eine Idee.«
»Ich denke mir, daß sich eine solche Entwicklung ergeben könnte, ohne daß die Öffentlichkeit von Joyce' gegenwärtigem Aufenthaltsort erführe.«
»Das leuchtet mir alles ein, aber vielleicht wäre Joyce von der Ratsamkeit einer solchen Publikation nicht so sehr überzeugt, da aus der Tatsache dieser Veröffentlichung immerhin hervorginge, daß der Meister gar nicht tot ist.«
Mick trank abrupt sein Glas aus.
»Ich glaube, wir hatten jetzt genug von solchem Wortgeplänkel, Dr Crewett. Wo lebt James Joyce jetzt?«
»In Skerries.«
Es wäre nur ein Schatten der Wahrheit, wenn man sagte,

daß diese Enthüllung den Frager zutiefst aufwühlte, obwohl es nicht leichtfällt, genau zu sagen, warum. Joyce mußte *irgendwo* sein. Skerries ist ein kleiner, hübscher Badeort, zwanzig Meilen nördlich von Dublin, es hat einen breiten Sandstrand, der sich den lieben Kleinen als sehr sicher empfiehlt, ein ideales Gebiet für Taucher um eine felsige Landzunge herum und gleich nebenan einen zierlichen kleinen Hafen. Vielleicht war Mick so erstaunt darüber, daß Joyce an einem solchen Ort leben sollte, weil er selbst den Ort gut kannte und ihn sehr schätzte. Als Schüler hatte er zehn Tage in Skerries verbracht und seitdem manchen Tagesausflug dorthin unternommen, um den Schauplatz wieder und wieder zu besuchen. Dort war es auch gewesen, wo er schwimmen gelernt hatte, und dort hatte er auch Hackett zum erstenmal gesehen. War dies nun ein Ort von übler Vorbedeutung, ein gesellschaftliches Wagnis? Vielleicht.

Zudem war es erstaunlich, daß Joyce sich in so geringer Entfernung von Dublin niedergelassen haben sollte, direkt im Bezirk Dublin noch dazu.

Aber war das wirklich so merkwürdig? Vielleicht hatte er mit Skerries eine besonders scharfsinnige Wahl getroffen. Als Kurort hatte es seine Saison – eine lange Saison, denn es liegt in einem Gebiet, das berühmt ist für seine geringen Niederschläge. Die Einheimischen waren durchaus an den Anblick von Fremden und Besuchern in ihrer Mitte gewöhnt und sogar an den Anblick von Pensionären, die auch außerhalb der Saison in der Stadt bleiben. Die meisten Hausväter, die dazu die Möglichkeit hatten, nahmen Gäste auf. Ja, vielleicht fand man hier wieder Ruhe, Exil; und all das aufs Schlaueste eingefädelt.

»Nun, das ist sehr interessant, Herr Doktor«, sagte Mick

lebhaft, »und sicherlich unerwartet. Haben wir noch eine weitere Information?«
»Seine Adresse kenne ich nicht, falls Sie das meinen.«
»Das soll mich nicht kümmern. Ich werde sie an Ort und Stelle aufspüren. Gibt es sonst noch Einzelheiten, die man beachten sollte? Benutzt er zum Beispiel seinen richtigen Namen in Fällen, wo er *irgendeinen* Namen angeben muß?«
»Nein. Ich weiß absolut nichts weiteres darüber, wäre aber nicht erstaunt, wenn er seinen richtigen Namen benutzte.«
»Ja, ja, schon gut. Trinkt er denn, zum Beispiel, und wenn ja, wo? Oder trinkt er seinen Morgenkaffee in einem hübschen kleinen Café?«
Dr Crewett lächelte freudlos.
»Über all das liegen bei mir keine Informationen vor. Ich glaube, ich habe Ihnen alles gesagt, was ich weiß – und das ist wenig genug –, aber ich stelle mir vor, daß er eher das Leben eines Einsiedlers führt.«
Mick durchdachte die kleinen Hinweise, und sie schienen durchaus eine brauchbare Arbeitshypothese zu ergeben, wenn er bedachte, daß sich sein Territorium auf eine kleine Stadt am Meer beschränkte, die er gut kannte.
»Haben Sie jedenfalls vielen Dank, Herr Doktor, für all die Geheimnisse, die Sie mir anvertraut haben, und noch dazu so großzügig.«
»Aber streng vertraulich, denken Sie daran«, sagte er und drohte schelmisch mit dem Finger.
Bald darauf war Mick auf dem Weg zu einer Straßenbahn, die ihn nach Hause bringen sollte. Er war tief in Gedanken versunken. Seltsam, wie schnell sich eher grause Spezereien auf seiner Platte häuften. Zunächst De Selby, die zentrale Bedrohung, und Micks Plan, ihn auszuschalten. Dann die rätselhafte Episode mit dem Heiligen Augustinus. Als

nächstes die zufällig aufgetretene Pater-Cobble-Komplikation, die am nächsten Tage in Szene gesetzt werden sollte. Und nun dieses Joyce-Trugbild: ein Mann, aus der Gruft zurückgekehrt, nur mit dem Einspruch bewaffnet, nie dort gewesen zu sein, der sich gleichwohl unter unbekanntem Namen in einer kleinen Stadt verbarg.

Das genügte ja wohl, um einen jeden zu verblüffen und – wer weiß? – zu ängstigen. Doch Mick war nahe daran, sich selbst dazu zu beglückwünschen, daß er von phlegmatischem Temperament war, ein Mensch nicht ohne List, mit einer Begabung für das Ränkespiel und mit einem gewissen derben Mut. Die Straßenbahn schlingerte dahin, und er faßte einen Entschluß. Er wollte sich nach Skerries begeben, wenn nötig sogar für mehrere Tage, und dort jeden Winkel und jede Ritze absuchen, um Joyce zu finden, falls er sich dort befand. Er würde ihn all seiner Geheimnisse entkleiden, all seiner Träume, Prahlereien und reumütigen Gefühle, und diese jenem unberechenbaren, beherrschenden, tüchtigen, faszinierenden Mädchen Mary auf einem silbernen Tablett überreichen. Doch würde sie es ihm danken . . . oder würde sie ihn schelten, weil er sich in die Angelegenheiten fremder Leute gemengt hatte? Kaum . . . Bestimmt nicht, wenn es um einen Mann wie Joyce ging. Sie hatte selbst kein übles Stück Weges in der Republik des gedruckten Wortes zurückgelegt, hatte viel mehr Ahnung von französischer Literatur als er. Sie war wißbegierig, was das Wesen der Genialität betraf, war selbst auch kreativ und somit rezeptiv. Nein. Die wahre Geschichte über Joyce wäre das ideale Material, an dem sie ihren reich ausgestatteten Geist schärfen konnte. Sie würde ihr eigenes Buch darüber schreiben, ein Buch, wie es noch keins gegeben hatte.

11

Als sich dieses zutrug, war das Royal Marine Hotel in Dunleary ein Koloß verblichenen Glanzes, mit Andeutungen von rotem Plüsch und von Vergoldungen vergangener guter Zeiten. Doch gab es dort noch immer Behaglichkeit, gutes Essen sowie den eigentümlichen Trost, den jenseits des Ärmelkanals angesiedelte Akzente manchmal spenden können.

Mick erschien zwanzig Minuten zu früh, setzte sich in die Lounge und stärkte sich mit einem vorbeugenden Glas jenes französischen Wassers. Er hatte die Absicht, Pater Cobble darzulegen, daß De Selby ein exzentrischer Mensch sei, allerdings von außergewöhnlichen intellektuellen Gnaden, und spirituell sehr verwirrt wirke; und er, Pater Cobble, sei vielleicht berufener für eine offene Unterredung über die Unwandelbarkeit des christlichen Ideals, die Unsterblichkeit der Seele und den Respekt, den man der Kirche zollen mußte. Er hatte außerdem vor, einem Thema – wie zum Beispiel der Verbreitung der Botschaft Christi über den ganzen Erdenball – eine solche Wendung zu geben, daß er auf die Natur des geheimen Plans zu sprechen kommen konnte, den De Selby geschmiedet hatte, um sein grauenvolles D.M.P. überall gleichzeitig auszustreuen. Er sah ein, daß es mehr als nutzlos sein würde, Pater Cobble von dem übermenschlichen Problem in Kenntnis zu setzen, mit dem er sich in seinem Bemühen, die Menschheit vor einer Bedrohung ohnegleichen zu bewahren, konfrontiert sah.

Pater Cobble kam pünktlich. Er sah so aus, wie Mick ihn sich nach seiner tiefen, dröhnenden Stimme vorgestellt hatte: ein dünner, dunkler, sehr kleiner Mann von etwa

sechzig Jahren, mit faltigem, aber angenehmem, wohlmeinendem Gesicht. Er war sehr gut angezogen. Als er in der weiten Lounge stehenblieb und fragend um sich blickte, erhob sich Mick, trat zu ihm, berührte ihn am Arm und streckte die Hand aus.
»Pater Cobble, glaube ich?«
»Ah!«
Er schüttelte Mick liebenswürdig die Hand.
»Sieh da. Sie sind natürlich Michael. Sehr schön. Wunderbar.«
»Vielleicht setzen wir uns dort drüben hin, Herr Pater«, sagte Mick und geleitete ihn zu seinem kleinen Tisch. Der Priester lächelte und setzte sich, nachdem er Hut und zusammengerollten Schirm säuberlich an einem nahen Ständer verstaut hatte.
»Ziemlich schwül heute abend«, sagte er gewinnend. »Ich kann nicht sagen, daß mir diese Art Hitze zusagt. Ich habe viele Jahre in Rom verbracht; natürlich wird es dort viel heißer, aber irgendwie ist es eine andere Hitze.«
»Alle sagen, das, was einen hier so stark erschöpfe, sei die Feuchtigkeit der Atmosphäre, Herr Pater, aber ich habe nie ganz verstanden, was das bedeutet.«
Pater Cobble bedachte ihn mit strahlenden Blicken.
»Ich glaube, wir können als gegeben annehmen, daß die starke Sonneneinstrahlung des Sommers Dämpfe aus unserer durchweichten Landschaft extrahiert, aber ich stelle mir vor, daß diesem Umstand mit menschlichen Mitteln nicht abzuhelfen ist. Natürlich begegnet man dem Problem in manchen großen Städten, besonders in Amerika, im Hausinnern mit der Einrichtung einer Klimaanlage. Unser Haus in Cleveland besitzt eine solche Vorrichtung, und, glauben Sie mir, der Unterschied ist enorm. Na, wie auch immer!

Wie wär's mit einer schönen Tasse Tee und vielleicht ein paar Petit fours?«

»Petit fours?«

»Ja, ja. Diese kleinen runden Küchlein, wissen Sie, oben mit Zuckerguß, weiß oder rosa. Im Ernst.«

Was für ein grauenhafter Vorschlag! War es dies, was die Jesuiten unter Völlerei verstanden? Mick machte ein Geräusch, das wie freundliches kleines Gelächter klingen sollte.

»Herr Pater, das wäre wirklich zuviel von mir verlangt.«

»Ah, dann zum Tee vielleicht ein Butterbrot mit frischem Schinken?«

»Wissen Sie, Herr Pater, ich nehme für gewöhnlich kein richtiges Mittagessen ein. Das bedeutet, daß ich ein heißhungriger Wolf bin, wenn ich abends nach Hause komme, und dann stürze ich mich auch voller Gier auf ein reichhaltiges Mahl. Es ist kaum eine Stunde her, seit ich Messer und Gabel hingelegt habe.«

Pater Cobble kicherte und zog erstaunlicherweise ein Päckchen mit Zigaretten hervor.

»Ich will Ihnen die Wahrheit gestehen«, sagte er. »Wir beide sitzen im selben Boot. Bitte, nehmen Sie eine Zigarette. Wir nehmen ebenfalls unsere Hauptmahlzeit am Abend ein. Ich fürchte, unser Haus hat einige exotische Bräuche mit ins Land gebracht.«

»Das kann bestimmt nicht schaden. Die irische Kirche ist im wahrsten Sinne des Wortes ziemlich insular.« Er deutete auf sein Glas, das noch nicht ganz leer war. »Wenn ich einen Vorschlag machen darf, Herr Pater: Ich glaube, wir haben beide einen kleinen anständigen Tropfen verdient. Kurioserweise ist Whiskey ein Gegengift gegen Hitze. Wenn die Erbauer von Imperien in der Ferne in heißen ausländischen

Klimata leben müssen, vertilgen sie Whiskey in rauhen Mengen. Im Augenblick ignoriere ich zufällig gerade aus einem geheimen kleinen Grund den Whiskey, aber ich bestehe darauf, daß Sie ein Glas Kilbeggan annehmen.«

»Tja, nun ... Vielleicht ist das eine Idee, Michael.«

Mick ignorierte diese abscheuliche Vertraulichkeit, winkte einem Ober und bestellte die Getränke. Pater Cobble rauchte jetzt, war entspannt und blickte voll Interesse um sich.

»Ja. Nun. Sie haben einen Freund, der sich in Schwierigkeiten befindet?«

»Nicht unbedingt in Schwierigkeiten, Herr Pater. Zumindest glaube ich, daß er höchlich erstaunt wäre, wenn ihm jemand sagte, er befände sich in Schwierigkeiten und ihm sein Mitgefühl entgegenbrächte. Es ist lediglich so, daß mir einiges in seinem Verhalten und in seiner Denkungsart exzentrisch, um nicht zu sagen unausgewogen vorkommt.«

»Ja. Wäre es richtig, wenn man sagte, daß starke geistige Getränke in seinem Fall eine Rolle spielen?«

Diese Deutung amüsierte Mick ein wenig. Was konnte einfacher sein als der Alkoholismus, eine eher spirituose als spirituelle Störung? Er wäre wirklich sehr froh gewesen, wenn sich der ganze Verdruß mit De Selby darauf beschränkt hätte.

»Nein, das träfe es überhaupt nicht, Herr Pater. Er ist keinesfalls ein strikter Abstinenzler, ebensowenig wie Sie und ich, aber den Ursprung seiner Schwierigkeiten würde ich als überhebliche intellektuelle Arroganz definieren.«

»Aha, die alte Sünde der Hoffart.«

»Er heißt De Selby und ist eine Art Naturwissenschaftler.«

»Ein Ausländer, dem es irgendeine heidnische Dialektik angetan hat?«

»Er ist kein Ausländer; er spricht genau wie ein Mann aus Dublin, und das Wort ›heidnisch‹ würde mir in Zusammenhang mit ihm nicht einfallen. Im Gegenteil: Er glaubt an Gott und behauptet, die Existenz Gottes experimentell nachgewiesen zu haben. Man könnte sagen, daß es ihm am Glauben gebricht, weil er keinen braucht. Er *weiß*.«
Er konnte spüren, wie Pater Cobble leicht den Kopf wandte und starr blickte.
»Welch außerordentlicher Mann«, sagte er. »Ja. In Ausübung unserer Pflicht bekommen wir Priester immer wieder mit sehr merkwürdigen Menschen zu tun. Man kann gar nicht vorsichtig genug sein. Wenn es nicht die Trunksucht ist –: Wie können Sie da sicher sein, daß nicht eine anders geartete Narkose in das Problem mit hineinspielt?«
»Man kann natürlich, wenn es um derlei geht«, erwiderte Mick, »nie ganz sicher sein, aber er ist vollkommen vernünftig, gelegentlich sogar brillant in seinen Äußerungen. Sie werden in Kürze selbst urteilen können.«
»Ach ja, tatsächlich. Darf ich fragen – und dies ist nicht viel mehr als höfliche Neugier –, warum Sie annahmen, daß ich in dieser Angelegenheit von Nutzen sein könnte?«
»Um ehrlich zu sein: Ich hatte es gar nicht angenommen. Es war nicht meine Idee gewesen. Aber ich bin davon überzeugt, daß ein Mann mit Ihren Kenntnissen, Herr Pater, in jeder Lage nur von Nutzen sein kann. Und Sie werden mit Erleichterung vernehmen, daß De Selby stets höflich, weltläufig und zivilisiert ist. Ich vermute jedoch, daß er Streitgespräche schätzt. Und was die Bibelfestigkeit betrifft, so ist er eine Autorität.«
Er konnte sehen, daß Pater Cobbles Interesse und Appetit geweckt wurden. Er war froh darüber, denn ein theologischer Nahkampf-Disput zwischen dem Geistlichen und De

Selby konnte den letzteren dazu führen, ihm, Mick, gegenüber alle Vorsicht zu vergessen und irgendwie seinen Plan, den weltweiten Einsatz von D.M.P. betreffend, durchsickern zu lassen. Doch dies, und das durfte er nicht vergessen, entbehrte nunmehr der Wichtigkeit, die es anfangs besessen hatte, denn wenn sein eigener Plan rechtzeitig zur Ausführung gelangte, war De Selby mit all seinem Wirken und Prangen eine Null, zumindest vorläufig.

Pater Cobble hatte sein Glas Malzwhiskey sehr schneidig geleert, einen Kellner heranbefohlen und ähnliche Getränke bestellt, welche er mit einem Zehn-Shilling-Schein bezahlte. Mick war ein wenig erstaunt. Die internen Techniken des Jesuiten-Ordens (oder der *Gesellschaft,* wie sie sich selbst bezeichneten) waren ihm ein Rätsel. Er gehörte zu den Bettelorden, aber dieser Terminus war wohl nur ein reiner Fachausdruck. Wie konnten Bettler in den grandiosen Palästen und Kollegs leben, welche die Jesuiten herkömmlicherweise bewohnten? Die Antwort darauf schien darin zu liegen, daß jeder Jesuitenpater – und jeder Postulant, was das betraf – persönlich ein Bettler ist, soweit und insofern, als es ihm verboten ist, jedwede Geldmittel oder Güter zu besitzen. Wenn seine Pflichten ihn dazu rufen, eine Reise anzutreten – durch die Stadt oder um den Erdball –, so muß er sich bei irgendeinem Vorgesetzten oder Kassenwart melden, damit er sich das Fahrgeld geben lassen kann. Es schien, als sei der Orden sehr wohlhabend, seine Mitglieder dagegen überaus bedürftig. Er hatte gehört, daß die Patres in ihren fürstlichen Unterkünften gut lebten und aßen. Seinen Segen hatten sie!

Auf der kurzen Straßenbahnfahrt nach Dalkey suchten sie das obere Stockwerk auf, denn Pater Cobble war immer noch in aller Ernsthaftigkeit mit einer Zigarette beschäftigt. Mick fragte sich, ob *intra muros* Rauchverbot herrschte und ob der Priester vielleicht in irgendeiner Form schummelte? Aber er mochte nicht fragen. Und als Nichtraucher ging es ihn auch tatsächlich nichts an. Das Thema ihrer Unterhaltung war, sonderbar genug, das Schwimmen. Der Pater fand, es sei eine ausgezeichnete Leibesübung, es lehre denjenigen, der es beherrsche, Disziplin und Selbstvertrauen, und man wisse nie, wann diese Fertigkeit von Nutzen sein konnte, besonders, wenn es gelte, ein Menschenleben zu retten. Nein, er selbst konnte nicht schwimmen. Er hatte es zeitlebens bedauert, seine Tage als Student in binnenländischen Anstalten verbracht zu haben, ohne auch nur einen anständigen Fluß in der Nähe. Das Land war, was Schwimmbäder für Schulen und Colleges betraf, rückständig zu nennen. An gewisse Aufgaben und Gewohnheiten solle man in der frühen Jugend herangeführt werden, jener Phase des Lebens, in der man noch formbar ist. Einer seiner Bekannten, Priester auch er, hatte ihm von einem amüsanten Erlebnis berichtet, das sich beim Vierzig-Fuß-Felsen in Sandycove zugetragen habe. Hochwürden befanden sich im Wasser, als ein sehr dicker Mann erschien, sich sehr schnell entkleidete, auf dem Weg ins Wasser versehentlich mit einem Zeh über einen spitzen Dolch von einem Stein stolperte, hinfiel und sich ernstlich am Ellenbogen verletzte. Dort saß er nun, fluchend und die grausigsten Verwünschungen ausstoßend, aber sein Gesicht wechselte rasch die Farbe, als der Mann im Wasser an Land stieg, um sich abzutrocknen und danach sein Priestergewand anzulegen, mit Kragen und allem, was dazu gehört. Pater Cobble lachte milde über seine Geschichte. Er war eindeutig ein weltläufiger Mann. Möglich, daß die zwei Gläser Whiskey den harten Griff der Selbstbeherrschung gelockert hatten,

welche, sinnierte Mick, bei jedermann weder natürlich noch permanent ist.
Sie schritten auf der Vico Road dahin, es war angenehm und still, und der Ausblick aufs Meer war so zauberhaft wie nur je in der Sanftheit des Abends. Doch schließlich waren sie angekommen, ein weniges nach acht, und standen vor De Selbys Tür.
Er öffnete selbst, ließ sofort seinen unbestreitbaren Charme spielen, befreite seine Besucher von Hüten und Schirm und führte sie in das Zimmer, in dem Hackett und Mick zuerst mit ihm konferiert hatten. De Selby war offensichtlich gehobener Stimmung, und Mick hoffte vage, daß dies nicht auf einen neuen Durchbruch in jenem diabolischen Laboratorium zurückzuführen war.
»Ich darf Ihnen sagen, Pater Cobble«, sagte De Selby, »und Ihnen, Michael, daß ich etwas getan habe, was vielleicht unhöflich wirkt, ganz sicher aber nicht so gemeint war. Ich habe Teague McGettigan mit seiner Droschke für zehn Uhr bestellt, damit er Sie zur Straßenbahn fährt. Sie wissen ja, wie kalt in dieser Jahreszeit die Nächte werden können, wenn die Sonne untergegangen ist.«
Natürlich machten sie ihm freundliche Vorhaltungen wegen dieser Anordnung, sie gefiel Pater Cobble jedoch nicht wenig, der darin eine liebenswürdige Geste erkannte. Dann begann das Gespräch und wurde von Zeit zu Zeit lediglich durch De Selby unterbrochen, der seinen hausgemachten Whiskey – diesmal in einer großen Karaffe – sowie Gläser und Wasser auftrug. Es schien, daß er Pater Cobbles Geschmack, was diesen Artikel betraf, richtig eingeschätzt hatte. Mick wußte instinktiv, daß dies nicht die Zeit war, ein Gespräch über Vichy-Wasser zu beginnen, eine Neuerung in seinem Verhältnis zu De Selby. Die Pflicht gebot

ihm, sich still mit Whiskey zu bescheiden, und wenn er daran erstickte.
Die Unterhaltung war eher oberflächlich – teilweise aufgrund De Selbys Höflichkeit als Gastgeber, und teilweise, weil Pater Cobble, ein Engländer, ebenfalls höflich und akademisch war und es ihm anscheinend entweder an polemischer Hitze mangelte oder aber am rechten Appetit auf Streitgespräche. Mick fühlte, daß er etwas anzetteln oder irgendwie zur Gestaltung dieses Treffens beitragen mußte, wenn die Gelegenheit nicht zu unartikulierter Nichtigkeit verkommen sollte. Er wartete geduldig auf eine leichte Flaute, die es ihm ermöglichen sollte, seinen Köder auszuwerfen.
»Pater Cobble, unser Gastgeber Mr De Selby hat einen chemischen Organismus fertiggestellt – ich verstehe nicht genau, worum es sich dabei handelt –, der, so meint er, von unaussprechlichem Nutzen für menschliche Gemeinwesen auf der ganzen Welt sein könnte. Wenn ich die Lage richtig verstehe, besteht sein Problem darin, diese Substanz universell zur gleichen Zeit zugänglich zu machen, da eine atmosphärische Veränderung an nur einem Ort an einem anderen Ort Verheerungen auslösen könnte, falls nicht eine vergleichbare Veränderung synchron für diesen Ort bewerkstelligt werden könnte . . .«
»Ach, du liebe Zeit«, murmelte Pater Cobble.
»Fahren Sie bitte fort«, sagte De Selby gütig. »Es ist immer wertvoll, wenn man hört, wie eine andere Person das definiert, was man gern als seine eigenen Probleme bezeichnet.«
Mick errötete leicht, ließ sich aber in seinem Vorhaben, De Selby zu einer an Pater Cobble gerichteten Äußerung über D.M.P. zu verleiten, nicht beirren.
»Nun«, fuhr er fort, »dieser mein Gedanke ist vielleicht weit

hergeholt, aber ich dachte, es könnte eine gewisse Parallele zwischen der Verbreitung des Glaubens und der weltweiten Ausstreuung dieser Substanz bestehen.«
»Lieber Himmel«, sagte Pater Cobble, offensichtlich angeregt, und stellte sein Glas ab. »Das ist zweifellos eine interessante Frage, sei sie nun weit hergeholt oder nicht. Das kommt mir vor, als würde ein bedeutender Tabakhersteller in jedes seiner Päckchen einen Zettel einlegen lassen, auf dem dem Raucher mitgeteilt wird, welche Sorte Streichhölzer empfehlenswert ist.«
De Selby hatte sich eine Zigarette angezündet, ohne dem Priester eine angeboten zu haben; dies schien eine persönliche Note zu sein.
»In Wirklichkeit gibt es gar kein Problem, Herr Pater«, sagte er.
»Aber interessant ist es doch. Im gegenwärtigen Zustand der Welt hat die Missionsarbeit einen völlig anderen Charakter angenommen. Unser alter Globus ist jämmerlich geschrumpft. Moderne Errungenschaften auf dem Gebiet von Rundfunk und Fernsehen, die Tonbandaufnahme und der ganze Zauber des Kinos haben die Kommunikation – ich wiederhole: die *Kommunikation* – so radikal verbessert, daß der altmodische Prediger, der sich in die Einöde begibt, nahezu überflüssig geworden ist. Neben die Kanzel können wir heute das Mikrofon stellen. Ich meine, Mr De Selby, diese Kommunikationsorgane sind Ihnen doch ebenso zugänglich.«
Auf diese Art wollte Mick das Thema nicht abgehandelt wissen.
»Meine Herren«, sagte er, »ich habe bereits gesagt, daß meine Vermutung weit hergeholt ist. Ich glaube nicht wirklich, daß eine Parallele besteht, denn während die Kirche

eine Idee, einen Glauben, verbreitet, besteht Mr De Selbys Aufgabe darin, eine Sache, eine Ware zu vertreiben. Das ist ein großer Unterschied. Eine Idee könnte ansteckend sein, ein gesamtes Gemeinwesen ohne Ansehen der Person überschwemmen. Eine Sache dagegen nicht.«

»Worum genau handelt es sich bei dieser Substanz oder Ware?« fragte Pater Cobble verwirrt.

»Ich glaube, sie verändert die Luft«, erwiderte Mick.

»Nennen wir sie einfach eine atmosphärische Verjüngungskur«, sagte De Selby, »in ihrer Wirkung vielleicht dem Apparat nicht unähnlich, den man in großen Kinos verwendet, um die Luft alle zwei Minuten zu erneuern.«

»Wäre das für große Kirchen geeignet?«

»Darüber habe ich noch gar nicht nachgedacht.«

Es war klar, daß Pater Cobbles Interesse nicht beiläufig war. Vielleicht hatte er eine Ausbildung als Physiker genossen und war an Spekulationen, was das rein mechanistische Los des Menschen auf dieser Erde betraf, gewöhnt. Er sagte, daß, wenn über allen Zweifel hinaus schlüssig bewiesen werden könne, daß »diese Erfindung« gut und für die Menschheit von wahrem Nutzen war, die Kirche sicherlich keine Einwände dagegen erheben würde. Aber ob die großen kirchlichen Organisationen hinreichend dazu herangezogen werden konnten, ihre Übernahme und Verwendung zu empfehlen –: das war eine andere Frage. Die Kirche war stets auf der Hut, wenn versucht wurde, Angelegenheiten, die strikt im Bereich des Laientums lagen, ihrer geheiligten Jurisdiktion aufzudrängen. Er erinnerte sich, daß es, als zum erstenmal vorgeschlagen worden war, Beton beim Bau von Kirchen zu verwenden, einen ziemlichen Wirbel gegeben hatte, so daß man die Angelegenheit in Rom vortragen mußte. Missionare brachten den unbelehrten Völkern nicht nur den Glauben, sondern auch die meisten Segnungen der modernen Hygiene: sauberes Trinkwasser, Badezimmer, Wasserklosetts, Insektizide, sowie alle Arten von Medikamenten gegen die Verheerungen, welche von Mäusen, Affen, Ratten, Käfern und Kakerlaken angerichtet werden. *Mens sana in corpore sano* war in der Tat ein sehr weises Sprichwort. Die Luft in vielen Teilen der heidnischen Welt – besonders in Afrika – war alles andere als zufriedenstellend oder zuträglich. In Teilen Afrikas war die Luft übelriechend und mit beklagenswertem Gestank erfüllt. Glaubte Mr De Selby, eine solche Lage zum Bessern wenden zu können?

De Selby erwiderte, daß er zögere, so weit zu gehen. In Wahrheit stehe seine kleine atmosphärische Beschäftigung noch im Stadium des Experiments. Sein Hauptinteresse an der Luft, die wir atmen, gelte ihrer gasförmigen Beschaffenheit. War ihr Stickstoffanteil zum Beispiel ideal?

Es war Mick nur zu klar, daß der listige alte Weise log, falls man seinen Reden überhaupt irgendeine wirkliche Bedeutung beimessen wollte. Er hatte nicht die Absicht, die Wahrheit über D.M.P. zu enthüllen.

Pater Cobble sagte, es sei überaus ratsam, daß ein so wichtiger und nützlicher Eingriff in die physikalische Welt so bald wie möglich der Beurteilung zugänglich gemacht werden solle; Menschen, die mit großen Ideen dieser Art begabt seien, hätten vor Gott die Pflicht, sie zu entwickeln.

De Selby sagte, er stehe vor gewissen Schwierigkeiten. Dies sei keine Angelegenheit, die von einem riesenhaften pharmazeutischen Laboratorium untersucht werden könne. Sie erfordere Forschung, soweit sie ihn betreffe, und verschiedene Unterdisziplinen dieser neuen Wissenschaft seien unfertig und obskur. Wahrscheinlich sei kein Physiker bewan-

dert genug, ihm bei seinen Studien Gefolgschaft zu leisten. Womit er nicht sagen wolle, sein Haupthindernis bestehe in schlichter Personalknappheit. Weit gefehlt. Seine Experimente waren fast abgeschlossen. Er habe nun das Stadium erreicht, in dem es gelte, verschiedene Schlußfolgerungen, die während vieler Jahre bei seiner Arbeit herausgekommen seien, zu überprüfen und zu verifizieren. Es sei ein schweres Unterfangen gewesen, aber das Endprodukt, wenn man so sagen wollte, sei in Sicht.
Dann schenkte er zuvorkommend weitere Getränke aus.
Seine eigene Gesellschaft, erläuterte Pater Cobble, gehöre nicht eigentlich zu den missionierenden Orden. Ihr oblag es vielmehr, die Dienstgrade der Kirche für ihre intellektuellen Aufgaben zu disziplinieren. Es war eine schwere Bürde, aber sie waren willens und bereit, sie auf sich zu nehmen, und er fand, er könne nicht ohne Stolz behaupten, sie packten dabei tüchtig zu! Zweierlei fiel ihm dabei ein. Es gab auf der Welt mehrere namhafte Jesuiten-Universitäten, und es war mehr als wahrscheinlich, daß die Physikalische Fakultät einer dieser Universitäten Mr De Selby wertvollen Beistand leisten konnte. Einige der bedeutendsten Männer in dieser Sphäre waren Mitglieder der Gesellschaft. Die andere Idee, die ihm beigefallen war, betraf einen seiner Brüder. Sein Bruder hatte eine gründliche naturwissenschaftliche Ausbildung genossen, und er verfügte schon immer über jenes wichtige Stimulans –: Neugier. Zwar leitete er gegenwärtig eine kleine Schuhkremfabrik in Leeds, aber vielleicht dürfe er daran erinnern, daß er den Titel des Bakkalaureus der Wissenschaften der Universität von Glasgow führe. Pater Cobble glaubte, daß dieser Wissenschaftler gern zu einem kleinen Plausch mit Mr De Selby herüberkommen würde.

Letzterer war für das Angebot dankbar, aber, wirklich, man sollte die Hilfsbereitschaft des guten Mannes nicht überstrapazieren. Die eigentlichen Forschungen waren abgeschlossen. Jetzt blieb ihm nur noch die Aufgabe, bisher noch ungeknüpfte Verbindungen herzustellen.

Mick warf sich ein letztes Mal in die Attacke und stellte De Selby dar, daß die Frage, die er ursprünglich aufgeworfen hatte, weniger dem inneren Wert des Erzeugnisses oder seinen Auswirkungen auf die Menschheit gegolten hatte, sondern seiner gleichzeitigen Verbreitung auf der ganzen Erde.

De Selby lachte.

»Schon recht, schon recht, aber Sie scheinen Schwierigkeiten zu sehen, wo gar keine sind. Was haben Sie denn an der Post auszusetzen?«

»An der *Post?*«

»Genau. Wenn ich Briefe versenden möchte, die gleichzeitig in London und New York ankommen sollen, ist nichts weiter nötig als ein kurzer Blick auf die Zustellzeiten. Wenn ich tausend Pakete aufzugeben habe, die alle am selben Tag an verschiedenen über den ganzen Globus verstreuten Orten ankommen sollen, dann glaube ich, daß ein guter Postbeamter in seiner Freizeit für ein paar Guineen ein Verzeichnis der Absendetermine und Beförderungsgebühren erstellen könnte.«

Das also war der Plan! Warum war Mick nicht, war Hackett nicht, war nicht jedermann darauf gekommen? Warum waren sie so vernagelt gewesen?

Es wäre Zeitverschwendung, wenn man in Erfahrung bringen wollte, an wen die Pakete adressiert werden sollten. Es war unwichtig: man würde sie sowieso öffnen – *falls* sie je abgeschickt wurden.

Offenbar war Pater Cobbles Neugier einigermaßen geschwunden, im selben Maße, wie seine Laune mit De Selbys frohem Destillat rosiger wurde.
»Die Post«, sagte er, »ist beinahe so allgegenwärtig wie die Kirche. Man geht auf einer armen, menschenleeren Gasse dahin. Doch, siehe da: ein kleiner Briefkasten, ein Postkasten, in die Mauer gebaut. Man befindet sich vielleicht 10 000 Meilen von Hongkong entfernt, aber wenn man einen Brief hineinschiebt, und er ist nach Hongkong adressiert, wird er sich auf wundersame Weise dorthin begeben.«
»Ich pflichte Ihnen bei, Herr Pater«, sagte Mick. »Es ist erstaunlich.«
De Selby entfernte sich, um mit einem Korb voll gemischter Biskuits zurückzukommen und einen neuen, entschlossenen Griff zur Karaffe zu tun. Und so ging der Abend dahin. Kurz nach zehn teilte ihnen ein unregelmäßiges Pochen mit, daß Teague McGettigan eingetroffen war, und Pater Cobble und Mick waren berauscht und müde genug, für diese kleine Gnade dankbar zu sein. Sie verließen De Selby, überaus munter, jedoch nicht im mindesten beunruhigt.
Wie fühlte Mick sich auf dem Heimweg mit Hochwürden? Nicht verärgert und nicht verhöhnt: er selbst hätte das Wort *intakt* gebraucht. Er hatte etwas erfahren, aber sein Schlachtplan wurde davon nicht berührt. Pater Cobble war eine *quantité négligeable*. Der Abend war zwar durchaus angenehm gewesen, aber wenn jemand mit einem beklagenswerten Mangel an Ruhm aus der Zusammenkunft hervorgegangen war, dann die arme Mary.

12

Der Fußboden jener Abteilung in Micks Kopf, die er gern als das Zimmer für besondere Anlässe bezeichnete, war allmählich ein wenig mit Abfällen bedeckt und unaufgeräumt. Mehrere Gezeiten schienen gleichzeitig dieselbe Küste zu benetzen, falls diese Metapher ihren Zweck besser erfüllt. Die Umstände hatten sich jetzt beträchtlich verändert, und er hatte das Gefühl, er sollte jetzt, in der richtigen Reihenfolge, so, wie sie sich in seinem Geist gebildet und erhärtet hatten, die Probleme auflisten, sollte sich überlegen, in welcher Folge sie in Angriff genommen und die Resultate miteinander abgestimmt werden sollten. Zunächst mußte er festhalten, daß die Pater-Cobble-Episode, töricht und witzlos, wie sie als solche war, jeden Zweifel über De Selbys Plan zur Verbreitung seines Gifts ausgeräumt hatte. Das Einschalten der Post war echte Antiklimax, wenn man die Erhabenheit der Bedrohung bedachte, strich aber die Frage vollständig von der Liste der Dinge, die Mick zu tun hatte, und außerdem war es ganz ersprießlich, daran erinnert zu werden, daß selbst so ein furchterregend genialer Geist seine armseligen kleinen Einfältigkeiten hatte. Hier also die Liste, wie er sie im Geiste aufzeichnete, die Liste der unwägbaren Aufgaben, denen er gegenüberzustehen schien.

1. De Selbys Behälter mußte so bald wie möglich gestohlen werden, und zwar in Zusammenarbeit mit Sergeant Fottrell.

2. Um (1) zu bewerkstelligen, mußte er sich zum Schein mit De Selby im Hotel Colza verabreden und ihn dort – durch Absprache mit Hackett – festhalten lassen, während er, Mick, und der Sergeant das Haus plünderten.

3. Um (2) zu bewerkstelligen, mußte er ein Datum bestimmen, und zwar etwa neun Uhr morgens, und in der Zwischenzeit Hackett treffen, dabei aber nicht vergessen, Sergeant Fottrell auf dem laufenden zu halten.
4. Er mußte, auf längere Sicht, eine Methode ersinnen, die sicherstellte, daß De Selby die Herstellung oder Produktion seines tödlichen D.M.P. nicht wieder aufnahm, denn eine Zwischenlösung war bei so einer furchtbaren Bedrohung überhaupt keine Lösung. Gleichwohl verbot ihm sein christliches Gewissen, De Selby einfach umzubringen.
5. Erkundungen in Skerries, die James-Joyce-Situation betreffend, waren zur höheren Ehre und Berühmtwerdung seiner Jungfrau Mary dringend nötig, aber liebte er Mary mit solcher Echtheit und Tiefe, wie er sich immer einzureden versucht hatte? Verachtete sie ihn insgeheim?
6. Angenommen, er traf Joyce und gewann sein Vertrauen, konnte das unter (4) beschriebene Unheil abgewendet werden, indem er De Selby und Joyce zusammenbrachte und sie beide dazu anstiftete, ihre beträchtlichen Geistesgaben gemeinsam in den Dienst irgendeines abstrusen, verwickelten und unverständlichen literarischen Projekts zu stellen, ein Unternehmen, das in der Veröffentlichung eines Buches gipfelte, welches allgemein ignoriert würde und mithin keine Gefahr für die geistige Gesundheit der Welt darstellte? Würde Joyce Gefallen an De Selby finden, und umgekehrt? Akzeptiert ein Verrückter eine ungleichartige Verrücktheit reziprok? Konnte die Verbindung der beiden etwas hervorbringen, das denkbarerweise noch gräßlicher war als D.M.P.? (Empfindlich quälende Rätsel waren das.)
7. Verlor er das Wachstum und die Bedeutung seiner eigenen persönlichen Majestät aus den Augen? Nun, es schien so; wahrscheinlich lag das an der Macht der Gewohnheit,

der Gewöhnung an das demütige, geduckte Leben, das er vorher geführt hatte. Niemand, möglicherweise nicht einmal Mary, schien ihn sehr wichtig zu nehmen. Aber im Augenblick sah seine Lage so aus, daß es ganz allein auf ihn ankam, wenn jedermann vor der Vernichtung bewahrt werden sollte, ähnlich, wie von Jesus behauptet wurde, er habe die ganze Menschheit erlöst. War er nicht auch so etwas wie eine Gottgestalt?

8. Bedeutete die Erscheinung des Heiligen Augustinus nicht, daß im Himmel nicht alles zum besten bestellt war? War dort irgendein erhabenes Schlamassel passiert? Wenn er jetzt seinen Plan, alle Geschöpfe Gottes zu retten, erfolgreich ausführte, schloß das nicht auch die Verpflichtung ein, ebenso wie seine irdische Brut zumindest versuchsweise auch den Allmächtigen zu retten, und zwar vor all seinen korrupten Kirchen –: den katholischen, griechischen, mohammedanischen, hinduistischen, sowie den unzähligen Manifestationen des Medizinmannwesens?

9. War es seine langfristige Pflicht, den ganzen Jesuiten-Orden umzustürzen, mit all seinen Clowns vom Schlage eines Pater Cobble, oder sollte er den Heiligen Vater dazu überreden, ihn wieder zu verbieten –; oder war es seine Pflicht, den Heiligen Vater selbst zu stürzen?

Dieserart waren die Fragen – oder Spekulationen –, die Micks Denken einige Tage und Nächte lang in Anspruch nahmen. Sie machten, daß ihm sein Kopf vorkam wie ein Bienenkorb voller Bienen, und er mußte sich immer wieder daran erinnern, daß er seine Vernunft am straffen Zügel zu führen hatte. Er entschied schließlich, daß die Unternehmung mit dem De Selby'schen D.M.P. absoluten Vorrang hatte, da die meisten anderen Fragen weitgehend von ihr abhingen. Sich auf ein zufälliges Treffen mit Hackett in

Dalkey zu verlassen, bedeutete Mißlichkeit und Zeitverschwendung, und der erste Schritt bestand darin, sich mit ihm zu verabreden (was er umgehend mittels einer Postkarte tat), und vorzuschlagen, daß sie sich in zwei Tagen nach der Arbeit um sechs Uhr abends in der Bar des Bahnhofs in der Westland Row in Dublin trafen. So eine Örtlichkeit mag sich seltsam und verschwörerisch ausnehmen, aber nichts derartiges war beabsichtigt: es war das eine stille, ungezwungene Bar, vorübergehenden Bürgern kaum bekannt, und vielleicht war seine Wahl auch dadurch bestimmt worden, daß sie beide auf diese Weise bequem mit der Bahn nach Hause kamen. Dies zumindest war die Sorte von Trivialitäten, die sich immer wieder in seine grandiosen Angelegenheiten zu mengen schienen.

Er hielt die Verabredung ein, und Hackett erschien, wie üblich, zu spät. Und seine Laune war nicht die angenehmste. Er ließ auf einen ziemlich barschen Gruß eine Beschwerde folgen.

»Wenn du mich wegen irgendwas sprechen willst, meinetwegen, aber an einem heißen, trockenen Abend wie diesem, wenn alles, was ich will, ein schönes Halbes ist, warum mußt du dich dann auf einen Laden versteifen, in dem keine Halben ausgeschenkt werden?«

Mick beschloß, unangreifbar und präzise zu sein, da sein Vorhaben von so großer Wichtigkeit war.

»Wir brauchen ja nur«, erwiderte er, »die paar Stufen bis zur Straße hinabzusteigen, um jede beliebige Kneipe in der Nähe aufzusuchen. Wir können statt dessen aber auch hierbleiben, und du kannst zum Trost einen Whiskey kriegen, oder sogar einen großen Kaffee. Ich trinke – zur Abwechslung – Vichy-Wasser, um meinen Eingeweiden Gutes zu tun, und das bekommt man nicht überall. Hier gibt es das.«

»Was gibt es denn am *Colza* auszusetzen?«
»Es ist zu weit weg.«
»Na, schön. Bestell mir einen Whiskey.«
Sie setzten sich hinten in die Bar, und Mick versuchte, sein Begehren bündig zu erklären. Er wollte in De Selbys Haus einbrechen, um sich dort etwas zu beschaffen, und er würde irgendeinen farbenprächtigen Vorwand erfinden, sich mit ihm im Colza-Hotel zu treffen. Er würde aber nicht dort sein, sondern Hacketts Aufgabe würde es sein, De Selby dort in ein Gespräch zu verwickeln, festzuhalten und, wenn möglich, reichlich mit Getränken zu versehen. Die Frage war: an welchem Abend?
»Was willst du dem armen Bastard denn klauen? Dieses Faß mit Chemikalien, das er hat?«
»Vielleicht. Was geht's dich an?«
»Mein lieber Mick, wenn *du* De Selby nicht traust – vielleicht traue ich *dir* nicht. Was willst du mit dem Kram anstellen?«
»Nichts. Das heißt: ich beabsichtige, es an einen absolut sicheren Ort zu schaffen, wo niemand an es heran kann und wo niemand auch nur weiß, was es ist.«
Hackett nickte nachdenklich.
»Es scheint doch so auszusehen«, sagte er, »daß De Selby die Welt damit zerstören kann. Und dein Projekt ist es nun, dir De Selbys Macht anzueignen.«
»Das ist nicht wahr«, antwortete Mick mit großer Festigkeit. »Ich kenne das Geheimnis nicht, mit dem man den Kram zur Detonation bringt. Das kennt nur De Selby.«
»Das könnte nur die halbe Wahrheit sein. Er könnte die Formel aufgeschrieben haben, und du könntest den Zettel genausogut von seinem Schreibtisch klauen, wie du dich mit dem Faß in die Büsche schlägst.«

»Ja, verdammt noch eins! Ist das bei einem Mann wie De Selby anzunehmen?«
»Auf jeden Fall ist es möglich.«
»Alles, was ich will, ist: diesen gefährlichen Kram ein für allemal aus dem Wege schaffen.«
An dieser Stelle rief Hackett nach einem neuen Getränk.
»Stell dir vor, du kriegst nur das Fäßchen. Damit hast du doch nur drei Viertel der Schlacht gewonnen. Was hält dich – in einer so kritischen Lage – davon ab, De Selby zu entführen und ihn so lange zu foltern, bis er seine Geheimnisse preisgibt?«
Mick stieß ein Lachen aus, das aufrichtig genug war.
»Hackett«, erwiderte er, »du wirst wirklichkeitsfremd und makaber. Nur in Büchern und in Filmen werden die Dinge so gehandhabt.«
Hackett widmete sich versonnen seinem Glas.
»Nun«, verkündete er schließlich, »mir ist die ganze Sache wurscht. Wenn du weißt, was du tust, soll es mir recht sein. Ich habe nicht die geringste Ahnung, was De Selby treibt, und es ist mir wurscht, ob er in seinem Haus in den Bäumen da oben einen Puff unterhält. Falls De Selby im *Colza* aufkreuzt, werde ich ihn dort festhalten, und was Getränke betrifft, werde ich mein Bestes tun, damit er *mich* reichlich mit denselben versorgt. Du brauchst dir keine Sorgen zu machen: er wird dich nicht überraschen, während du bei ihm einbrichst. Notfalls verpasse ich ihm K. o.-Tropfen; alles klar?«
»Nein, nein, das sollte nicht nötig sein. Es wäre sogar alles andere als wünschenswert. Wir wollen ihn doch nicht aufschrecken oder argwöhnisch machen.«
»Ich werde für alle Fälle eine Dosis mitbringen.«
Hier empfand Mick wieder das Bedürfnis, exakt zu sein.

»Meine Operation«, erläuterte er, »wird überhaupt nicht lange dauern. De Selby wird natürlich und folgerichtig herausfinden, daß sein Kram verschwunden ist, aber was soll er machen? Was hätte es für einen Sinn, den Diebstahl der Polizei zu melden? Ich meine, was soll er denn als gestohlen melden?«
»Beeile dich, und bestelle noch eine Runde. Er könnte den Diebstahl seines Metallbehälters melden. Er könnte, wenn er wollte, sagen, der sei voller Gold-Sovereigns gewesen, oder sonstwas Wertvolles in der Art.«
Mick schüttelte den Kopf.
»Die Einzelheiten eines Diebstahls müssen echt sein und genau aufgeführt«, erwiderte er, »aber das, was du da sagst, bringt mich auf einen Haken, den die Sache möglicherweise hat. Ich weiß nicht, wieviel der Behälter wiegt. Vielleicht ist er zu schwer zum Tragen, und dann müßte ich meine Bemühungen fürs erste einstellen. Falls sich die Dinge so entwickeln sollten, hast du noch mehr Grund, De Selby im *Colza* freundlich zu behandeln. Ich werde keine Spuren eines gewaltsamen Eindringens in seinem Haus hinterlassen, und er wird gar nicht erst Verdacht schöpfen müssen. Damit habe ich dann freie Bahn für einen zweiten Vorstoß, falls ein solcher nötig werden sollte.«
Er erhob die Stimme.
»Fräulein, bringen Sie uns bitte noch zweimal das gleiche.«
Hackett schien zufriedengestellt.
»Na, schön«, sagte er. »Aber wann? Im Augenblick habe ich ein bißchen viel um die Ohren. Es geht mal wieder um den Kneipen-Pokal im Snooker-Billard. Vor heute in einer Woche würde es mir kaum passen.«
Das war ein bißchen spät, dachte Mick, aber wenn man mit Hackett rechtete, so brachte das gewöhnlich keinen Ge-

winn. Der Grund dafür, daß er sich für eine ganze Woche entschuldigte, war offensichtlich nur vorgeschoben. Er mußte ein privates Gambit im Schilde führen. Trotzdem war dieser Termin zweckdienlich zu nutzen, denn Mick oblag es, sich in der Zwischenzeit mit De Selby zu einem – nur vorgeschobenen – Treffen zu verabreden. Ja. Und ihm fiel ein, daß es innerhalb dieser Woche möglich sein könnte, Skerries zumindest einen Erkundungsbesuch abzustatten. Wenn es ihm gelang, den Kontakt mit Joyce herzustellen, konnte er vielleicht die Vorbedingungen für seine, zugegebenermaßen eher grillenhafte, Verknüpfung zwischen Joyce und De Selby schaffen, und das nicht nur zu ihrem eigenen augenblicklichen Wohl, sondern zum Besten der ganzen Menschheit. Es schien sich abzuzeichnen, daß seine eigenen Aktivitäten einander in die Quere kamen. Das Leben sollte einfacher sein, überlegte er. Er akzeptierte Hacketts Terminvorschlag; es war ein Freitagabend. Er sagte ihm, er werde sich mit De Selby für 20:30 h im *Colza* verabreden, und sein kurzer Besuch in dessen Haus werde nicht später als um neun beginnen. Er sagte nichts über Sergeant Fottrell.

Als sie die Stufen zur Straße hinabstiegen (etwas, das sie, wie er hätte wissen können, in jedem Fall unternommen hätten, anstatt den Zug zu nehmen), fragte ihn Hackett, ob er ihn noch zu Mulligan's begleiten wolle. Nein, er wollte dort nicht im Rahmen seines Turniers eine Partie Snooker-Billard spielen, aber er hatte ein paar Trainingsspiele geplant. Eine große Schwierigkeit, erklärte er, stellten bei solchen Sachen die Abweichungen betreffs der Tische und des übrigen Geräts in den verschiedenen Kneipen dar. Manche Häuser schienen nicht zu wissen, daß die Queues gerade sein und an einem Ende eine Spitze haben sollten.

Mick schlug das Angebot aus. Obwohl er wußte, worum es bei Billard und bei Snooker ging, spielte er nicht und hatte beide Spiele schon immer als Schauspiel langweilig gefunden –: je kundiger gespielt, desto langweiliger. Nachdem sie sich trennten, machte er sich auf den Weg zur Hauptpost und schickte Sergeant Fottrell folgende Nachricht auf einer Briefkarte:
Werde Sie nächsten Freitag um 20:45 h aufsuchen, um einen kleinen Spaziergang mit Ihnen zu machen und über das Fahrradrennen zu sprechen.
Rätselhaft, vielleicht, aber für den gefürchteten Sergeant unmißverständlich. Dann verließ er das Postamt und sank auf eine der öffentlichen Bänke bei der Nelson-Säule. Zwei neue kleine Fragen waren zu gemächlicher Beurteilung in seinem Kopf aufgetaucht.
Wenn man annahm, daß in der Vico Road alles wie geplant verlief, konnte er gegen halb neun wieder frei sein. Sollte er dann ins Hotel Colza gehen, mit dem Sergeant oder ohne ihn, und sich bei De Selby dafür entschuldigen, daß er zu spät zu der Verabredung gekommen war –, die er erst treffen mußte? Er beantwortete diese Frage, indem er die Entscheidung träge auf die fragliche Nacht verschob.
Nummer zwei: Sollte er tatsächlich einen oder sogar zwei der dazwischenliegenden Tage dazu nutzen, Skerries zu besuchen? Hier war die Antwort – *Ja!* – ganz klar, und das stimmte ihn herzlich froh. Es war eine neue Richtung, eine Entwicklung in seinen gewundenen Angelegenheiten. Darin lag eine Art Herausforderung: Herausforderungen waren dazu da, daß man sich ihnen stellte, und nicht dazu, daß man sie stirnrunzelnd beiseitefegte, um sie ein andermal in Erwägung zu ziehen.
Er stand auf und ging langsam zurück zum Bahnhof in der

Westland Row. Dort konnte er natürlich einen Zug nach Hause nehmen, aber in erster Linie wollte er die Fahrpläne der anderen Eisenbahngesellschaft, der Great Northern Railway, studieren, die nach Skerries fuhr.

Nun, die Dinge scheinen endlich in Bewegung zu geraten, murmelte er bei sich, als er in den Zug stieg, der ihn nach Hause bringen sollte, und der Zug setzte sich, als wolle er ihm beipflichten, in Bewegung.

13

Er untersuchte sie, müßigen Sinnes, wie sie so auf seinem Knie lag. Sie sah verbraucht aus, dachte er –: vielleicht ein bißchen zu runzlig für ihr Alter, und sie zeigte Abnutzungserscheinungen. Richtige Abnutzung hatte sie jedoch nur sehr selten erlebt. War das, vielleicht, wie im Gesicht eines Menschen, ein Reflex der Wehen und Kämpfe des Geistes? Immerhin möglich. Er betrachtete den Rücken seiner rechten Hand, während der Zug durch die lichterfüllte ländliche Gegend eilte, durch den Garten von Dublins Märkten, Ursprung neuer Kartoffeln, Erbsen, Bohnen, Erdbeeren, Tomaten und sogar frischer Pilze. Es war Gottes eigene kleine Speisekammer, überfließendes Reich der schwarzen Erde und des feinen Regens, stets hartnäckig bestrebt, in Wachstum und Reife – und Ernte – zu gedeihen. Das schien alles viel lebendiger zu sein als seine Hand, aber vielleicht hatte sich etwas Melancholie in seine Stimmung geschlichen. Das geschah oft, fand er, und nicht ohne Grund.

Die Stadt Skerries wurde weiter oben bereits erwähnt, aber es ist nicht leicht, Luft und Stil dieses Ortes zu übermitteln. Skerries war ein angenehmer, kleiner Kurort mit einer großen Vielfalt, was See und Strand betrifft, mit breiten Straßen, in denen sich eine erstaunliche Anzahl von strohgedeckten Häusern duckte. Der langgestreckte Hafen mit seiner gebogenen Front aus Behausungen, Läden und Gaststätten war winzig und hübsch – außer bei Ebbe, wenn im Hafenbecken nur noch ein wüstes Durcheinander von Steinen, Seetang und Schlamm zu sehen war. Hoch oben, neben dem Bahnhof, wachte eine alte Windmühle über die stillen Menschen.

Er stieg aus dem Zug und ging auf der vertrauten Straße

hügelab. Er kam dort vorbei, wo die Church Street abzweigte, ein ruhiges Wohnviertel, und ging weiter zur Strand Street, welche die schmucke, breite Hauptverkehrsader der Stadt ist. Es waren viele Menschen unterwegs –: die Urlauber, teils am Orte ansässig, teils zugereist, ganz leicht zu unterscheiden. Aber er zügelte seine Gedanken. Seine Mission war Erkundungsarbeit, und es schien, als gelte es, Gaststätten und Teestuben zu erforschen, obwohl weder die einen noch die anderen in das Bild paßten, das er sich im Geiste von James Joyce' Naturell und Gewohnheiten gemacht hatte.

Zuerst versuchte er es in einer Teestube. Das Angebot reichte von Speiseeis über lauen Tee bis hin zu Bratfisch mit pommes frites. Er fand eine solche Umgebung zutiefst bedrückend, bemerkte niemanden, der Joyce auch nur im entferntesten ähnelte, und konnte sich nicht vorstellen, daß dessen strenger und wählerischer Geist derartige Konfrontationen ertragen hätte, nachdem er die kultivierten *auberges* von Paris oder Zürich kennengelernt hatte. Die Konversation?

»Nun hör endlich Herrgott noch Mal auf, dich zu kratzen und trink deine dämliche Limonade aus!«

»Ich frage mich, wo sich Charlie, diese dumme Sau, noch herumgetrieben hat nach dem Streit gestern nacht.«

Dann eine Kneipe: Er sah bald, daß sie zur altmodischen Sorte gehörte, wie man sie immer noch in kleinen irischen Städten antrifft – mit hölzernen Trennwänden, die in Intervallen vom Tresen aus den Schankraum unterteilten, Heimstätten der Verschwiegenheit und Absonderung. Von allen Kneipen, die er aufsuchte, wobei er seine Zeche im Interesse der Wachsamkeit sorglich auf je einen kleinen hellen Sherry beschränkte, läßt sich – ohne ungerecht zu sein –

sagen, daß sie eher schmutzig waren, daß, weiter, der Mann hinter der Theke fast immer – sei es nun der Boß selber oder eine beigeordnete Hilfskraft – in Hemdsärmeln agierte, wobei das Hemd als solches selten die beste Qualität hatte.

Die Aussichten waren kaum vielversprechend. Es war möglich, vermutete er, daß Joyce zeitweise woanders Zuflucht nahm, um im Sommer dem Ansturm des geistlosen Ferien-Pöbels zu entrinnen. Der Emigrant, Flüchtling oder Entkommene hat keine Wurzeln, nicht einmal im eigenen Land.

Ein Haus sah ein wenig abgesetzt und reserviert aus, und er trat ein. Ja, dunkel war es, mit nur wenigen kleinen Gruppen von Männern, die sich um ihre dunklen Getränke versammelt hatten. Der Herr des Hauses war eine gedrungene, joviale Person von fünfundsechzig Jahren mit rundem Gesicht, bis zur Hälfte seiner Mannesgröße mit einem fleckigen Pullover bedeckt. Mick grüßte so munter wie möglich und bat um einen kleinen Sherry. Dieser wurde mit der nötigen Leutseligkeit serviert.

»Sie sehen mir ganz so aus, als stammten Sie auch aus Dublin, lieber Herr«, strahlte er. »Die Sorte von Menschen, die glaubt, ohne sie könnte Skerries nicht existieren.«

»Nun, aus der Richtung komme ich allerdings«, gab Mick aufgeräumt zu.

»Gott segne diese Leute und das, was sie in der Hosentasche haben. Wissen Sie, was sie darin aufbewahren?«

»Wahrscheinlich ein paar Shilling.«

»Nein. Ihre Hände.«

»Gehen die Geschäfte schlecht?«

»Ach, keineswegs, das würde ich nicht sagen. Aber es ist unsere eigene Meute hier und ein wilder Haufen, der aus

Balbriggan und Rush herüberkommt, was diese alte Stadt auf den Beinen hält. Das ganze Feriengesindel kann man glatt vergessen; wenn sie zwei Flaschen intus haben – oder sogar, Gott behüte, drei –, glauben sie, sie wären an die äußersten Grenzen der Ausschweifung vorgestoßen. Aber raten Sie mal, was für Flaschen!«

»Wahrscheinlich Stout, oder? Doch bestimmt nicht Whiskey?«

»*Pffwoäh!* In den Flaschen ist *nieder*ländisches Lager. Im Sommer muß ich extra einen größeren Vorrat davon anlegen. Und wissen Sie, was es ist? Pisse, das ist es. Pferdepisse.«

»Woher wissen Sie, wie Pferdepisse schmeckt?« fragte Mick und war sehr zufrieden mit dieser Frage.

»Wo . . . Woher ich das weiß? Ich habe selbst vor ein paar Jahren in Dublin mehrere Halbe davon getrunken. Das Zeug riecht schon von weitem nach Clydesdale-Kaltblütern.«

Mick trank höflich und lächelte. Die natürliche Schwatzhaftigkeit von Wirten konnte bei seiner Suche eine große Hilfe sein.

»Naja«, sagte er, »jedem sein eigenes Gift, würde ich sagen. Ich bin ohnehin nur einen oder zwei Tage hier. Ich hörte gerüchtweise, daß sich ein Onkel von mir hier irgendwo aufhalten soll; er nennt sich, glaube ich, Captain Joyce. Wir haben uns vor einer ganzen Reihe von Jahren aus den Augen verloren. Er ist schmächtig gebaut, ältlich und trägt eine Brille.«

Der Wirt schien den Kopf zu schütteln.

»Joyce? Nein, ich glaube nicht. Hier ist ein ständiges Kommen und Gehen, wissen Sie. Trinkt er jemals einen kleinen Jameson oder Tullamore?«

»Ich bin nicht sicher. Ich weiß, daß er im Ausland gewesen ist. Vielleicht neigt er jetzt mehr zu einem Tropfen Wein oder vielleicht Likör.«

»Wein?«

Schon das Wort schien ihn zu erschrecken.

»Nein, nein, ganz und gar nicht. Dieser Personenkreis hat noch nie in meinen Räumen verkehrt, obwohl wir hier einen älteren Herrn von der Army haben, der Portwein trinkt, bis ihm das Zeug in die Socken läuft. Aber der heißt Stewart.«

»So schrecklich wichtig ist es gar nicht. Ich werde vielleicht noch ein paar andere Leute fragen, aber eigentlich ist es reine Neugier. Im Grunde bin ich hierhergekommen, um etwas von der frischen salzigen Luft zu tanken, die ihr hier unten habt.«

»Daran herrscht hier wirklich kein Mangel, und umsonst ist sie obendrein.«

Mick trank aus und ging. Wohin jetzt? Natürlich in die nächste Kneipe.

Das Ergebnis dort war negativ. Der Laden hatte ein niedriges Dach, war finster, und dem stillen Mann hinterm Tresen schien die graue Blume der Krankheit im Gesicht zu blühen. Mick trank einen weiteren kleinen Sherry.

»Wie ist die Saison dieses Jahr?« befragte er einen nicht klassifizierbaren Dabeistehenden.

»Ziemlich viele Leute da«, erwiderte dieser, »und einer davon bin ich.«

Soviel wurde bereits mit offenem Hemdkragen proklamiert, sowie über einem starken Getränk, welches kein Whiskey war: wahrscheinlich Brandy.

»Nun«, sagte Mick, »ein schönes Plätzchen für einen geruhsamen Urlaub.«

»Wäre es; aber nicht, wenn man die gesamte verdammte Familie mitbringen muß. Die Gören, die Frau *und* die Schwester von der Frau.«

Dies führte zu nichts. Mick sagte: »Alles ist besser als Alleinsein«, und ging. Es schien eine ziemlich verzwickte Prozedur zu sein. Es war jetzt halb fünf, zu früh am Abend für die Wirtshäuser, ihre ganze Stärke zu zeigen. Die Luft war schwül, kaum daß die Sonne schien. Ihm fiel der Inhalt des kleinen Pakets ein, das er für alle Fälle mitgebracht hatte: ein Pyjama, ein Handtuch und Badezeug. Er machte sich auf einen Spaziergang zum Hafen, wobei er die dortigen Kneipen verschmähte, erreichte die Landzunge und ging weiter, bis er eine Bank bei der Badestelle erreichte, die unter dem Namen *The Captain's* bekannt war, wo man bei Ebbe und Flut schwimmen konnte. Dort rastete er, verdaute seine frugale Zeche und betrachtete träge den riesigen, halbkreisförmigen weißen Sandstrand, auf dem Gruppen mit Kindern lagerten, sich an- oder auszogen oder zu lesen versuchten. Es war eine Szene der Zurückgezogenheit und der Erholung, ein Ausdruck der allgemeinen Überzeugung, daß einem eine solche Pause – mindestens einmal im Jahr – nur guttun werde. Er jedoch schreckte immer vor solchen herkömmlichen Sommerferien an einem Ort wie Skerries zurück. Das nötige Geld vorausgesetzt, fand er, wäre – ein paar Wochen früher im Jahr – ein Aufenthalt im Rheinland, in Paris, vielleicht Rom und am Mittelmeer für den zivilisierten Menschen weit eher das Gegebene.

Die Zeit, eine verdünnte Art von Zeit, trieb an ihm vorbei, und vielleicht duselte er sogar ein bißchen ein. Als er wieder aufschrak, ging er zu *The Captain's* hinunter, zog sich aus und sprang ins Wasser. Die hereinkommende Flut war frisch und kühl, sehr angenehm. Er fühlte sich wieder ganz instandgesetzt, als er danach den Speisesaal des Hotels betrat und die Kellnerin um zwei weichgekochte frische Eier bat. Etwas, das er nun schon Gewohnheit zu nennen geneigt war, zwang ihn, jeden in diesem frohgestimmten Saal einer genauen Betrachtung zu unterziehen, aber nein: nichts deutete auf Joyce hin. Es aßen da mehrere blendend aufgelegte Menschen, einige davon Ausflügler, sowie eine Gruppe von Männern mit lauten Stimmen, die er als harmlose Trinker abtat. Er verweilte noch ein wenig, las eine Abendzeitung und hielt, als er aufbrach, in der Empfangshalle inne, um die junge Dame zu fragen, ob sie ihm ein Bett für die Nacht geben könne.

»Für eine Nacht?«

»Ja, aber ich bin noch nicht ganz sicher, ob ich es auch brauchen werde. Das erfahre ich erst in ein paar Stunden.«

»Ich werde mein Bestes tun, aber wenn Sie jetzt buchen, ist das sicherer.«

Er sagte, er würde es darauf ankommen lassen und wahrscheinlich später noch einmal vorbeischauen. Er hatte sich nämlich zwei Tage freigenommen, um jeden Hinweis auf Joyce verfolgen zu können. Vorauszudenken war ihm zur Gewohnheit geworden.

Er hatte jetzt insgesamt fünf Gaststätten besucht, und keine war einen zweiten Besuch wert. Aber es blieben viele, die noch überprüft werden mußten. Das Völlegefühl nach einer Mahlzeit schwächte seinen früheren Entschluß, milden Sherry betreffend, aber unerbittlich beharrte er auf seiner Diät. Er hatte eine Aufgabe, und die Arbeit war wichtig. Da durfte man sich keine Schwachheiten erlauben.

Es war schon nach sieben, als er ein ziemlich armseliges Etablissement an der Peripherie des Hafens betrat. Eine

Bestellung und der Gebrauch von Auge und Ohr sagten ihm, daß dort nichts zu holen war. Es hatten sich reichlich Menschen versammelt, meist Fremde, aber sie waren laut und rüpelhaft und auf dem allerbesten Wege in eine lange Nacht. Hier trieb sich kein leiser, sardonischer Romancier herum. Aber gab es nicht irgendwo einen beschaulichen, für die Anwesenheit eines Schriftstellers geeigneten Winkel? Oder war Joyce ein Einsiedler in der Ofenecke, der allen Anlässen zu öffentlichem Getümmel aus dem Weg ging, der die Menschen fürchtete und verachtete und dem seine eigene Gesellschaft am liebsten war? Das wollte Mick, von seinen eigenen Plänen einmal abgesehen, nicht hoffen. Ein empfindliches seelisches Gleichgewicht konnte durch eine solche Einstellung leicht gestört werden, fand er: Jeder hat seine eigenen Schrullen, aber wer den Wirrwarr der menschlichen Gesellschaft aus seinem Leben zu tilgen oder zu verbannen sucht, schwebt in äußerster Gefahr. Solche, die sich für längere Zeit in Klöstern oder gar Gefängnissen aufgehalten haben, werden von denjenigen, die sie später durch Zufall wiedertreffen, für an Geist und Herz verkrüppelt angesehen, und das oft genug unwiderruflich. Zumindest war das sein Eindruck, aber die Ehrlichkeit gebot ihm einzuräumen, daß er wahrscheinlich noch nie ein Individuum mit einer solchen Vergangenheit getroffen hatte.

Zwei weitere Versuche waren ebenfalls Nieten. Einer der beiden sah zunächst ganz vielversprechend aus, denn in einer stillen Kneipe, die in der Richtung zum Bahnhof lag, fand er sich in Gesellschaft eines, wie er nach dessen Kleidung, Sprache und Benehmen schließen zu können glaubte, protestantischen Geistlichen. Mick war im Unterscheiden der jeweiligen Schattierungen des reformierten Spektrums ungeübt, und jede persönliche Anfrage zu dem Thema wäre ungehörig gewesen. Jedoch war er offensichtlich nicht Joyce. Er war höflich (und, das sei hinzugefügt, völlig nüchtern) und lud Mick ein, etwas mit ihm zu trinken, bevor letzterer selbst ein Getränk bestellen konnte. Als der Sherry kam, sagte er gerade:

»Das wird diesen jungen Staat umbringen, wenn man nicht aufpaßt.«

»Was . . . Der Whiskey?«

»Die Einkommensteuer. Es ist meine feste Überzeugung: Sie ist eine unmoralische Art der Besteuerung.«

»Bedeutet das, daß es Sünde ist, Einkommensteuer zu zahlen?«

»Nein, das nicht. Das Gewissen gebietet, das kleinere von zwei Übeln zu wählen. Aber eine hohe Einkommensteuer ruiniert das freie Unternehmertum und die Initiative und erzeugt letztendlich Kleinmut und nationalen Verfall.«

»Es ist eine weithin akzeptierte Tatsache«, gab ihm Mick zu bedenken, »daß dieses Land jahrhundertelang einer verwerflichen Überbesteuerung und Ausbeutung unterworfen war, sowohl durch die britische Regierung, als auch aufgrund einer Kabale korrupter und gnadenloser Grobiane, jener Junker, die stets durch Abwesenheit glänzten. Die große Hungersnot war ein Resultat dieses Regimes.«

»Ja, es gab schlimme Zeiten in der Vergangenheit.«

»Und ich trete Euer Hochwürden hoffentlich nicht zu nahe, wenn ich an die Schreckensherrschaft des Zehnten erinnere, als eine an den Bettelstab gebrachte Bauernschaft dazu gezwungen wurde, eine Kirche zu unterstützen, an die sie nicht glaubte und für die sie keine Verwendung hatte.«

»Völlig richtig. Und das zu einer Zeit, da ihre eigenen Priester gejagt und verfolgt wurden.«

»Allerdings.«

»Aber ... *Aber,* wiederhole ich, die Arznei gegen all jene alten unentschuldbaren Übel kann nicht diese empörende Einkommensteuer sein. Sie ist nicht nur in sich schlecht, sondern auch völlig ungeeignet für die Wirtschaft dieses Landes.«

Dies war der Schwerpunkt ihrer Unterhaltung, als Mick seinerseits damit an der Reihe war, zwei Getränke zu bestellen. Er fand das Gespräch dürr und nutzlos.

Er verabschiedete sich und ging ein gutes Stück Weges zum entgegengesetzten Teil der Stadt; er verließ fast das Weichbild, begab sich tatsächlich sogar fast auf den Weg nach Rush. Man kann von Gaststätten getrost annehmen, daß sie sich nicht zu verbergen suchen, aber eine hatte er bereits verpaßt, als ihn der quietschend knirschende Lärm eines Korkenziehers aufschrecken ließ. Das tiefgezogene Dach war reetgedeckt, und drinnen tranken im trägen Licht der gestutzten Dochte von Öllampen einträchtige Männer, und zwar zumeist Porter. Die Unterhaltung verlief beiläufig und gedämpft, und irgendwie hatte Mick den Eindruck, daß viele der Gäste pensionierte Fischer waren. Er bat den Gebieter des Ortes, einen adretten, ein wenig zu jungen Mann, um sein kleines bernsteinfarbenes Getränk und hörte jenen zu seinem Erstaunen sagen: »Ein begnadeter Abend«, was auf eine Herkunft im höchsten Norden schließen ließ.

Mick war müde, aber immer noch wachsam. Das Licht, das die Lampen spendeten, war sanft, einschmeichelnd, so friedlich wie das Licht von Gaslaternen, aber plötzlich glaubte er, eine Stimme vernommen zu haben, die ihn stutzen machte. Hinter einer Trennwand in der Gaststube sah er einen weiteren Mann, der vom Tresen aus den hinteren Teil der Kneipe bediente. Er war eher ältlich, dünn, leicht gebeugt, und er trug eine Brille. Volles graues Haar war aus der Stirn nach hinten gekämmt. Micks Herz begann zu donnern. Lieber Gott, *hatte er James Joyce gefunden?*

Er trank sein Glas aus, bedächtig und gesammelt, und suchte dann die Toiletten auf, die in einem Haus, das auf die Straße hinausgeht, immer hinten zu finden sind. Auf dem Rückweg blieb er im hinteren Teil des Schankraumes stehen. Der ältere Mann trat unsicher näher, wobei er hinter seinen dicken Brillengläsern blinzelte.

»Einen kleinen hellen Sherry, bitte.«

»Gern.«

Zierlich und ruhig waren seine Bewegungen, als er ging, das Getränk zu besorgen. Mick fragte sich, ob er wohl bereitwillig reden werde. Nun, es war an ihm, das herauszufinden.

»Ziemlich viele Leute in der Stadt«, sagte er liebenswürdig.

»Aber ob es wirklich viele sind oder nicht, kann ich nicht mit Sicherheit sagen, da ich in dieser Stadt ein seltener Gast bin, wie ich zu meinem Leidwesen gestehen muß.«

Die Erwiderung erfolgte mit Dubliner Tonfall, ganz unverfälscht, und freundlich, aus der reinsten Herzensgüte gespeist.

»Doch, doch, ich glaube, die Stadt macht dies Jahr gute Geschäfte. Wir sitzen hier natürlich in einer stillen Ecke, und Gott sei Dank dafür.«

»Vermute ich richtig, daß Sie von hier sind?«

»Nein, nein. Wirklich nicht.«

Mick spielte mit seinem Glas und spielte den Unbekümmerten.

»Mein kleiner Ausflug nach Skerries«, bemerkte er, »ist keine Ferienreise. Ich bin hergekommen, weil ich jemanden suche, der, glaube ich, hier in der Stadt ist.«

»Ein Verwandter?«
»Nein. Ein Mann, den ich sehr bewundere. Ein Schriftsteller.«
»Aha. Ich verstehe . . .«
»Mein lieber Herr, ich will nicht so vermessen sein, Sie nach Ihrem Namen zu fragen. Statt dessen werde ich ihn Ihnen sagen.«
»Mir meinen . . . Namen sagen?«
»Ja. Sie heißen James Joyce.«
Es war, als hätte man aus großer Höhe einen Stein in einen stillen Teich fallen lassen. Sein Körper wurde steif. Er legte sich nervös eine Hand vor das Gesicht.
»Ruhig, bitte! Ruhig! Ich bin hier nicht unter diesem Namen bekannt. Ich muß darauf bestehen, daß Sie Rücksicht auf meine Privatangelegenheiten nehmen.«
Die Stimme war leise, aber dringlich.
»Das werde ich natürlich auch, Mr Joyce. Ich werde keinen Namen mehr erwähnen. Aber es ist für mich ein wirklich tiefempfundenes Vergnügen, einen Mann von Ihren Verdiensten von Angesicht zu Angesicht kennenzulernen. Ihr Name hat hohe Weltgeltung. Sie sind ein überaus bemerkenswerter Schriftsteller, ein Neuerer, Dublins unvergleichlicher Archivar.«
»Ich bitte Sie; so dürfen Sie nicht reden.«
»Ich meine es aber so.«
»Ich habe ein etwas gehetztes Leben geführt. Ein ewiges Hin und Her, verstehen Sie. Der letzte Krieg war für jeden eine höchst unerfreuliche Affäre. Weder die Dinge noch die Menschen werden jemals wieder sein, was sie waren. Die Herrschaft Hitlers war ganz abscheulich. Oh, ja, die Menschen haben gelitten.«
Er sprach jetzt frei, wenn auch mit gedämpfter Stimme, und

ihr war ein leiser Unterton von, vielleicht, Erleichterung anzuhören.
»Ich glaube, wir alle haben etwas von seiner Wirkung gespürt«, sagte Mick, »sogar hier in Irland, vom Schauplatz weit entfernt. Ich glaube, mindestens noch ein Sherry würde mir guttun . . .«
»Natürlich.«
»Und würden Sie mir die Ehre erweisen, etwas mit mir zu trinken?«
»Nein, wirklich nicht, vielen Dank. Ich trinke gelegentlich, aber natürlich nicht hier.«
Er schenkte aus der Flasche nach.
»Sie sprechen sehr liebenswürdig von meiner Arbeit«, sagte er, »aber ich darf vielleicht erwähnen, daß mein wirkliches Werk bisher kaum erschienen ist. Außerdem werden mir Sachen zugeschrieben, mit denen ich . . . äh . . . nie etwas zu tun hatte.«
»Ach, tatsächlich?«
»Die Unterbrechungen in Europa haben mich sehr zurückgeworfen. Ich habe wertvolle Papiere verloren.«
»Das sind empfindliche Schicksalsschläge.«
»Weiß Gott.«
»Befindet sich bei Ihnen ein Buch im Stadium der . . . Inkubation? Schreiben Sie an etwas Neuem?«
Er lächelte kurz, flüchtig.
»›Schreiben‹ ist nicht ganz das richtige Wort. ›Sammeln‹, vielleicht, träfe es eher . . . oder ›Zuwachs durch Akkreszenz‹. Die Aufgabe, die ich mir gestellt habe, könnte man zutreffend als die Übersetzung roher spiritueller Konzepte in Sprache bezeichnen. Ich betone hier *Übersetzung,* im Gegensatz zu einer *Auslegung* jener an diese. Es ist dies eine Frage der Übermittlung einer Sache mit den Termini einer

anderen Sache, welche ... nun ... mit der ersten Sache ziemlich wenig zu tun hat.«
»Nun, ich bin sicher, daß das schwierig ist. Aber Sie haben noch nie gezaudert, wenn es darum ging, subtile oder abstrakte Dinge zu vermitteln.«
»Meiner Treu, das ist sehr schmeichelhaft. Aber ich habe wenig veröffentlicht.«
Mick wollte dem Gespräch eine andere Richtung geben.
»Sie sind der zweite große Pionier, dessen Bekanntschaft ich durch die Huld eines günstigen Geschicks machen durfte.«
»Na, na, na. Und wer ist mein Genosse, wenn er sich zu Hause aufhält?«
»Er heißt De Selby. Er ist, soviel ich weiß, kein Literat, und es ist gar nicht leicht, seine Sphäre – oder seine Sphären – zu definieren. Er ist ein theoretischer Physiker, ein Chemiker, eine Autorität auf dem Gebiet der Dynamik, und er ist zu einigen erstaunlichen Schlüssen in der Theorie von Raum und Zeit gelangt. Es scheint ihm sogar gelungen zu sein, auf den Lauf oder Fluß der Zeit einzuwirken. Es tut mir leid, wenn das, was ich sage, ohne jeden Zusammenhang zu sein scheint, aber es sieht ganz so aus, als sei er imstande, die Zeit rückwärts laufen zu lassen. Und außerdem ist er Theologe.«
Joyce zeigte durch angespannte Aufmerksamkeit sein Interesse.
»Dieser De Selby«, sagte er, »wo lebt er?«
»In der Nähe von Dalkey, falls Sie wissen, wo das ist.«
»Ach, Dalkey? Ja. Interessanter kleiner Ort. Ich kenne es gut.«
»Er lebt allein, in einem sehr stillen Haus unter Bäumen in der Vico Road. Bei all seinem Intellekt ist er trotzdem ein

höflicher und gastfreundlicher Mensch. Kein besessener Wissenschaftler, verstehen Sie?«

Joyce, dessen Neugier nun voll entflammt war, dachte nach.

»Doch, das ist interessant. Lehrt er auch, oder gehört er einer Universität an?«

»Nein, das glaube ich nicht. Ich glaube nicht, daß er – im üblichen Sinne – einen Beruf hat. Geld erwähnt er nie, wahrscheinlich aber, weil er jede Menge hat.«

Joyce sah zu Boden, tief in Gedanken versunken.

»Wohlhabend, begabt, frei, seinen Eingebungen zu folgen? Wie schön für ihn.«

Mick gefiel dieser verständnisvolle Gedankengang.

»Ich habe Sie immer«, sagte er ernst, »als jemanden empfunden, der in diese Art von Gesellschaft paßt. Ihrem Werk scheint jeder Sinn für Hast abzugehen –: plumpe Explosionen, künstliche Spannung und dergleichen mehr. Sie sind ungekünstelt. Verstehen Sie mich?«

»Oh, nein, das ist nicht ganz meine Position. Wissenschaftlicher Wagemut ist natürlich immer wünschenswert. Unsere Familie beschäftigte sich dagegen hauptsächlich mit Politik, Gott steh ihnen bei, und manchmal ein wenig mit Musik.«

»Ja, aber all das gehört zum Geistesleben. De Selbys naturwissenschaftliche Forschungen schließen ein Interesse an abstrakteren Dingen nicht aus. Ich bin sogar sicher, daß er entzückt wäre, Sie einmal persönlich . . .«

Joyce ließ ein leises Kichern frei.

»Mich kennenzulernen? Du meine Güte! Für diesen Vorschlag wäre er Ihnen vielleicht gar nicht dankbar.«

»Aber, im Ernst . . .«

»Sehen Sie, meine Arbeit ist sehr persönlich, und zwar in

dem Sinne, daß sich viel von dem Material nur in meinem Kopf befindet. Ich fürchte, es läßt sich nicht mitteilen, und ich fürchte, daß mir niemand dabei helfen könnte. Aber natürlich ist es immer ein Vergnügen, jemanden kennenzulernen, der persönliche Qualitäten besitzt.«
»Ich verstehe. Hat Ihr neues Buch schon einen Namen?«
»Nein. Ich tappe ziemlich im dunkeln, was *Sprache* betrifft. Ich habe meine Gedanken, mein Thema fest im Griff . . ., aber meine Schwierigkeit liegt darin, die Ideen klar auf englisch zu vermitteln. Sehen Sie, es hat erhebliche Auseinandersetzungen darüber gegeben, ob Englisch einerseits oder Hebräisch und Griechisch andererseits als erkenntnistheoretische Mittler tauglicher sind.«
»Ich weiß natürlich, daß Sie sich für Sprachen als solche interessieren . . .«
»Meine Gedanken sind neu, wissen Sie, und ich habe Angst . . .«
»Wo drückt der Schuh?«
»Sie haben eine Neigung, unaussprechlich zu sein.«
»Ach, du lieber Gott. Aber wir reden in Abstraktionen. Ich würde gern für einen Augenblick auf etwas Handfestes und Reales zu sprechen kommen und mich mit Ihnen über *Finnegans Wake* unterhalten.«
Joyce zuckte zusammen. »Grundgütiger! Kennen Sie das? In meiner Jugend war das ein gern gesungenes Lied.«
»Nein, ich meine das Buch.«
»Ich wußte nicht, daß es gedruckt vorliegt. Ach, vor langer Zeit habe ich auch gern gesungen. Die irischen Weisen, die Balladen und die alten Kommet-alle-herbei's. Als mein Herz noch jung war, könnte man sagen.«
»Aber Sie müssen sich doch an ein Buch dieses Namens erinnern –: *Finnegans Wake*?«

»Sie dürfen bitte nicht vergessen, daß ich lange außer Landes war. Wenn jemand eine Oper aus den alten Melodien gemacht hat, bin ich natürlich entzückt. Ich wünsche ihm alles Gute. Tom Moore war für mich immer sehr anziehend. *Wenn ringsum nur Stille* ist ein schönes Lied.«

»Sentimental, ja.«

»Das sagt man für gewöhnlich, leider. Wenn etwas zu Herzen geht, wird es als sentimental abgetan. Die echten, alten, überkommenen Weisen – die liebe ich auch sehr.«

Schweiften seine Gedanken ab? Micks Uhr sagte ihm, daß die Gaststätte bald schließen würde. Er beschloß, die Nacht, wenn nötig, in Skerries zu verbringen.

»Sagen Sie mir nur soviel, Sir«, sagte er. »Hätten Sie etwas dagegen, wenn ich De Selby von unserem Gespräch berichtete, ohne zu sagen, wo Sie sind, und wenn ich des weiteren vorschlüge, daß Sie nach Dalkey fahren, um sich dort mit ihm zu treffen, oder daß Sie ihn hier oder woanders, wo es Ihnen passend erscheint, treffen?«

Joyce schwieg in Gedanken versunken und fuhr nervös mit einem Finger über die Theke. Möglicherweise waren die Dinge zu schnell in Bewegung geraten. Er runzelte leicht die Stirn.

»Ich würde den Mann gern kennenlernen, wenn Sie mir versichern, daß er diskret ist«, erwiderte er langsam, »aber es wäre mir nicht lieb, wenn er hierher käme.«

»Ich verstehe.«

»Er scheint ein sonderbarer Mensch zu sein. Es ist ja vielleicht sogar möglich, daß er mir dabei behilflich sein könnte, das, was ich im Kopf habe, auf Papier zu bringen, denn die Erfindung und Potenzierung, nach der diese Art von Arbeit verlangt, überfordert einen einzigen Denkapparat. Es ist die Art von Wirrnis aus Problemen und Innovationen, auf die der Strahl aus einem frischen Geist – denkbar wäre es – einiges Licht werfen könnte.«

»Sie werden sehen, daß De Selbys Geist nicht unfruchtbar oder in irgendeine Schablone gepreßt ist.«

»Dessen bin ich sicher.«

»Könnten Sie Datum und Uhrzeit für ein Treffen in Dalkey angeben?«

»Das wäre überstürzt, fürchte ich. Ich muß mich erst noch einmal mit Ihnen unterhalten.«

»Gut. Ich kann im Hotel übernachten und Sie frisch und munter morgen früh aufsuchen.«

»Nein. Ich werde morgen gar nicht hier sein. Morgen ist mein freier Tag. Aber bevor ich Ihren Freund treffe, möchte ich mich lange mit Ihnen unterhalten, weil da noch gewisse Dinge von Anfang an geklärt werden müssen. Ich bin ein Mensch, der weitgehend mißverstanden wird – verunglimpft, würde ich sogar sagen, verleumdet, geschmäht; man schneidet mir die Ehre ab. Nach allem, was ich gehört habe, haben gewisse unwissende Männer in Amerika mich zum Gespött gemacht. Nicht einmal mein armer Vater war vor ihnen sicher. Ein Bursche namens Gorman schrieb, er habe ›immer ein Monokel in einem Auge getragen‹. Man stelle sich das vor!«

»Ich habe ebenfalls so etwas läuten gehört.«

»Es ist unerträglich.«

»Ich würde mich um solche Leute gar nicht weiter kümmern.«

»Das sagt sich so leicht. Sogar hier, wo meine Identität gänzlich unbekannt ist, betrachtet man mich als Schwindler, als die keusche Susanne, und zwar, weil ich jeden Tag zur Messe gehe. Wenn etwas im katholischen Irland Mangelware ist, dann ist das die christliche Nächstenliebe.«

Mick neigte voller Mitgefühl den Kopf.
»Da muß ich Ihnen recht geben«, sagte er. »Wir sind ein sehr konfuses Volk. Aber ... Wenn ich den Zug nach Dublin heute abend noch erwischen will, muß ich jetzt fort, denn bis zum Bahnhof ist es ziemlich weit. Ein zweites Treffen morgen kommt also nicht in Frage –: nun schön. Welchen anderen Tag würden Sie vorschlagen?«
»Ich glaube, wir werden ein wenig abwarten müssen und sollten uns nicht ausgerechnet hier treffen. Am Dienstagmorgen nächster Woche würde es mir passen.«
»Gut. Das Hotel hier in der Stadt scheint ein vernünftiges, ziemlich sauberes Haus zu sein. Ich denke doch, daß es dort eine Bar gibt. Wäre Ihnen das recht?«
Joyce schwieg einen Augenblick lang, vornübergebeugt.
»Gut ... Ja ... Ich schlage das Hinterzimmer um zwölf Uhr mittags vor.«
»Sehr gut. Und ich habe Ihre Erlaubnis, De Selby zu berichten, daß ich Sie getroffen habe, und ich darf die Möglichkeit einer literarischen Zusammenarbeit erwähnen?«
»Nun, ich glaube schon.«
»Sir, leben Sie bis Dienstag wohl, und haben Sie vielen, vielen Dank.«
»Gott segne Sie.«

14

Da Mick bereits am späten Abend aus Skerries zurückgekehrt war, lag am nächsten Morgen ein unausgefüllter Tag vor ihm, obwohl er das Haus verließ, als wollte er wie üblich ins Büro. Sein Instinkt gebot ihm, sich von Dalkey fernzuhalten, wo ihn am Freitag wichtige Arbeit erwartete. Was sollte er an seinem freien Tag mit sich anfangen?

Zuerst lenkte er seine Schritte zum St Stephen's Green und suchte einen freien Sitzplatz – so früh am Morgen ein leichtes. Das Green ist eine eingefriedete, quadratische Stätte für Vergnügungen nahe der Stadtmitte, verschwenderisch mit Blumenbeeten und Brunnen ausgestattet. Ein niedlicher See, der im Zentrum von einer Brücke überspannt wird und mit kleinen Inselchen prunkt, ist eine Heimstatt für das Wassergeflügel, dieses zum großen Teil exotisch, und in Farbe und Gewohnheiten auf die Blumen abgestimmt. Und das Green wurde ständig von einer großen Zahl von Menschen durchwandert, da es diagonal eine Abkürzung zwischen Earlsfort Terrace, wo das University College steht, und dem Ende der Grafton Street bietet, der Pforte zum betriebsamen Zentrum Dublins. Merkwürdigerweise ist dieser Ort des Wirrwarrs und Getöses (denn so kommt er einem manchmal vor) günstig für Reflexion und Planung, als wäre das brodelnde Leben eine Betäubung, vielleicht so, wie man Einsamkeit in der Menge findet.

Er lehnte sich zurück, schloß die Augen und meditierte über das, was an dem, was zu tun war, sein Anteil zu sein schien. Es gab einiges für ihn zu tun, aber wenn es gleich Großes war, so war es doch nicht wirklich kompliziert oder nicht zu bewerkstelligen. Er bewunderte seine gewandte Handhabung der Angelegenheiten nicht wenig, waren sie

doch teilweise bereits nicht mehr ganz von dieser Welt. Er würde, beispielsweise, die teuflischen Pläne De Selbys vereiteln, das aber mit Hilfe von Vorwänden und Ausflüchten, wie sie in einer Komischen Oper vorkommen konnten. Weiterhin war Mick in der Lage gewesen zu demonstrieren, daß James Joyce, ein Schriftsteller und Künstler von großem Genie, nicht, wie allgemein angenommen, tot war, sondern sich im Lande seiner Geburt des Lebens und einer annehmbaren Gesundheit erfreute. Zwar, das stimmte wohl, war sein Blatt in dieser Hinsicht vom red- und zechseligen Dr Crewett gezinkt worden, aber Mick bezweifelte, daß dieser überhaupt an den Wahrheitsgehalt seiner Information glaubte; auf jeden Fall hatte er nicht die geringste Anstrengung unternommen, sie zu verifizieren. Vielleicht war Faulheit die Erklärung, und Mick gab sich entzückt der Überlegung hin, daß Trägheit keine Sünde war, mit der man ihn in Verbindung bringen konnte.
Weiß Gott nicht, denn wenn jemand rührig und achtsam war, dann Mick. Abgesehen davon, daß er eine physische Begegnung mit Joyce gehabt hatte, hatte er auch noch festgestellt, daß sich dessen Gemütslage nicht im Gleichgewicht befand. Joyce wußte nicht, daß er *Finnegans Wake* beendet und publiziert hatte, denn es war zu lachhaft, anzunehmen, daß irgendeine Skizze, ein Konzept, an dem noch gearbeitet werden mußte, aus Versehen ohne sein Wissen in Druck gegangen sein sollte. Verleger, soviel wußte Mick, neigten nicht zu unverantwortlicher Alberei, noch dazu, wenn ein eingeführter Name von Gewicht im Spiel war. Doch Joyce hatte in jener Kneipe in Skerries weder durch Benehmen noch Sprache irgendwelche Exzentrizität an den Tag gelegt, sondern er war der Beschäftigung, bei der ihn Mick so unvermutet angetroffen hatte,

besonnen und zielstrebig nachgegangen. War bei De Selby ebenfalls eine Schraube locker, und, wenn ja, was würde geschehen, wenn zwei Geister von so erlesener Kultur, die gleichwohl verwirrt waren, aufeinanderprallten? Würden sie still und fruchtbringend zusammenwachsen oder einander in mörderischer Unordnung zerschmettern? War Mick selbst im Begriff, geistig in die Irre zu gehen, wenn er plante, diese beiden Männer zusammenzubringen? Nun, wohl kaum. De Selby hatte ihm keinen offenbaren Anhaltspunkt für Wahnsinn gegeben, sondern im Gegenteil anläßlich jenes Treffens mit dem Heiligen Augustinus den Beweis erbracht, daß seine Kräfte und Kontakte zumindest übernatürlich waren. Mick durfte, was das reale Wesen der D.M.P.-Bedrohung betraf, unmöglich ein Risiko eingehen. Er hatte, um es ganz unverblümt zu sagen, eine Verpflichtung gegenüber dem Menschengeschlecht, eine Verpflichtung, die von keiner Feigheit oder Kasuistik bestritten werden konnte, und seien sie noch so extrem.

Aber Micks Phantasie wollte nicht schweigen. Würden Joyce und De Selby ihre so verblüffend komplizierten und ungleichen Geistesgaben vereinen, um ein ungeheuerliches Erdbeben von einem neuen Buch hervorzubringen, etwas mit dem Anspruch, die Bibel zu verdrängen? De Selby konnte leicht das Material beschaffen – vielleicht mit Hilfe von Engeln –, während Joyce das überirdische Können des meisterhaften Autors einbringen konnte. Die Antwort hierauf schien zu lauten, daß De Selby nicht das geringste Interesse an Literatur oder Neo-Theologie hatte, noch daran, diese Welt oder die Menschen, die auf ihr wandelten, zu verbessern oder zu verschönern: Sein Ziel war es, beide zu zerstören, und sich selbst und Joyce schloß er in diese wundersame Tilgung ein.

Angenommen, Mick stellte Joyce De Selby zur selben Zeit vor, zu der letzterer entdeckte, daß sein Behälter fehlte –: was dann? Würde er Joyce dafür verantwortlich machen und ermorden? Das wäre sehr bedauerlich, gelinde gesagt, und für Mick wäre es wahrscheinlich unmöglich, seine eigene Mitschuld an diesem Blutvergießen (zumindest sich selbst gegenüber) in Abrede zu stellen. Ja, seine Angelegenheiten waren mit Risiko befrachtet; die Situation erforderte das. Und in De Selbys Fall konnte es kein Zurück mehr geben, obwohl Mick theoretisch Joyce dort lassen konnte, wo er war, und vergessen, daß es die kleine Stadt Skerries je gegeben hatte. Und selbst das schied als sichere Möglichkeit aus, denn er hatte Joyce gegenüber den Namen De Selby fallen lassen und seinen Aufenthaltsort, Dalkey, erwähnt, so daß Joyce leicht aus eigenem Antrieb am Ort des Geschehens auftauchen konnte. Das wäre eine abscheuliche Entwicklung der Dinge, denn es würde bedeuten, daß sie Micks persönlicher Kontrolle entglitten. Es schien klar zu sein, daß er seine Verabredung mit Joyce in Skerries einhalten mußte; die Bewegungen eines Mannes, dessen Gehirn sich in Aufruhr befand, waren unberechenbar, aber es war immerhin denkbar, daß man ihm durch listige, vielleicht arglistige Überredung beikommen konnte. Doch war dieser Mann überhaupt Joyce? Konnte einer, dem der Ruf anhaftete, er verachte Gott zutiefst, jetzt so ungewöhnlich fromm sein, so peinlich genau in der Befolgung seiner Pflichten als Mitglied der Kirche? Wie konnte eine solche Einstellung, auch wenn sie zugegebenermaßen Ergebnis später Einsicht war, mit der komplizierten und bombastischen Koprolalie des *Ulysses,* geschweige, selbst in einer Zwischenzeit der Verirrung, einem so niedrigen Charakter wie Molly Bloom in Einklang gebracht werden?

Ach, Molly Bloom! Sollte er diesen freien und unbeschwerten Tag dazu nutzen, mit Mary in Verbindung zu treten, sie vielleicht in ihrer Boutique, oder wie sie ihren Laden nannte, anzurufen? Er bemerkte, wie sich seine Miene verdüsterte. Eine Art Erstarrung beschlich ihn. Sein Denken war ungebündelt und emotional gewesen, nicht exakt. Er sagte sich streng, daß er sich rational zu verhalten habe und Sorge tragen müsse, daß Entscheidungen, wenn sie getroffen wurden, tadellos und unwiderruflich waren.

Der ältere Mann in Skerries *war* Joyce, auch wenn gewisse Abteilungen seines Gehirns durch die Erfahrungen inmitten der Greuel im Nazi-Europa gestört waren. Er hatte literarische Arbeit nicht schlankweg abgestritten, aber man konnte ihm bei seiner – wahrscheinlich sehr vorübergehenden – seltsamen Beschäftigung als Barmann verzeihen, daß er sich nicht über seine letzten Tätigkeiten auslassen wollte. Was steckte hinter seinem beispielhaften Leben als Sohn der Kirche? Dies war eine Frage, die an das Psychologische rührte, an das Psychotische, vielleicht das Theologische. In diesem Gelände fühlte sich Mick kaum zu einem Urteil berufen: Wer konnte denn schon das berühmte Dilemma des Heiligen Paulus zur Gänze überblicken?

Wenn nun tatsächlich nach einer zweiten Rücksprache mit Joyce vereinbart wurde, daß er De Selby kennenlernte, würde Mick unterdessen freie Bahn geschaffen haben. Zwei ältere Männer von gigantischem intellektuellem Potential, deren Geist ein wenig mit ihnen durchgegangen war, könnten, indem sie aufeinandertrafen, eine Gemeinsamkeit in Unternehmungslust und unbezweifelbarer Loyalität entdecken. Beide wußten sicherlich, was Whiskey war. Mick fragte sich, ob De Selby ohne seinen tödlichen Behälter in der Herstellung vollkommen reifen Whiskeys fortfahren könnte, der nur sieben Tage alt war. Konnte man sich bereits auf die Gründung der Firma De Selby, Joyce & Co, Destillation, Malzbrennerei und Lagerhaus-K.G. freuen, die dieses hochwertige geistige Getränk in alle Welt vertrieb und damit ein Vermögen scheffelte? Mick lächelte bei diesem Gedanken und schalt schon wieder seinen Geist, weil er einen Ausbruch ins Reich der Phantasie gewagt hatte.

Und nun zu Mary. Warum sollte er sie eigentlich an diesem, seinem freien Tag besuchen oder auch nur anrufen? Er hatte lange gedacht – oder es als gegeben angesehen –, daß er heftig, hoffnungslos in Mary verliebt sei. Stimmte das denn? Vernarrtheit ist eine Schwäche, die man anderen Leuten bereitwillig attestiert, aber seine wachsende Ehrlichkeit sich selbst gegenüber bewirkte, daß er sich dieser unbequemen Frage offen stellte. Erstens war Mary unermüdlich, wenn es galt, ihn zu prüfen und auszufragen, sogar bei Angelegenheiten, die absolut nur ihn angingen. Sie legte großen Wert auf die Betonung ihrer Unabhängigkeit von ihm als männliche Begleitperson und tat sich nicht den geringsten Zwang an, wenn sie ihre persönlichen Ansichten über Kunst, Sitten, Gebräuche, ja, sogar Politik und die übrige Ausrüstung der menschlichen Rasse äußerte. Ihre *persönlichen* Ansichten? Wie weit waren sie denn wirklich auf ihrem eigenen Mist gewachsen? Zweifellos wimmelte es in ihrem kleinen Palast der Mode von Hochglanz-Illustrierten, und die Kunst der schmucken Rede war nicht neu. Zweifellos brachte sie kurze Zitate von Mallarmé oder Voltaire zustande, wenn die Gelegenheit es geboten erscheinen ließ. Man konnte eigentlich getrost davon ausgehen, daß sie Mick geringschätzte. Was war sie denn in Wirklichkeit schon anderes als eine süß überzuckerte Schlampe, wahrscheinlich mit einer Menge anderer Herren, die ihr ergeben Gefolgschaft leisteten? Oder waren sie ihre Sklaven, ihre Marionetten?

In jüngster Zeit hatten seine beispiellosen Kontakte mit Personen (oder Wesen), die so ganz und gar den Rahmen des Gewohnten sprengten, mehr und mehr dazu geführt, daß er all seine zerebrale Aufmerksamkeit nach außen richtete, nie nach innen, zu sich selbst. Das war ein ungerechtfertigtes Versäumnis, reine Nachlässigkeit. Er konnte nicht hoffen, angemessen auf die Schritte zu reagieren, die andere unternahmen, wenn ihm seine eigene Natur und seine Stärke nicht in allen Einzelheiten bekannt, ja vertraut waren. Jeder Mann muß wissen, wie er seine Kräfte aufmarschieren lassen kann, wie er sie sämtlich aufmarschieren lassen kann. De Selby war ein treffendes Beispiel dafür. Hackett und er, Mick, hatten angenommen, er habe gelogen, als er D.M.P. und seine Fähigkeit, die Zeit außer Kraft zu setzen, erwähnte, er aber hatte bewiesen, daß er nicht gelogen hatte. Es war eine Tatsache, daß er über Kräfte verfügte, die sich gemeinhin dem Verständnis entziehen, daß er unendlich schlau war und genauso bereit, wie jeder andere zu lügen, wenn es um weniger Wichtiges ging. Desgleichen war er sehr gewandt darin, absolut nichts über die einfachen weltlichen Angelegenheiten zu sagen, so daß selbst der Schwerfälligste stutzig werden mußte: woher er zum Beispiel sein Geld bezog? Er mußte essen und trinken, Gerät und Chemikalien kaufen, sogar die niedrige Gemeindesteuer zahlen. Wie kam er an das nötige Kleingeld, um solchen unvermeidlichen und prosaischen Verpflichtungen nachzukommen? Wenn er von einem bereits verdienten Vermögen lebte –: womit war das Vermögen verdient worden? War er ein Bankräuber aus den U.S.A., der sich jetzt stillvergnügt an einer immens fetten Beute gütlich tat, vielleicht, nachdem er seine Genossen niedergeschossen hatte, anstatt mit ihnen zu teilen? Wenn De Selby ein Rätsel war, dann hatte er die ganz besondere Aura eines bösen Rätsels.

Aber Mick verzeichnete, daß sich seine, Micks, Funktion und seine Würde merklich gehoben hatten. Er *überwachte* Männer unbestimmten Kalibers, Männer, deren geistige Gesundheit alles andere als über jeden Verdacht erhaben war. Ganz offensichtlich war ihm diese Aufgabe von Gott, dem Allmächtigen übertragen worden, und dies verlieh ihm gewissermaßen den Status eines Priesters. Er war sicherlich so sehr Priester wie Pater Cobble, den sowohl De Selby als auch er selbst als dumm abgetan hatten. Zwar traf es zu, daß es Mick an anerkannten ekklesiastischen Fähigkeiten gebrach, aber dem ließ sich mit der Zeit abhelfen. Einer gottgesegneten Pflanze mußte man einen Zeitraum wenig gewinnender Schroff-, ja Plumpheit zugestehen, unbeholfenes und grobes Streben, bevor man erwarten konnte, daß sich eine zaubrische Blüte, die beseligenden Duft verströmt, vor den Augen der Welt mit einem Knall öffnete. Er meinte wirklich – obwohl ihm das später nicht mehr so klar erschien –, es sei ihm im Laufe dieses Nachmittags in St Stephen's Green zuerst gedämmert, daß er gut daran täte, in den geistlichen Stand zu treten und sich nach Kräften in jenem alten Weinberg zu mühen.

Er stand auf und wandelte geistesabwesend auf gewundenen Pfaden. Er war in einer nicht näher umrissenen Stimmung von Entsagung. Und seine Mutter? Diese großartige Dame war alt und gesundheitlich recht heruntergekommen. Doch sie hatte eine jüngere Schwester, ebenfalls Witwe, aber ganz gut gestellt, die in Drogheda wohnte. Nein, die Trennung von seiner alten Mutter war kein Hindernis, und das Wissen, daß er Priester wurde, würde über den Jahren, die ihr noch verblieben, scheinen wie eine geweihte Kerze.

Und noch etwas. Er gab viel zuviel seines frei verfügbaren Geldes für Getränke aus. Er war alles andere als ein Saufaus oder *débauché*, soviel stand fest. Der Fluch der Kneipen lag in ihrer Allgegenwart und Zugänglichkeit. Wenn einer etwas mit einem anderen in Dublin bereden wollte, sei das Thema nun trivial oder kompliziert, so wurde die Verabredung unweigerlich in einer Gaststätte getroffen. Das war eine gesellschaftliche *malaise*, ein neurotischer Makel in der Stadtentwicklung und -planung, eine Lage, zu der vielleicht der unverläßliche Charakter des Klimas als wesentlicher Faktor beitrug. Es gab natürlich Teestuben, Kaffeepaläste, sogar in einigen Hotels Gesellschaftsräume, in denen jederzeit ein anmutiges Glas Sherry gereicht werden konnte. Doch irgendwie waren sie allesamt ein unbekömmliches Milieu für die Zwiesprache unter Männern – und durchaus nicht deshalb, weil man dort kein großes Porter kriegen konnte. Es klingt abgedroschen, wenn man sagt, alles habe seine Zeit und seinen Ort, aber damit ist die Wahrheit, die in dieser Empfindung steckt, nicht zu bestreiten; man könnte natürlich in der Badewanne Akkordeon spielen, aber wahrscheinlich hat das noch niemand versucht. Er setzte sich abrupt auf eine Bank, die sich ganz anderswo auf dem Green befand, aber die schöne, kaum konturierte Szenerie sah genau gleich aus: eilende Menschen, fliegende, trippelnde und kreischende Vögel und ein vereinzelter Pfau, der im schattigen Unterholz herumlungerte. Hing etwa dem, was nett und proper war, nicht eine gewisse Nutzlosigkeit an?

Seine Beziehung zu Mary war, nun, da er sie nüchtern

betrachtete, in Wirklichkeit sehr oberflächlich und gering; das Wort »banal« traf sie vielleicht noch besser. Gewiß: sie war nicht sündig gewesen, und es gab überhaupt nichts, was an die Art von Lebenswandel erinnerte, die er mit dem Namen Hackett in Verbindung brachte. Er würde der Sache ein Ende bereiten, aber nicht allzu abrupt und ganz gewiß ohne ein Sortiment schlechter Manieren Revue passieren zu lassen. So leicht ist es, nicht länger eingehaltene Treueide aufzukündigen.

Versonnen trat er nach einem kleinen Stein, der neben seinem Fuß lag. Mal sehen –: Welcher Orden? Glücklicherweise gab es hier nur in Detailfragen Zweifel. Es war undenkbar, sich der normalen Weltgeistlichkeit anzuschließen, denn das bedeutete viele Jahre auf dem Maynooth College, einer Einrichtung, die von der britischen Regierung gegründet worden war, um angehende irische Kleriker davon abzuhalten, daß sie ihre Ausbildung und Erziehung in Zentren wie Paris und Louvain genossen. Daraus wäre er als C. C. oder »Catholic Curate« hervorgegangen und höchstwahrscheinlich einer Gemeinde wie Swanlinbar zugeteilt worden. Er sagte es mit großer Betrübnis, und mochte Gott ihm verzeihen, daß er es überhaupt gesagt hatte, aber die überwältigende Mehrheit der C. C.s, die er kennengelernt hatte, waren unwissende Männer, die, in den Mechanismen gewöhnlicher Theologie zwar möglicherweise durchaus geschult, nicht die geringste Bekanntschaft mit den Künsten gemacht hatten, mit den großen klassischen lateinischen und griechischen Schriftstellern nicht vertraut, in einem Sumpf von Geschmacklosigkeit wateten. Immerhin, vermutete er, ließ sich in ihnen die Infanterie der christlichen Armee erkennen, deren einzelne gemeine Fußsoldaten man genauer Prüfung besser nicht unterzog.

Er eignete sich offenkundig am besten für einen geschlossenen Orden. Aber welchen? Schwer zu sagen. Sein noch unbestimmtes Gefühl schien eher in Richtung der strengeren und mönchischeren Orden zu tendieren, obwohl – an dieser Stelle darf man verzeihend lächeln – er nicht wußte, wieviele solcher Orden es gab und inwieweit sie sich in ihrer Strenge unterschieden. Von einem war er ziemlich überzeugt: der Orden des Heiligen Johannes verlangte unter anderen ein Gelübde, welches bis ans Lebensende kein Sterbenswörtchen mehr gestattete. Irgendwie kam ihm dies inmitten der vergnügten Rüpelhaftigkeit, die auf dem Green herrschte, wie eine geringfügige Pflicht vor, in die man sich nur allzu gern nehmen ließ, wenn es um so hohe Dinge ging. Was konnte denn zur Abwechslung ein wenig Frieden schaden? Die Zisterzienser waren ebenfalls, fand er, tüchtige Leute, und die Karthäuser auch. Vage fühlte er, daß der Ausdruck »Geschlossener Orden« ein wenig irreführend war und vielleicht falsch verstanden werden konnte. Es bedeutete keine totale mönchische Abgeschiedenheit, erbarmungslos frugale Diät; es bedeutete nicht, daß man mitten in der Nacht von seiner hölzernen Lagerstatt aufgeschreckt wurde, um das Offizium zu beten und während der Arbeitszeit in die gröbsten und unelegantesten Gewänder gekleidet war. Es gab natürlich wahre Mönche dieser heroischen Prägung, aber er gestattete sich, die Frage anzumelden, ob solch ein Regime nicht sündhafte Verschwendung war. *Laborare est orare,* gewiß, aber das Gegenteil war kaum zutreffend. Man sehe sich nur die Missionare vom Heiligen Geist an. Sie waren, soweit er wußte, ein geschlossener Orden, aber sie lehrten an den Schulen; die Patres standen Bistümern der normalen Kirche draußen im Lande offen, und sie waren ebenfalls, glaubte er zu wissen, in der Auslandsmission tätig. Es wurde ihm schmerzlich bewußt, daß er furchtbar wenig über Struktur, Organisation und Regierungsform der allumfassenden Kirche wußte. Seine Aussichten, jemals Papst zu werden, waren wirklich schwach.

Bei all diesen formlosen Betrachtungen waren seine Augen zu Boden gerichtet, offen, aber blicklos. Seine Sehkraft kehrte jedoch zurück, als sich ihm zwei schwärzliche, nicht allzu saubere Objekte näherten. Diese waren ein Paar Schuhe, mit Füllung. Seine Augen hoben sich zum runden, strahlenden Gesicht einer Persönlichkeit, die er als Jack Downes kannte. Das Gesicht war angenehm und schien zu sagen, daß es irgendwo auf dem Lande geformt worden war, wo die anmutigen Kühe, die trägen, fruchtbaren Säue und die schlichten Hennen vom urtümlichen Ei zu Hause waren. Er war vielleicht zweiundzwanzig, Student der Medizin und, wie die Dubliner Redensart lautete, »ein ziemlicher Priem«. Diese Redensart war unverdient, bedeutet sie doch, daß man ständig herumbummelt, Karten spielt, trinkt, sich an Mädchen heranmacht und absolut alles andere tut, als ein Buch zu öffnen oder eine Vorlesung zu besuchen. Mick wußte, daß Downes bereits drei Jahre medizinisches Studium makellos hinter sich gebracht hatte. Seine Bereitschaft, gleichermaßen die Geheimnisse der Physik wie gewöhnliche halbe Liter vom Faß in sich aufzunehmen, verblüffte viele, Hackett nicht ausgenommen, welcher manchmal das Downes-Syndrom erwähnte, und zwar als »den Grad von Dummheit, der es ermöglicht, Auskunft hervorzubringen, die nichts mit der Frage zu tun hat, jedoch mit einer solchen Genauigkeit und Appoggiatur erteilt wird, daß der Frager selten den Einwand wagen wird, die Antwort sei falsch.« Auch das war nicht berechtigt, aber Mick hatte schon lange den Eindruck gewonnen, daß akademische Studien ein ödes Geschäft seien. Die beiden Universitäten von Dublin erstickten an den Söhnen unehrlicher Provinzkneipiers.

»Da soll doch gleich«, knurrte Downes leutselig. »Warum versteckst du dich denn hier, du langgesichtiger nasser Sack?«

»Morgen, Jack. Ich ruhe mich ein wenig aus und schere mich um meinen eigenen Kram.«

»Um Gottes willen, wirklich? Es ist fast zwölf. Bist seit etwa drei Stunden aus den Federn und ruhst dich schon wieder aus? Warum, zum Teufel, gehst du keinem Broterwerb nach oder sprichst wenigstens in irgendeiner Kapelle ein Ave Maria für die Armen Seelen? Ich vermute doch, daß du dich immer noch als einen Iren bezeichnest. Ich würde dich eher als einen Schwätzer bezeichnen, Michael.«

»Hör bloß auf«, sagte Mick ziemlich gereizt. »Für deinen dick, breit und sämig aufgetragenen ignoranten Irenmuff ist es ein bißchen früh am Morgen, und deinen gottlosen Mumpitz kannst du dir mir gegenüber zu jeder Tageszeit schenken.«

»A-*ha?* Dich bedrückt doch etwas.«

Dann vollführte er diejenige Geste der Hilfsbereitschaft, die Mick sich zuletzt gewünscht hätte. Er setzte sich.

»Alles halb so schlimm«, sagte er in einem Tonfall, der nett gemeint war. »Nur ein wenig Gelassenheit, und schon löst sich das, was du für Sorgen gehalten hattest, in Dampf auf. Verstehst du Plancks Quantentheorie?«

»Nein.«

»Gut. Dann hat es auch keinen Sinn, wenn wir uns über ERGs unterhalten. Weißt du, wo die Chatham Street ist?«

»Natürlich weiß ich das.«

»Schon besser. Diese Straße befindet sich ganz in der Nähe, und in dieser Straße befindet sich eine hervorragende Gastwirtschaft namens Neary's. Falls du dich erheben und auf meinen starken Arm stützen möchtest, werde ich dich hinführen und dir dort einen halben Liter kaufen. Um dir die Wahrheit zu sagen: Ich kann selbst einen gebrauchen.«

»Das ist allerdings ein guter Grund, mal reinzuschauen.«

In Micks Stimme war eine Spur echten Schreckens, als er Downes betrachtete. Die Einladung durchkreuzte seine Träumerei.

»Jack, ist es nicht ein bißchen früh am Tage, um mit diesem Zeitvertreib anzufangen? Bis halb eins werden wir so weit sein, daß wir gläserweise Malzwhiskey in uns hineingießen.«

»Nicht im mindesten. Nur keine Angst. Außerdem möchte ich mit dir reden. Wenn wir uns hier unterhalten, werden wir vielleicht belauscht.«

»Wann hast du dein nächstes Examen?«

»November. Jede Menge Zeit.«

»Wäre es dir nicht bekömmlicher, wenn du die eine oder andere Theorie in deinen Schädel gössest anstatt Porter in deinen Bauch?«

»Schwer zu sagen. Nun aber los.«

Die Art, wie er sich erhob, war forsch, hatte aber auch etwas Gebieterisches. Was konnte Mick schon tun? Er war jetzt neutral gestimmt. Er stand ebenfalls auf, und sie schlenderten aus dem Green hinaus in die Grafton Street und hatten bald Neary's erreicht, ein gemächliches, abgeschiedenes Refugium. Jack Downes bestellte zwei halbe Liter, wobei er die Formalität, Mick zu fragen, was seine Wahl sei, einfach wegließ, und er vertilgte beinahe die Hälfte seines halben Liters, als dieser erschien, und zwar mit einem einzigen Schluck. Er legte die Füße auf einen Stuhl, der in der Nähe stand.

»Sage mir an, Mick«, sagte er besorgt, »welcher Natur sind deine Schwierigkeiten?«

Mick ließ ein kleines Kichern frei.

»Schwierigkeiten? Du bist der erste, der sie erwähnt. Ich habe meines Wissens keinerlei Schwierigkeiten.«

»Bei Gott! Als du da auf dem Green saßest, sahst du so trostlos aus wie eine außer Dienst gestellte Vogelscheuche.«

»Nun, ich habe eine kleine Schwierigkeit, die aber Heilmitteln gegenüber sehr aufgeschlossen ist, glaube ich. Verstopfung.«

»Zum Teufel damit«, sagte Downes geringschätzig, »das hat natürlich jeder mal. Wie die Erbsünde. Aber sieh mich an. Ich habe *echte* Sorgen.«

»Wo brennt's denn?«

»An allen Ecken. Ich muß heute abend kurz nach sechs an der Kingsbridge Station sein, um jemanden vom Bahnhof abzuholen. Mein alter Herr kommt mich besuchen.«

»Ja, ist das denn nicht in Ordnung? Ich weiß doch, daß du gut mit deinem Vater auskommst, und ich weiß darüber hinaus, daß er anläßlich solcher Visiten mit einem kleinen Vorschuß nie im Rückstand ist. Und deine Zeugnisse sehen gut aus.«

Downes brummte.

»Hör mal«, sagte er, »da hat sich eine verdammte Komplikation ergeben. Als er letztes Mal hier war, zog er seine goldene Uhr hervor, ein unbezahlbares Familienerbstück, und sagte, irgendwas stimme nicht damit. Daraufhin gingen wir zu einem gewissen Uhrmacher, und dieses Genie fand schnell heraus, wo der Fehler lag. Er nannte einen

Preis, und der Alte Herr entrichtete denselben. Ich sollte die Uhr eine Woche später abholen und wie meinen Augapfel hüten.«
»Und hast du das getan?«
»Ja und nein. Ich habe sie ordnungsgemäß abgeholt, und sie funktionierte erstklassig. Bald darauf tat ich dann etwas sehr Dummes.«
»Sag mir nicht, du hast sie verloren.«
»Nein. Versetzt.«
Mick war dabei, langsam seinen unerwünschten halben Liter zu bewältigen, als er diese Worte hörte. Waren die Menschen nicht wirklich – und er nahm sich dabei nicht aus – Narren?
»Wo hast du sie versetzt?« fragte er schließlich.
»Bei Meredith in der Cuffe Street.«
Das war ein anerkannter, eingeführter Pfandleiher für Studenten. Mick begrübelte die Lage. Er fand nicht, daß sie hoffnungslos war.
»Wieviel hast du dafür bekommen?« fragte er.
»Zwei Pfund zehn. Mehr wollte ich gar nicht.«
»Wo ist der Pfandschein?«
»Ich habe ihn dabei.«
Nach kurzer Suche zog er etwas hervor, das aussah wie der echte Schein.
»Meine schreckliche Schwierigkeit«, sagte Downes düster, »gründet sich auf den Umstand, daß ich total pleite bin. Pleite im weitesten Sinne. Zuallererst wird Daddy seine Uhr sehen wollen. Ohne die Uhr wird er Zeter und Gomorrah schreien. Es ist ihm zuzutrauen, daß er mich auf diesem Bahnhof unmöglich macht.«
»Ich habe ihn nur einmal kurz getroffen. So übel ist er doch gar nicht.«

»Aber übel könnte er werden, wenn es um diese Uhr geht. Mir fällt nicht mal eine Geschichte dazu ein.«
Mick stieß ein kurzes Lachen aus.
»Wenn man die Lage klar betrachtet«, hob er an, »wird man sehen, daß sie ganz einfach ist. Deine Angelegenheiten an der Uni sind in Ordnung, und deine Wirtin wird direkt entlohnt, noch dazu im voraus. Dein lieber Vater wird dir eine Gratifikation in Höhe von zehn Pfund zahlen, um dein Glück noch zusätzlich zu belohnen. Alles, was dir noch zu tun bleibt, ist die Uhr auszulösen, was dir mit geborgtem Geld, welches du nur wenige Stunden lang schuldig zu bleiben brauchst, zweifellos ein leichtes sein wird. So einfach ist das!«
»Borgen? Aber wo? Ich brauche drei Pfund.«
»Du hast doch aber sicher ein paar Freunde? Nun aber sachte; brauchst mich gar nicht anzusehen. Unsere Gläser sind leer, und ich bin mit dem Bestellen dran. Und diesmal werde ich ein Vichy-Wasser trinken.«
Er winkte einem Bediensteten und gab die Bestellung auf, wobei er gleichzeitig sein gesamtes Geld aus der rechten Hosentasche schöpfte: dreieinhalb Crowns und ein paar kleinere Münzen. Diese Probe zeigte er vor.
»Mein Ehrenwort, Jack«, sagte er ernst, »das ist absolut alles Geld, das ich bei mir habe.«
Downes bedachte die Sammlung mit einem sorgenvollen Blick.
»Ich weiß«, sagte er. »Vor zwei Jahren habe ich mir von der Wirtin fünfundzwanzig Schilling geliehen, anläßlich der Firmung meiner kleinen Schwester. Ich konnte mich natürlich nie wieder dort blicken lassen, obwohl ich ihr das Geld zurückgezahlt habe. Mir schwant, daß sie erfahren hat, daß ich keine Schwester besitze.«

Als die Getränke kamen, verfiel er in finsteres Schweigen, während Mick begann, die kleine Angelegenheit in seinem Geist zu ordnen. Jack Downes war, nahm man alles nur in allem, ein anständiger Kerl, der Hilfe verdiente. Es schien nur einen beschreitbaren Pfad zu geben, obwohl dieser mit einem kleinen Risiko für sein eigenes finanzielles Gleichgewicht verbunden war. Jacks Salvierung war in seiner Brusttasche: das Scheckbuch, bisher noch unbenutzt.

Bei all seinen verwirrenden übernatürlichen und wissenschaftlichen Zerstreuungen durfte er, so gemahnte sich Mick, nie jene wahre Manifestation des menschlichen Adels aus dem Auge verlieren – *das Mitleid.* Daneben war jede andere Tugend seicht und ärmlich. Liebe und Erbarmen waren andere Namen dafür, beziehungsweise, lateinisch, *caritas,* Mildtätigkeit. Sogar die unvernünftige Schöpfung war nicht gänzlich ohne Barmherzigkeit. Und wenn er den Verlust von £ 3,– riskierte, war dies nicht eine mühelose Art, die Not einer bekümmerten Seele zu lindern, die Zerrüttung einer Familie abzuwenden und im Leben seines Nächsten für permanenten Erfolg zu sorgen?

Ja, seine Pflicht war eindeutig genug. Ein wenig Vorsicht allerdings war angebracht. Es kam nicht in Frage, daß er hier und jetzt einen Scheck ausstellte und überreichte. Es gab ein Element des Ungestüms im Charakter von Jack Downes. Jedes Vorhaben, das Mick in Angriff nahm, mußte er auch bis zum Schluß überwachen. Schließlich sprach er.

»Jack«, sagte er, »es ist wohl wahr, daß das, was ich dir gezeigt habe, alles Geld ist, was ich habe. Ich könnte sogar selbst das eine oder andere Pfund gut gebrauchen, wenn ich an gewisse kleine Ausgaben denke, die ich in ein, zwei Tagen auf mich zukommen sehe. Nun trifft es sich zufällig, daß ich irgendwo ein winziges erspartes Sümmchen versteckt habe – ein *winziges,* wiederhole ich, doch existiert es, damit man in einem Notfall darauf zurückgreifen kann . . .«

Downes hatte ihn verblüfft angeblickt, und dann brachte er so etwas wie ein Lächeln zustande.

»Du meinst . . .«

»Ich meine, daß ich ein Scheckbuch habe. Ich werde jetzt einen Scheck ausstellen, der zahlbar an den Überbringer ist, und wir werden zur Bank von Irland gehen. Dann gehst du in die Bank und löst den Scheck ein, indem du hinten deinen Namen draufschreibst. Ich werde draußen warten. Wenn du herauskommst, händigst du mir das Geld aus, und dann werden wir sehen, was sich für diese Uhr tun läßt.«

Der Effekt, den diese einfache, großzügige Ansprache auf Downes hatte, war sehr erfreulich. Sein Gesicht erleuchtete sich ein wenig, und seine ganze Person verströmte Herzlichkeit.

»Mick, du bist ein seltsamer Engel, der sich mal wieder rasieren könnte, ein vom Himmel gesandter Medizinmann.«

Mick schrieb den Scheck aus, und sehr viel mehr gibt es von dieser Geschichte nicht zu erzählen. Als Downes in der Bank verschwand, fragte sich Mick, ob es wohl Fragen geben würde, was diesen seinen ersten Scheck, den er je ausgestellt hatte, betraf. Nun, es gab keine Fragen. Sehr bald befanden sich vier saubere Banknoten in seiner Hand.

»Jetzt, Jack, kommt Meredith an die Reihe. Wir gehen zu Fuß.«

Nach einer halben Stunde blieben sie stehen, um sich voneinander zu verabschieden. Jack hatte sowohl eine altehrwürdige Deckeluhr als auch das Wechselgeld, das man ihm auf £ 3,– herausgegeben hatte, in der Tasche. Er lärmte über die Rückzahlung, aber Mick schnitt ihm das Wort ab und empfahl ihm, auch ja bestimmt am Abend seinen Vater abzuholen. Als er wieder allein war, eilte er in ein unterirdisch gelegenes Restaurant und bestellte einen starken schwarzen Kaffee mit Korinthenbrötchen. War dies nicht genau die Mahlzeit, überlegte er, die dem guten Samariter anstand? Eine Zeitung, die er gekauft hatte, fand er unlesbar. Er war verwirrt, aber glücklich, und er verbannte entschlossen alle Gedanken an Mary, De Selby und sogar Joyce aus seinem Kopf. Man mußte die Dinge nacheinander angehen, und zwar ganz ruhig. Was nun? Er betrat ein Kino, ohne sich die Mühe zu machen, vorher die Aushänge zu studieren. Es war noch nicht 17 Uhr, und deshalb kostete es nur die Hälfte.

Als er zur üblichen Zeit nach Hause kam, hatte er Hunger.

»Du siehst müde aus«, bemerkte seine Mutter. »Wieder einen schweren Tag gehabt?«

»Oh ja, Mutter«, sagte er und ließ sich auf einen Stuhl sinken.

»Manche dieser Leute vom Land können ganz schön anstrengend sein.«

15

Mick kam pünktlich genug, als er an jenem Freitagabend um 20:40 h die Tür der Polizeiwache in Dalkey öffnete. Endlich sollte entschlossenes Handeln an die Stelle von Dialog und Dialektik treten. Er erwiderte den Gruß von Wachtmeister Pluck, welcher, im Tagesraum sitzend, seine roten Gesichtszüge zu jener Ansammlung von Runzeln gekräuselt hatte, die ein Lächeln darstellen sollte.

»Ach, so ein schöner Abend heute abend«, kicherte er. »Wenn man jetzt auch noch die Zeit hätte, zu Larkin's hinüberzuschlendern, um den einen oder anderen Napf Porter zu trinken oder ein wenig mit diesem wunderbaren brünetten Klotz von einem Mädchen aus Longford zu schwatzen, das der Hochwürden in seiner Küche versteckt hält, bei allen himmlischen Mächten!«

Mick nickte liebenswürdig.

»Gewiß, Mr Pluck, aber manche Menschen haben anderes im Kopf. Der Sergeant und ich zum Beispiel überlegen, wie wir die Leute an Radrennen interessieren können. Ein schöner, gesunder Sport.«

»Da werden Sie zunächst technische Kurse belegen müssen, um zu lernen, wie Sie Ihre Reifenpannen selbst flicken können«, maulte er. »Der Große Meister ist im Hinterzimmer.«

»Danke.«

Sergeant Fottrell befand sich tatsächlich in dem, was er sein Büro nannte. Er kniete vor seinem Fahrrad und justierte irgend etwas. Seine Fahrradklammern hatte er angelegt.

»Seien Sie mir herzlich gegrüßt«, sagte er aufblickend.

»Sind Sie bereit für die gewundene Piste, Sergeant?«

»Wir sind bereit und hellwach«, erwiderte er, »doch quält

uns die empfindliche Notlage in Gestalt dessen, daß ich Wachtmeister Plucks Pumpe ausleihen mußte.«

»Was? Sie werden doch wohl das Fahrrad nicht mitnehmen wollen?«

Der Sergeant erhob sich und sah Mick eindringlich an.

»Wir sind heute nacht in einer äußerst seltenen, geheimen Mission unterwegs«, sagte er in vertraulichem Ton, »und wir wollen nicht, daß irgend jemand uns verächtlicherweise mit Beispielen seiner verhaßten Aufmerksamkeit übersprüht. Wenn ich auf die Landstraßen oder Straßen dieser Gemeinde hinausginge, ohne mein Fahrrad mitzunehmen, wäre das schlimmer, als wenn ich ohne Hose ausginge.«

»Nun, ich weiß, aber . . .«

»Ich bin noch nie ohne mein Fahrrad in der Öffentlichkeit aufgetreten, was natürlich nicht heißen soll, daß ich je so ein verstiegener Narr gewesen bin, mich auch darauf zu setzen.«

Mick wurde klar, daß dies keine Frage der Etikette war, sondern einer Disziplin, die so zerbrechlich war wie Stahl. Eindeutig war seine, Micks, Rolle die des gewandten Diplomaten. Es kam darauf an, De Selbys Behälter zu bekommen und ihn über Nacht so unbemerkbar wie möglich zu verstecken. Wortwechsel oder Zank waren undenkbar.

»Natürlich, Sergeant. Es leuchtet mir durchaus ein, daß ein Fahrrad, das man neben sich herschiebt, eine Art Verkleidung ist. Ich kann das nur gutheißen. Mir ist aber gerade ein Gedanke durch den Kopf gegangen.«

»Aha? Eine Mikro-Welle? Und zwar?«

»Mir fiel gerade ein, daß Sie *mein* Fahrrad in einer der Zellen eingesperrt haben. Wäre es angemessen, wenn ich meines ebenfalls an der Seite mitführte?«

Der Sergeant runzelte die Stirn. Die Frage gehörte offenbar

zu den verzwickteren der Fahrrad-Liturgie. Mick biß sich auf die Unterlippe.
»Nun, nein«, sagte der Sergeant langsam. »Sie sind in der reinsten göttlichen Wesenheit eine Persönlichkeit, die auf einem Fahrrad *fährt,* wenn sie überhaupt je Verkehr mit einem solchen pflegt. Ich dagegen hänge einer diametrischen Überzeugung an. Ich habe nie auf einem Fahrrad gesessen, und das wird, selbst wenn die Welt kein Ende nimmt, auch nie geschehen.«
»Sehr schön«, pflichtete Mick ihm bei. »Dann wollen wir mal. Wir wollen doch unseren Zeitplan einhalten.«
Und sie machten sich auf den Weg – allerdings durch die Hintertür, so daß Wachtmeister Pluck keine Notiz davon nehmen konnte.
Die Dämmerung hatte sich schon längst versammelt, und sie boten kaum einen bemerkenswerten Anblick auf den kleinen Straßen von Dalkey, die von ungleichen Gaslaternen schlecht erleuchtet und fast leer waren, wenn man von den gedämpften Geräuschen und der Lichtflut absieht, die aus einem gelegentlich am Wege liegenden Wirtshaus drangen und anzeigten, daß es noch Leben gab. Bald waren sie an der Stelle, an der die sanfte Steigung der Vico Road begann. Das Hotel Colza hatten sie lange hinter sich gelassen, ohne es zu erwähnen oder durch irgendeine Bemerkung anzuerkennen, daß es existierte. Sergeant Fottrells Betragen war beiläufig, verschwiegen, still. Mick wäre es lieber gewesen, wenn der Sergeant sich weniger unbehaglich gefühlt hätte, und so begann er, leise im Konversationston mit ihm zu reden. »Wir beide, Sergeant«, sagte er, »tun etwas Nützliches und, wie ich vermute, moralisch Verdienstreiches, indem wir diesen De Selby des Reservoirs tödlicher Keime berauben, welches er aufgehäuft hat.«

»Wir ehren uns selbst mit unserer wunderbaren Wohltäterschaft«, erwiderte der Sergeant, und es schien, als spreche Einverständnis aus ihm. Mick grunzte liebenswürdig.
»Nun, ich wollte Ihnen von einem speziellen Opfer erzählen, das ich geleistet habe. Ich bin, wie Sie wissen, Staatsbeamter.«
»Pracht, Herrlichkeit und starker Arm: das Gefäß des Staates«, skandierte der Sergeant.
»Schon gut, man tut sein Bestes. Ein Beamter hat soundsoviele Tage Urlaub im Jahr. Mir stehen nur drei Wochen zu. Nun kann man seinen Urlaub auf einen großen Haps nehmen oder aber hier ein Stückchen und dort ein Stückchen.«
»Oder, gedrängter, dort ein Stückchen und hier ein Stückchen«, schlug der Sergeant vor. Das freundliche klickende Gewisper seines Fahrrads legte sich wie ein steter Schatten über ihre Worte.
»Aber bedenken Sie«, fuhr Mick fort, »daß ein Tag ein Tag ist und ein Tag Urlaub ein Tag Urlaub. Am Sonnabend endet die Arbeit um eins, und die meisten von uns finden, dieser Tag sei ein halber Tag. So ist es doch wohl. Aber so etwas wie einen halben Tag Urlaub gibt es gar nicht. Verstehen Sie?«
»Ich folge Ihnen peinlich genau.«
»Wenn wir De Selby diesen betreffenden Artikel abnehmen und am Straßenrand verstecken, muß er morgen in aller Frühe wieder abgeholt werden. Ihn dort übers Wochenende zu lassen, würde ein Risiko darstellen, zu entsetzlich, als daß man es sich auch nur eine halbe Minute lang ausmalen möchte.«
Der Sergeant ächzte Zustimmung.
»Nicht einmal ein Zehntel dieser Zeitspanne. Wenn das Ladegewicht dieses diabolischen Wunders der Wissen-

schaft annehmbar ist, können wir es vielleicht auf der Querstange meines Fahrrads fortschaffen und es in den Räumen der Revierwache unterm Bett verbergen.«

Dieser Vorschlag, der Gipfel der Verantwortungslosigkeit, erfüllte Mick mit Schrecken.

»Um Himmels willen, Sergeant, da sei Gott vor. Damit bliebe die Menschheit immer noch schutzlos dem Verderben ausgeliefert, das De Selby für sie ausgebrütet hat. Übers Wochenende könnte Wachtmeister Pluck versuchen, es aufzubrechen, während Sie auf Streife sind, weil er annimmt, es handele sich um ein Fäßchen Apfelwein.«

Der Sergeant kicherte sardonisch.

»Hochwürden Cummins, der Vikar, befindet sich zur Zeit in Tipperary, um seine kranke Mutter zu besuchen. Wir könnten das Ding mittels geringfügiger Verstohlenheit in seinem Beichtstuhl in der Kirche lassen. Kein Mensch, der noch einigermaßen Sklave seiner fünf Sinne ist, würde je darauf verfallen, dort nach irgendetwas zu suchen.«

Auf der Vico Road näherten sie sich der kleinen Lücke im Zaunwerk, die Zutritt zu De Selbys Behausung bot. Mick bewirkte, daß man stehenblieb, indem er dem Fahrrad des Sergeants Halt gebot. Wegen des Nachdrucks.

»Sergeant Fottrell«, sagte er mit gedämpfter, ernster Stimme, »ich habe diesen Eingriff bis hinunter zur geringsten Einzelheit arrangiert. Wir dürfen uns nicht vom Plan entfernen. Wir werden De Selbys Ding bis zu diesem Zaun herunterschaffen, und wenn wir es rollen müssen, und über Nacht innerhalb der Einfriedung verstecken. Morgen wird in aller Frühe ein Taxi in unmittelbarer Nähe meiner Wohnung halten, und der Fahrer wird warten. Nachdem ich bei ihm eingestiegen bin, werden wir hierherfahren, das Ding einsammeln und es an einen Ort bringen, an dem es für alle

Zeiten absolut sicher sein wird. Na, ist das nicht einfach?«
Sie setzten sich wieder in Bewegung, da der Sergeant nicht geneigt war, den Punkt zu erörtern. Er schien sich – völlig zu Recht – als professionellen Ratgeber bei Einbrüchen zu betrachten, die im öffentlichen Interesse begangen werden. Und als sie die Lücke im Zaun endlich erreichten, erwies er sich auf wundersame Weise als gewandt und flink, als es galt, sein Fahrrad in Strauch- und Blattwerk zu verbergen. Sie stiegen schweigend und leise durch die Bäume hügelan, und Mick führte ihn sorglich am Ärmel. Das Haus lag in völliger Dunkelheit, und kein Wispern, das von Leben künden mochte, drang heraus. Sein Umriß war mit einigen Einzelheiten auf der seltsamen Lichtung deutlich zu erkennen. Die Haustür war sichtbar, stellte aber für den Sergeant keine Verlockung dar, welcher nun, nachdem er Mick am Ärmel gepackt hatte, die Umarmung suchte, die der Schatten der Bäume bot, und dann auf verschlungenen Pfaden dem hinteren Teil des Hauses zustrebte.
Zwei eher kleine Fenster, jedes mit zwei verschiebbaren Fensterrahmen gleicher Größe versehen, luden sie ein. Ihr Rundgang hatte ihnen gezeigt, daß das Haus im Verhältnis zu seiner eindrucksvollen Vorderfront erstaunlich klein und flach war.
Der Sergeant entschied sich für eines der beiden Fenster und zog ein schlankes Taschenmesser hervor. Dann versuchte er, dorthin zu spähen, wo der Schließhaken sein mußte, begann, sich links und rechts am Fensterrahmen zu schaffen zu machen und ließ plötzlich zu Micks Bestürzung den unteren in die Höhe gleiten, ohne das Taschenmesser benutzt zu haben, so daß eine Öffnung von etwa zwei Fuß mal anderthalb Fuß entstand. Er führte seinen dicken Kopf in diese Öffnung ein und rief leise:

»Ist da jemand? Ist da jemand?«
Keine Antwort kam aus der Finsternis. Er zog seinen Kopf zurück, um Mick ein gigantisches Nicken zuteil werden zu lassen. Dann steckte er sein umfängliches rechtes Bein durch die Öffnung und schaffte mit flinken, sehr komplizierten Verrenkungen seine gesamte Person nach innen. Als Mick ihm mühsam folgte, überlegte er, daß ihr tollkühner Einbruch in keiner Weise den Plänen oder dem Vorgehen der Unterwelt folgte, soweit solches in Büchern dargelegt war. Tatsächlich waren sie, soweit er wußte, beide nicht bewaffnet (wenn es gestattet ist, das Messer, das sich in der Hosentasche des Sergeants befand, außer acht zu lassen). Der Sergeant schloß das Fenster sorgsam und leise. Mick zog eine kleine Taschenlampe von hellem, aber sehr schmalem Strahl hervor und untersuchte die Wohnung. Sie schienen sich in einer sauberen, adretten Küche zu befinden. Es gab dort einen roh gezimmerten, gescheuerten Tisch, Küchenschränke, Regale, auf denen Packungen und Dosen standen, einen Kühlschrank, einen kleinen Elektroherd und ein paar Stühle. Dies war die Behausung einer sorgsamen Person.
Die geschlossene Tür öffnete sich bereitwillig nach innen, als Micks Hand die Türklinke betätigte, und er rief leise und ergebnislos die Frage des Sergeants: »Ist da jemand?« In den vorderen Teil des Hauses stieß man ohne weiteres vor, indem man durch einen kurzen Flur schritt und in der Eingangshalle ankam. Mick geleitete den Sergeant ins Wohnzimmer, welches sich bald im Licht seiner Taschenlampe als leer herausstellte. Es lagen einige Zeitungen auf dem Fußboden, und ein Teppich hing über einer Sessellehne. Auf dem Kaminsims standen ein Topf und eine kleine Tasse, welche von getrocknetem Getröpfel gezeich-

net war. Er ging geradewegs auf die Druckerpresse zu, hielt dabei den Schlüssel zwischen den Fingern bereit. Dort stand der Behälter aus mattem Metall, so, wie er ihn zuletzt gesehen hatte. Er versuchte, sich dem Sergeant durch Gebärden verständlich zu machen und gab ihm lautlos die Taschenlampe. Der Behälter ließ sich leicht genug nach links oder rechts kippen, aber er empfand es, da er kniete, als schwierig, ihn vollends anzuheben. Er zerrte am Behälter, schleifte ihn heraus. Vom Boden der Druckerpresse bis zum durch einen dünnen Teppich geschützten Fußboden betrug die Fallhöhe einen Zoll. Er war jedoch so konstruiert – wunderbar genau –, daß er den Schwerpunkt stets irgendwo auf der Ebene des mittleren Umfangs hatte, so daß keine seiner Schmalseiten den Boden berührte. Mick rollte ihn weit genug von der Druckerpresse fort, welche er danach wieder verschloß. Er erhob sich, nahm dem Sergeant die Taschenlampe ab und hielt diesen mit Handbewegungen dazu an, den Behälter aufzuheben und auf den Tisch zu stellen. Dies tat der Sergeant schnell und leichthin. Es war nun klar genug, daß man im Befolgen der Vorsichtsmaßregeln etwas lockerer vorgehen konnte.

»Ist er schwer?« flüsterte Mick.

»Ach wo«, kam ein bohrendes Flüstern, das man in Dalkey hätte hören können, »er wiegt nicht mehr als ein dreißig Tage altes Schaf. So ein Schwindel.«

Warum hatte er nicht »Lamm« gesagt? Mick versuchte, den Behälter selbst zu heben. Er war überrascht, denn der Behälter strafte seine massive Erscheinung Lügen. Er fand ihn etwa so schwer wie eine mittelgroße Schreibmaschine.

»Wir werden das Ding abwechselnd tragen«, flüsterte er, »wobei ich auf jener schwierigen Strecke unter den Bäumen hindurch stets voranschreiten werde. Wir werden zur Vordertür hinaus gehen. Wir müssen vorsichtig und langsam gehen. Zuerst tragen Sie. Ich werde die Tür öffnen und schließen.«

»Ganz folgerichtig«, kommentierte der Sergeant und schlang seine starken Arme um den Preis ihrer Mühen.

Sachte und sehr behutsam verlief der Abstieg zu jenem Zaun bei der Straße; gewichtig, wie die Bürde war, suchte sie sich doch immer wieder im Unterholz zu verfangen. Obwohl auch nicht das Allergeringste schiefging, pochte Micks Herz während des gesamten Ausflugs heftig und beruhigte sich auch später nicht, als er und der Sergeant, welcher sich sein Fahrrad wieder geholt hatte, beiläufig und als sei nichts geschehen, die Vico Road hinunterschritten.

»Wissen Sie«, sagte der Sergeant mit gedämpfter, vertraulicher Stimme, »wissen Sie was? Wissen Sie, was morgen früh um sechs passieren wird?«

»Nein ... Was?« fragte Mick, plötzlich ein wenig verängstigt. Was hatte er übersehen? Was, das doch so naheliegend war?

»Um sechs oder so herum«, stimmte der Sergeant an, »wird dieser Westwind auf seiner grausamen Lippe einen Wirbelsturm von Niederschlägen und schändlichen Wolkenbrüchen mit sich führen, so ganz dazu angetan, die armen Bauern und Gärtner, falls sie noch ein Stück Saat im Boden stecken haben, in die stumpfe Verzweiflung zu treiben, ein Geifern und Gesabber von Wasser wird es geben; erschreckend anzuschauen!«

Diese Prophezeiung amüsierte Mick ein wenig. Als stets vorausschauender Mensch betrachtete der Sergeant die Arbeit, die sie heute nacht geleistet hatten, als geleistet und vollbracht, als Buch, dessen letzte Seite man gelesen hatte, als Mahlzeit, die gegessen war, als etwas, das nie wieder erwähnt, dessen nie wieder gedacht werden sollte. Micks verwirrte, selbstgestrickte, mit Abfällen übersäte Vorstellung fand einen so kompakten, einfachen Zustandsbericht unerquicklich, aber er war dankbar dafür, daß der Sergeant die Dinge so sah, denn ohne es zu wissen, kam er mit seiner Einstellung den seltsamen Gedankengängen, die Mick beherrschten, lindernd entgegen.

Mick spielte den Ball zurück, ließ sich über das Wetter aus und wurde mit kurzen Berichten über Katastrophen belohnt, die sich in ferner Vergangenheit zugetragen hatten und stets in der unentschuldbaren Launenhaftigkeit der Natur begründet lagen, wie die irische Kartoffel-Hungersnot der schwarzen vierziger Jahre des Neunzehnten Jahrhunderts, welche auf nichts anderes als auf Wochen des schwärzesten Frosts in der Geschichte der Menschheit zurückzuführen waren! Sie hatten die Wache erreicht, und Mick streckte die Hand zu Dank und Lebewohl aus, während der Sergeant ihn bei der Schulter packte und ins Innere führte.

»Ein Tiegelchen Tee würde uns beiden guttun«, sagte er in einem Ton, der einschmeichelnd gemeint war, »und machen Sie sich nichts daraus, wenn Wachtmeister Pluck in seiner rotzigen Art an geplatzten Reifen herumschnüffelt.« Das sprach er aus wie *herumschnyffelt*.

16

Als Mick in jener Nacht die Polizeiwache verließ, war er erstaunt, als er bemerkte, daß es erst kurz nach zehn war. Gegen bessere Einsicht beschloß er, das *Colza* aufzusuchen und De Selby persönlich um Entschuldigung zu bitten. Gebrauchsfertige Lügen stürmten scharenweise auf seinen Kopf ein. Seine Verabredung für heute nacht habe dem Zweck gedient, eine Verabredung mit dem bedeutenden Schriftsteller James Joyce zu treffen. Als er jedoch durch die Stadt gegangen sei, habe ein Auto einen Radfahrer überfahren und verletzt. Die Polizei habe darauf bestanden, daß er mit auf die Wache kam, um eine schriftliche Zeugenaussage zu machen. Die Polizei sei hoffnungslos langsam und unfähig gewesen. Sie habe ihm aufgrund eines Vorfalls, mit dem er absolut nichts zu tun gehabt habe, den ganzen Abend verdorben, und er könne nur vielmals um Entschuldigung bitten. Es tue ihm alles äußerst leid.

Das Colza-Hotel durfte Besuchern bis elf Uhr offenstehen, aber entweder lag es an einer Elastizität des Gewissens oder an der Unverläßlichkeit von Uhren, soweit es Mrs Laverty betraf, daß die Polizeistunde stets ungewiß war. Sergeant Fottrell, die Geißel so manchen Dalkeyer Wirts, widmete diesem Haus absolut keine Aufmerksamkeit, wenn man davon absieht, daß er gelegentlich dort trank. Keiner, der sich dort betrank, paarte dies Vergehen je mit dem Vergehen ungebührlichen Benehmens.

Es war dreizehn nach zehn, als Mick eintraf und Hackett bereits ein wenig trübäugig in der Bar vorfand, während Mrs L hinter dem Tresen strickte. Diese ganze Nacht schien ihm in einer gedämpften Tonart gestimmt zu sein. Er wünschte allerseits einen guten Abend und setzte sich an den Tresen. Mrs Laverty erfüllte ihm seinen überraschenden Wunsch, eine Flasche Vichy-Wasser.

»Na, jedenfalls besitzt du ein großes Talent dafür, fast pünktlich zu sein«, sagte Hackett etwas unsicher. »Das erinnert mich an die Enthüllung deiner Mutter, du seist ein Achtmonatskind gewesen. Dein Mann ist erst vor fünfzehn Minuten gegangen.«

Mick wußte es nicht genau, aber vielleicht war er sogar erleichtert darüber.

»Danke, Hackett«, erwiderte er. »Ich bin dankbar für deine Mitwirkung. Eigentlich wäre es überhaupt nicht schlimm gewesen, wenn ich ihn getroffen hätte.«

»Ist deine Intrige denn nach Plan verlaufen?«

»Ich glaube. Ja.«

»Und wohin hast du das Eigentum der vorerwähnten Person geschafft?«

»Laß nur. Unwichtig. An einen Ort, an dem es sehr sicher untergebracht ist. Wir brauchen uns keine Sorgen mehr darüber zu machen.«

Hackett wandte sich wieder seinem Getränk zu und zog ein wenig die Stirn kraus. Er war verdrießlich, seine Stimmung schwankte. Er gab Mick einen Wink, sich mit ihm nach hinten ins »Elendsviertel« zu setzen, und Mick gehorchte.

»Schade, daß du De Selby verpaßt hast«, sagte Hackett. »Er wollte dich nämlich aus ganz bestimmten Gründen sprechen. Er sagte, er wisse, daß du einen gewissen Argwohn betreffs jener Chemikalie hegst, die er bei jener Episode mit dem Heiligen Augustinus verwendet hat. Er macht dir deshalb keinen Vorwurf, wollte aber, daß du erfährst, daß er seine Meinung vollkommen geändert hat. Er gibt nunmehr zu, unter schlechtem Einfluß gestanden zu haben, höchstwahrscheinlich einer äußeren Einwirkung unterworfen. Aber sein Gemüt wurde durch ein Wunder – oder eine Serie von Wundern – gereinigt. Er wünschte, daß du darüber informiert bist und dir keine Sorgen mehr machst. ›In ein paar Tagen‹, sagte er, ›werde ich meinen Irrtum in höchst unzweideutiger Weise wiedergutmachen. Ich werde all meinen Experimenten ein Ende setzen und als friedlicher Bürger nach Buenos Aires zurückkehren, wo meine liebe, geduldige Frau auf mich wartet. Ich besitze reichlich Geld, und zwar ehrlich verdientes.‹ . . .«

Mick starrte ihn an.

»Das ist erstaunliche Rede«, sagte er, »und eher verwirrend als erhellend. Kann man auch nur ein Wort glauben, das De Selby sagt, geschweige, es verstehen?«

Hackett gab Mrs Laverty durch Gebärden zu verstehen, daß er seine Arznei noch einmal zu haben wünsche.

»Der einzige direkte Kontakt, den ich bei dieser ganzen Sache gehabt habe«, sagte er, »besteht darin, daß ich mit dir und De Selby bei diesem Treffen mit dem Heiligen Augustinus anwesend war. Aber wie ich dir bereits gesagt habe, war ich mir nie sicher, daß das keine Halluzination war. De Selby wäre der letzte, der abstreiten würde, daß er ein vollendeter Hexenmeister ist. Wir standen höchstwahrscheinlich unter Drogen. Den Drogen, die die Phantasie befördern, sind keine Grenzen gesetzt.«

»Hackett, wir haben ausführlich darüber diskutiert. Keine Droge könnte identische Phantasien in zwei verschiedenen Individuen hervorrufen. Alle naturwissenschaftlichen Zweige – Chemie, Medizin, Psychologie, Neuropathologie – stimmen da überein.«

Hackett zahlte mürrisch den Humpen, den Mrs Laverty ihm gebracht hatte.

»Also, hör mal zu«, sagte er. »Ich wünschte bei Gott, daß

ich nie diesen Clown De Selby getroffen hätte, und das habe ich ihm auch gesagt. Ich habe ganz klar gesagt, daß ich ihn nicht mag und nichts von seinem Plumpudding abhaben will. Aber das war, nachdem er mir enthüllt hatte, daß er in seinem Haus eine Zelle hat, die so dicht versiegelt ist, wie das Wasser die Unterwasserkammer im Vico-Schwimmklub nur je versiegeln kann. Offenbar hat er praktisch jeden Tag seine häusliche Ewigkeit aufgesucht, nachdem er vorher die Atemmaske angelegt hatte, und sich mit den Toten unterhalten. Das scheint nach wie vor ausschließlich mit den zum Himmel aufgefahrenen Toten geschehen zu sein, was sonderbar anmutet, wenn man seine andere Behauptung bedenkt, laut der er seine Kräfte vom Teufel bezogen habe. Was sagst du?«

»Ich weiß nicht, was ich sagen soll. Ich habe noch nicht gehört, wie seine neuesten Offenbarungen lauten.«

Hackett nickte.

»Ich kann nur zusammenfassen, was er mir gesagt hat. Eines habe ich vergessen, dir zu erzählen. Er war rechtschaffen angeschlagen, als er herkam, und du hattest gesagt, ich sollte ihn ordentlich mit Getränken versorgen. Ich hatte viel mehr damit zu tun, ihn davon abzuhalten, in einen Schlummer der Empfindungslosigkeit zu fallen. Mrs L wurde sehr aufgebracht, und als er vor einer Viertelstunde aufbrach, geschah das in der Obhut von Teague McGettigan. Ich mußte die Droschke rufen lassen. Der Mann war stockbetrunken.«

Mick schüttelte den Kopf. Dies war in der Tat eine unglückliche, unvorhergesehene Ablenkung. Es fiel ihm schwer, ihre Bedeutung abzuschätzen: wahrscheinlich gleich Null, denn trunkenes Eifern konnte, wenn es durch eine Person vom Range De Selbys geschah, makaber und beängstigend wirken, ohne daß es tatsächlich etwas bedeutete oder ernsthafter Beachtung bedurfte. Immerhin . . .

»Er hat zweifellos gegen eine Regel verstoßen, wie wir es alle hin und wieder tun«, bemerkte er, »und schnell ein paar Proben von seinem seltsamen Spezial-Whiskey genommen. Mit wem, sagte er, hat er sich in seinem Himmelslabor getroffen?«

Hackett begann, in seiner Hosentasche zu stöbern.

»Ich habe versucht, mir ein paar Namen aufzuschreiben«, erwiderte er, »aber ein Mann, der ihn praktisch jeden Tag besucht hat, war Augustinus, als wäre er so eine Art Hauskurat.«

»Wer sonst?«

Hackett studierte stirnrunzelnd ein ausgefranstes Stück Papier.

»Bei manchen Namen bin ich mir nicht sicher – ich habe es meistens phonetisch versucht. Athenagoras, Ignatius von Antiochien, Cyprianus, Johannes von Damaskus . . .«

»Meine Güte! Vor den griechischen Kirchenvätern schreckt er auch nicht zurück?«

». . . Johannes Chrysostomos, Theodor von Mopsuestia, Gregor von Nazianz . . .«

»Hackett, ich muß gestehen, daß ich in der Patrologie nur begrenzt bewandert bin, aber was auf Erden könnte De Selby für einen Nutzen aus dem Dialog mit Kirchenvätern ziehen, die nach Herkunft und sogar Lehre so verschieden sind? Diesmal jedoch scheint er sich auf die Kirchenväter als solche zu beschränken. Ich weiß, daß der letzte der berühmten Väter Gregor der Große war, der so gegen 600 starb.«

Hackett lachte. Der Alkohol hatte einen modulierenden Einfluß auf seinen Geist wie auf seine Stimme ausgeübt.

»Wir haben oft gelesen«, sagte er, »daß diese oder jene Königliche Kommission die Macht hat, Personen vorzuladen und Papiere anzufordern. Und De Selby hat diese Macht bei Pfaffen und Papisten. Seine Vorladungen richten sich nicht immer an Individuen, wenn ihm nach einer vertraulichen Unterredung zumute ist. Weißt du, wen er sich für neulich morgens eingeladen hat?«

»Wen?«

»Eine ganze Abteilung – falls das Wort zutreffend ist – vom Trientiner Konzil, einschließlich, sagte er, gewisse Kardinäle, die versucht hatten, das unglückliche Konzil durch die Bestrebungen des Papstes, die Protestanten als Ketzer zu brandmarken, platzen zu lassen.«

Mick war von dieser Unmäßigkeit entsetzt.

»Wir dürfen nicht vergessen, daß der Mann betrunken war, als er dir gegenüber diesen extremen Ton anschlug, Hackett«, sagte er.

Hackett nickte.

»Außerdem könntest du sagen, daß ich selbst nicht allzu nüchtern war, als ich ihm zuhörte. Manchmal war er verwirrt, und seine Worte waren nicht sehr klar gewählt. Ich könnte fast schwören, daß er dem Heiligen Augustinus etwas zu trinken angeboten hat, irgendwann morgens, als es kalt war.«

All dies drohte, Micks sorgsam ausgearbeitete Pläne durcheinanderzubringen –, zu zerschmettern, vielleicht. De Selby war nicht mehr der gelassene Wissenschaftler, dem man auf einer für beide Seiten annehmbaren Ebene begegnen konnte, Stahl, der auf Stahl traf. Es schien, als habe er sich in dieser Nacht wie ein geschwätziger, gefährlicher Trunkenbold benommen.

»Hat er nach mir gefragt?«

Hackett deutete zuerst auf sein leeres Glas und starrte dann feucht seinen Freund an.
»Hat er nach dir gefragt?« wiederholte er. »War er denn nicht hier, um dich im Rahmen einer Verabredung zu treffen, die du selbst angeregt hattest?«
»Ich weiß, ich weiß. Aber als ich nicht kam, hat er da kein anderes Arrangement vorgeschlagen? Hat er zum Beispiel gesagt, ich könnte ihn besuchen?«
»Nein. Er äußerte sich sehr unbestimmt. Einer der Gründe für seine Enttäuschung darüber, daß das heutige Treffen ins Wasser gefallen ist, schien das Fehlen der Möglichkeit für ein anderes Treffen zu sein.«
»Der Mann war doch sturzvoll.«
»Nein, das war es gar nicht mal in dem Maße. Er spielte auf eine bevorstehende große Änderung an, seine Abreise, daß er alles fallenläßt, was er in seinem Haus getrieben hat. Naja . . . Ich weiß ja nicht, aber er schien irgendwas ziemlich Großes geplant zu haben.«
Mick seufzte. Wenn man Hacketts Bericht ernst nehmen sollte, war die Situation beklagenswert unbeständig und formlos geworden. Gleichwohl, so schätzte Mick, war er immer noch dem Geschehen einen Sprung voraus. Wenn man der Alchemie der Braugerste trauen konnte, half Teague McGettigan eben jetzt De Selby aus den Kleidern, was als Vorbereitung dafür diente, daß dieser ins Bett kollabierte, vom luftlosen Schoß des Alkohols umklammert. Es würde wahrscheinlich der späte Mittag eines neuen Tages werden, bevor seine Sinne zu ihm zurückkehrten, der auch dann nur ein schlaf- und fallsüchtiges Wrack sein würde. Es würden gute achtundvierzig Stunden verstreichen, bevor er fähig war, etwas zu tun oder zu entscheiden. Mick dagegen würde sich früh am nächsten Morgen ans Werk begeben.

»Nun, Hackett«, sagte er, »ich werde uns eine letzte Runde bestellen und dann aufbrechen. Ich muß morgen früh vollenden, was ich heute begonnen habe. Danach werde ich vielleicht versuchen, übers Wochenende mit De Selby in Verbindung zu treten.«
Er forderte ein Glas Whiskey sowie ein Glas Vichy an, und es gelang ihm ein Lachen.
»Kopf hoch, Hackett«, strahlte er, »laß dich vom Zusammenprall mit einem merkwürdigen und außergewöhnlichen Mann wie De Selby nicht deprimieren, und gib dein angeborenes Ungestüm nicht so ohne weiteres auf. Du bist kein guter Gesellschafter, wenn eine Bürde auf deinem Gemüt lastet. Solche Bürden sind ganz und gar unnötig. Vergiß das Ganze.«
Hackett lächelte ein wenig.
»Du mußt mich da entschuldigen«, erwiderte er, »aber ich fühle mich immer ein wenig frustriert, wenn ich in die Gesellschaft eines Mannes geworfen werde, der bereits voll abgefüllt ist. Das ist wie ein Ringkampf, bei dem man einen Arm auf den Rücken gebunden hat.«
Sie ließen die Gläser klingen, und Mick bemerkte, daß er etwas sagte, das ihn fast so sehr erstaunte wie Hackett.
»Hackett«, sagte er, »mich hat dieser übernatürliche Mummenschanz viel mehr mitgenommen als dich. So oder so: er wird bald zu Ende sein. Aber ich habe etwas gelernt – etwas Tiefes und Wertvolles. Erstens, daß es ein Jenseits *gibt,* obwohl die Blicke, die ich davon erhaschen konnte, unklar und verzerrt waren. Zweitens, daß ich eine unsterbliche Seele habe, zu deren Rettung ich bisher nichts unternommen habe. Drittens, daß das Leben, das ich bisher geführt habe, nichtig und – allerdings! – lachhaft ist.«
Hackett kicherte.

»Da nimmst du den Mund aber ganz schön voll.«
»Das gilt auch für dich, obwohl es wahr ist, daß dein Leben nicht ganz so sinn- und zwecklos war wie meins. Schließlich hast du dein Herz daran gehängt, das Snooker-Turnier zu gewinnen.«
»Ist Snooker denn sündhaft?«
»Nein, nur bedeutungslos. Ich werde meinen miesen kleinen Job so bald wie möglich aufgeben und in den Dienst der Kirche treten.«
Vielleicht lag es am ernsten Ton und der feierlichen Manier des Vortrags, aber Hackett gab es tatsächlich einen Ruck auf seinem Stuhl.
»Du ... Du redest jetzt doch nur Stuß, Mick, oder? In *deinem* Alter?«
»Ich meine es ernst. Dieser Gedanke hat ständig in meinem Hinterkopf gearbeitet, egal, wie sehr ich mich mit anderen Dingen beschäftigte – er hat gearbeitet wie ein unermüdlicher, unsichtbarer elektrischer Motor. Die Gnade Gottes hat mich nie verlassen.«
»Der Teufel soll mich holen. Willst du damit sagen, daß ich, wenn ich dir in ein paar Jahren über den Weg laufe, den Hut vor dir ziehen muß? Du weißt sehr wohl, daß ich so gut wie nie einen Hut trage.«
Mick lächelte gütig. So ernst er es meinte, wollte er dieses Ereignis doch nicht zu gewichtig oder schwülstig werden lassen, damit es nicht ans Lächerliche grenzte. Ein Lacher zum falschen Zeitpunkt kann eine wichtige Sache leicht verderben.
»In dem Punkt kann ich dich beruhigen, Hackett«, sagte er lebhaft. »Es ist höchst unwahrscheinlich, daß du mir begegnest, nachdem ich unter die Gesalbten des Herrn aufgenommen worden bin. Es ist sogar ausgeschlossen.«

»Warum? Willst du ein Missionar fürs Ausland werden, der den Niggern in Sansibar das Evangelium predigt?«

»Nein. Dies ist einmal etwas, das ich nicht nur zur Hälfte tun werde. Ich bin alt genug zu wissen, was ich will. Ich werde einem geschlossenen Orden beitreten – und zwar dem strengsten, den es gibt, wenn sie mich nehmen.«

»Und wie nennen sich diese Herrschaften, wenn sie zu Hause sind?«

»Der Reformierte Zisterzienser-Orden, gemeinhin auch als die Trappisten bekannt . . .«

Ein sonderbares Glucksen kam von Hackett und entwickelte sich zu einem bombastischen Gelächter.

»Teufel, Teufel«, japste er, »darauf bestelle ich noch einen Abschiedsdrink. Diesmal mußt du auch einen Whiskey nehmen. Zwei, Mrs L«, rief er. Indem sie sich zu gehorchen anschickte, sagte Mrs Laverty:

»Es wird allmählich Zeit, Mr Hackett.«

Hackett schwieg einen Augenblick lang, tief in Gedanken, und zahlte den genauen Preis für die Ware. Er wandte sich vertraulich an Mick und deutete durch eine Geste an, daß er auf dessen Gesundheit trank.

»Seltsam, wie sich die Gelegenheit für einen Trinkspruch bietet, unweigerlich bietet, selbst wenn man die Hoffnung darauf längst aufgegeben hat. Mit törichten Worten wie Schicksal oder Prädestination bezeichnet man dann diesen Vorgang.«

»Vielleicht wäre Vorsehung ein besseres Wort.«

»Vor beinahe zehn Jahren habe ich ein sehr kluges Gedicht verfaßt. Ich habe es in meinem Geist verschlossen, fest entschlossen, nicht damit zu prunken, bevor eine Gelegenheit auftaucht, zu der es auf wundersamste Weise paßt. Kannst du mir folgen?«

»Ich glaube schon.«
»Es war mir nicht darum zu tun, einen unverdienten Ruf als Improvisationstalent zu genießen. Das ließ mich völlig kalt. Ich wollte nur ein aktuelles Thema aufspießen, meinen Trumpf auf das As legen, das ein anderer gespielt hatte. Verstehst du mich?«
»Klingt mir ziemlich nach Eitelkeit.«
»Warte! Dies ist die Gelegenheit. Du sagst, du willst zu den Trappisten? Sehr gut. Im Hinblick auf diese Bekanntmachung wurde mein Gedicht vor langer, langer Zeit geschrieben. Hier ist wirklich das Schicksal in seiner nacktesten Form am Werk! Wie schade nur, daß wir kein Riesenpublikum haben.«
»Nun trage bitte deine Schöpfung vor«, befahl Mick.
Dies tat der andere, mit feierlicher Stimme, und am Schluß lachte Mick auch. Das Gedicht war vielleicht ein wenig unflätig, aber nicht zotig.

Es wußte ein frommer Trappist
Wegen Trippers nicht mehr, wie man pißt.
Er hat Gebete geschrien,
Doch es kam kein Urin,
Und so starb er: Geplatzt, doch als Christ.

Doch ja, komisch. Aber Micks Stimmung war nachdenklich, als er in jener Nacht nach Hause strebte. Es war ihm mit dem, was er zu Hackett gesagt hatte, völlig ernst gewesen. Seine Tage als Laie waren gezählt.

17

Mick war schon früh am nächsten Morgen auf den Beinen, die ziemlich verschattete Stimmung der vorangegangenen Nacht war verflogen, und er nährte ein Gefühl der Befriedigung im Herzen, ohne dafür einen klaren Grund zu haben. Er hatte das Gefühl, daß sich sein recht verwirrtes Gemüt klärte, daß die Straße vor ihm ebener wurde.

Er zog seinen guten Anzug an, und das Frühstück, das er sich eilig bereitete, war einfach – so einfach wie die kleine Aufgabe, die ihn an diesem Morgen erwartete. Er schlüpfte still zur festgesetzten Zeit hinaus und fand das Taxi dort vor, wo es sein sollte. Im Taxi befand sich Charlie, den er von gelegentlichen anderen Spritztouren her kannte. Charlie las Zeitung. Dies war der Teague McGettigan des reichen Mannes.

»Ein großartiger Morgen, Gott sei Dank«, sagte Charlie.

»Allerdings«, erwiderte Mick und stieg neben ihm ein, »und ich wäre froh, wenn ich jetzt auf dem Weg nach Arklow wäre, um einen Tag lang im Meer zu angeln. Ich bin sicher, Sie hätten nichts gegen einen solchen kleinen Ausflug einzuwenden, was, Charlie?«

»Wenn es um Lengfisch geht, bin ich ein großer Meister, Sir. Egal, was ich fangen will – Pollack, Makrele, Seezunge oder auch nur Kabeljau –, ich kriege immer Lengfisch. Ich bin wie der Forellenfischer, der immer Aal fängt und sich das Gerät ruiniert. Vico Road, Sir?«

»Vico Road, genau. Ich sage Ihnen dann, wo es ist.«

Es war neun Uhr und nicht mehr sehr früh am Morgen, aber die Fahrt durch Monkstown, Dunleary und Dalkey wirkte, als führe sie durch Ansiedlungen, die noch im Schlafe lagen. In den Straßen war wenig Bewegung und

Verkehr, nur hin und wieder fuhr eine zerbeulte Straßenbahn.

Auf der Vico Road war keine Seele zu sehen. Mick ließ Charlie ein gutes Stück am Ziel vorbeifahren, dann hieß er ihn wenden und etwa zwölf Meter vor der Lücke im Zaun halten.

»Warten Sie hier, Charlie«, wies er ihn an, »und lassen Sie die linke Hintertür offen. Ich muß einen etwas sperrigen Gegenstand bei einem Freund abholen. Es dauert nicht lange.«

»Alles klar, Sir.«

Mick konnte fast schon auf den ersten Blick sehen, daß der Behälter da war, wo er ihn hingeschafft hatte, aber er stieg unter den Bäumen hügelan und setzte sich auf einen Felsvorsprung. Er hielt eine kleine künstliche Verzögerung für angebracht.

Als er dann zurückging, machte es ihm wenig Mühe, mit dem Behälter fertigzuwerden und die Straße zu erreichen, da er ihn vor sich her trug; als er aber den Wagen erreicht hatte, mußte er die Last ächzend absetzen.

»Dies verdammte Ding ist schwer, Charlie«, sagte er und berief den Fahrer von seiner Zeitung ab. »Könnten Sie es auf den Rücksitz heben?«

»Gewiß, Sir.«

Er tat es fachmännisch.

»Das ist eine dieser neuen Elektrominen, möchte ich schwören«, sagte er, als beide sich wieder hinsetzten. »Im Ersten Weltkrieg habe ich viele von den Dingern gesehen, als sie aus dem Meer gefischt wurden.«

»Von der Sorte wohl eher nicht«, erwiderte Mick munter, »obwohl der Mann, dem das Ding gehört, durchaus etwas mit elektrischen Dingen zu tun hat. Er will, daß es aus

Sicherheitsgründen in der Bank von Irland hinterlegt wird, damit ihm nichts zustößt, und dort werden wir als nächstes halten. Er ist Erfinder.«

»Ah, ja«, sagte Charlie. »So ein Mann kann Millionen einstreichen, während unsereins Kupfermünzen zusammenkratzt.«

Später, als Mick die Bank von Irland betrat, wobei Charlie, der den Behälter trug, ihm vorausschritt, hatte er das Gefühl, er trete tatsächlich in den Zisterzienser-Orden der Trappisten ein. Vielleicht besitzen Banken eine gewisse klösterliche Qualität, einen geheiligten Symbolismus aus Geld, Silber und Gold.

»Stellen Sie es einfach auf den Fußboden neben den Seitentisch, Charlie«, sagte er, »und dies ist für Ihre Bemühungen.«

Ein freundlicher Kassierer erkannte Mick sofort. Ob er wohl mal ganz kurz jemanden hinter den Kulissen sprechen könne? Es gehe um eine Privatangelegenheit. Natürlich nicht den Direktor, aber irgend jemanden . . . mit Befugnissen? Gewiß.

Mr Heffernan war, als Mick in sein erstaunlich modernes Büro geführt worden war, in den besten Jahren und leutselig; es schien nicht viel zu fehlen, und er zöge eine Karaffe hervor. Als er sich gesetzt und eine Zigarette abgelehnt hatte, kam Mick auf sein Anliegen zu sprechen, und zwar, wie er fand, in durchaus flotter Manier.

»Mr Heffernan, ich bin ein neuer Kunde und ein kleiner noch dazu. Ich wollte mich wegen einer der Dienstleistungen Ihrer Bank erkundigen, von der ich gehört habe. Ich meine das Schließfach-System.«

»Ja?«

»Trifft es zu, daß Sie Objekte in sichere Verwahrung nehmen, ohne zu wissen, worum es sich bei diesen Objekten handelt?«

»Ja. Das tut jede größere Bank.«

»Aber angenommen, etwas – eine Kiste, nur so als Beispiel – wäre in Wirklichkeit eine Höllenmaschine? Eine Zeitbombe zum Beispiel?«

»Nun, soweit man das von irischen Institutionen überhaupt sagen kann, sind wir ziemlich altehrwürdig. Die Bank von Irland gibt es immer noch, allen exzentrischen oder mordlustigen Deponenten zum Trotz.«

»Aber . . . Man muß mit den alten Vorstellungen gründlich aufräumen, welche besagen, daß eine Zeitbombe notwendigerweise etwas ist, das tickt. Mit modernen Methoden, Mr Heffernan, könnte man es erreichen, daß ein simples Ding, das wie eine Zwiebel aussieht, die Explosivkraft von . . . sagen wir . . . 10 000 Tonnen TNT besitzt.«

»Nun, seit Bestehen der Welt ist das Bankwesen ein riskantes Geschäft. Mehr kann ich dazu nicht sagen. Natürlich ist unsere Kapazität begrenzt. Der physische Umfang eines Depositums, zum Beispiel, muß sich in gewissen Grenzen halten, und es darf kein Ärgernis darstellen, was es zum Beispiel täte, wenn es einen üblen Geruch verströmte. Wenn Sie an einer alten Lokomotive Gefallen gefunden und sie erworben hätten, könnten wir sie, fürchte ich, nicht als Einlage akzeptieren. Aber alles, was sich in vernünftigen Grenzen hält.«

»Mr Heffernan, ich bin überrascht und erleichtert.«

Sie ließen den Behälter von einem Boten hereinbringen: Er enthielt gewisse kleine Objekte, die ein naher Verwandter in Zusammenhang mit elektronischer Forschung hergestellt hatte; er war Physiker, der seinem Beruf auf privater Basis nachging und nur begrenzte Möglichkeiten für sichere Lagerung besaß. Die Objekte waren als *Objekte* von geradezu läppisch geringer Größe, und das Gesamtgewicht war grob gerechnet das Gewicht des Behälters als solchem. Von dem Ding ging unter Garantie keine schädliche Strahlung aus.

Mick fand, daß sein Vortrag ziemlich lahm klang, aber für Mr Heffernan war er ganz zufriedenstellend. Nachdem einige Papiere unterzeichnet waren, hatte die Bank De Selbys Schatz übernommen, und sein zeitweiliger Hüter befand sich wieder auf der Straße. Und nicht viel später war er in die Betrachtung eines kühlen Glases Vichy-Wasser versunken. Wunderbar, daß Geschäftsleute, die etwas von ihrem Geschäft verstanden, diesen ihren Geschäften so geschmeidig nachgehen konnten.

Er fühlte sich nicht müßig, sondern unbeschäftigt. Was sollte er bis Dienstag, wenn er sein zweites Treffen mit Joyce in Skerries hätte, mit sich anfangen?

Um dies weiter und eingehender zu überlegen, bestellte er ein zweites Glas, obwohl er sogar so harmloses Trinken zu dieser frühen Stunde von Herzen verurteilte, zu einer Tageszeit also, da man nicht füglich behaupten konnte, der Morgen sei bereits genügend durchgelüftet. Aber seine Sorgen lasteten schwer auf ihm, und er schien das Wesen eines Kabinettsministers anzunehmen. Kabinettsminister? Ach, was. Premierminister war die treffendere Bezeichnung.

In weit mehr als einer – hochwichtigen – Hinsicht war ihm allein die gesamte Politik anvertraut; er traf kritische Entscheidungen, hatte sie bereits getroffen. Sein Entschluß, sich persönlich für den Rest seines Lebens aus der Welt zurückzuziehen, war vielleicht die wichtigste Entscheidung, doch nur insofern, als sie ihn selbst und seine unsterbliche Seele betraf; die Transaktion, die er soeben bei der Bank von Irland getätigt hatte, betraf das Menschengeschlecht, gegenwärtige und künftige Geschlechter. Und De Selby? Ihn zu töten wäre eine schlimme Sünde, aber es kam ihm eine ausgewogene und weniger brutale Vorgehensweise in den Sinn, welche seine akademische Denkschulung verriet. Er würde das freie Wochenende damit verbringen, die Fakten, die De Selby betrafen, akkurat und maßvoll zu Papier zu bringen, dessen chemisches Wirken und teuflisches Sinnen, und die Maßnahme, die ergriffen worden war, bis hin zu diesem Morgen. *Und dieses Dokument würde er dem Abt des Trappistenklosters überreichen, dem er dereinst beitrat,* und so die Entscheidung über De Selbys persönliche Zukunft und das Schicksal der grausigen Utensilien, die zweifellos im Arbeitszimmer in der Villa ›Rasenmäher‹ herumlagen, an einen älteren und weiseren Kopf weitergeben.

Und noch etwas: Er mußte Mary zu verstehen geben, daß sie, sozusagen, nicht mehr für ihn zu waschen brauchte. Ein Brief wäre undenkbar und feige, und auf jeden Fall war es wünschenswert zu betonen, daß ihn ein strenger und hermetischer Orden – und keine andere Frau – zu einem so drastischen Sinneswandel bewogen hatte. Am Montag oder am Dienstag würde er sie bitten, ihn abends im Colza Hotel zu treffen. Dieser Laden lag angenehm versteckt für eine hitzige endgültige Auseinandersetzung, falls es zu einer solchen kommen sollte, und Hacketts Anwesenheit dort war immer möglich.

Bis dann wäre auch die zweite Befragung, der er Joyce zu unterziehen gedachte, vorüber, und vielleicht hatte er sogar eine Entscheidung gefällt, was, wenn man überhaupt etwas unternehmen wollte, mit diesem seltsamen Manne zu geschehen hatte. Sich um ihn – und ebenso um Mary und Hackett – zu kümmern –: das war ein grandioses Programm für einen einzigen Abend.

Auf seiner Eisenbahnfahrt nach Skerries am Dienstagabend war seine Stimmung friedfertig: »resigniert« wäre vielleicht das angemessenere Wort. *Quisque faber fortunae suae* lautet das Etikett: Jeder macht seine eigenen Dummheiten. Er glaubte jedoch nicht, daß diese Prognose hier Anwendung fand. Er war sich eines argen Doppelsinns bewußt: Manchmal schien er Vorgänge mit gottähnlicher Autorität zu diktieren, dann wieder sah er sich als Spielzeug unversöhnlicher Mächte. Bei diesem Ausflug kam es darauf an, fand er, daß Joyce sich selbst preisgab; er mußte ihn strikt nach dem Nennwert einschätzen. Joyce hatte bereits die Neugier geweckt, als er verkündete, er arbeite an einem Buch; er hatte keinen Titel genannt, hatte auf keinen Handlungsfaden angespielt. Er konnte ein Hochstapler sein, oder ein einzigartiger Fall von physischer Ähnlichkeit. Doch sein Äußeres war authentisch, und er hatte eindeutig auf dem europäischen Kontinent gelebt. Man konnte ihn im Ernst nicht unter Micks Probleme einreihen, sondern er stellte eher eine interessante Ablenkung für jemanden dar, der inzwischen eine gewisse Übung darin erlangt hatte, sich in die Angelegenheiten anderer Leute einzumischen. Völlig zu Recht hatte ihm Mick weder seine Privat-, noch seine Geschäftsadresse hinterlassen, und man konnte nicht sagen, daß er irgendetwas wußte, was Mick in Verlegenheit bringen konnte.

Das Hotel war ein schlichtes Etablissement, ohne Bar, aber ein alter Mann, der in Auftreten und Kleidung so unbestimmbar war, daß man nicht sagen konnte, ob er dort als Stiefelknecht oder als Besitzer fungierte, führte Mick einen Flur entlang in den »Salon, wo die Herren die Getränke

nehmen«. Dieser war ein schlecht beleuchtetes Zimmer, klein, Linoleum auf dem Fußboden, hie und da ein paar kleine Tische mit Stühlen, und hinter dem Kaminrost ein flackerndes Feuer. Mick war allein, und er stimmte seinem Wirt zu: es war kein besonderer Abend für die Jahreszeit, dann bestellte er einen kleinen Sherry.
»Ich erwarte einen Bekannten«, fügte er hinzu.
Aber Joyce war pünktlich. Er kam lautlos herein, war sehr ordentlich gekleidet, still, ruhig, ein kleiner schwarzer Hut krönte die kleinen, asketischen Gesichtszüge, in der Hand hielt er einen stämmigen Spazierstock. Er setzte sich nach einer knappen Verbeugung.
»Ich habe mir die Freiheit genommen, bereits beim Hereinkommen zu bestellen«, sagte er mit leichtem Lächeln, »denn wir von der Zunft ersparen einander gern unnötige Wege. Ich hoffe, es geht Ihnen 1-a?«
Mick lachte gelöst.
»Hervorragend«, sagte er. »Dieser Gang vom Bahnhof hierher ist schon als solcher ein Stärkungstonikum. Da kommt Ihr Getränk, und ich bezahle es natürlich.«
Joyce antwortete nicht, da er mit den Vorbereitungen zum Entzünden einer kleinen schwarzen Zigarre begonnen hatte.
»Ich bin ein bißchen verwirrt«, sagte er schließlich. »Sie scheinen in diesem Land viele Verbindungen zu haben. Ich beneide Sie. Ich kenne ein paar Leute – aber Freunde? Bah!«
»Vielleicht sind Sie von Natur aus eher ein Einzelgänger«, gab Mick zu bedenken. »Vielleicht machen Sie sich aus Gesellschaft im allgemeinen sowieso nicht viel. Ich persönlich finde, daß interessante Menschen sehr selten, Langweiler dagegen überall anzutreffen sind.«
Er schien im Halbdunkel zu nicken.

»Einer der großen Nachteile an Irland«, sagte er, »ist, daß zuviele Iren da sind. Verstehen Sie mich? Ich weiß, daß es ganz natürlich ist und auch nicht anders zu erwarten; wie die Anwesenheit wilder Tiere im Zoo. Aber es ist enervierend für jemanden, der sich in dem Mischmasch aufgehalten hat, den Europa heute darstellt.«
Damit hatte er Mick sozusagen an den Schauplatz seiner Nachforschungen geführt. Micks Stimme war leise und einschmeichelnd:
»Mr Joyce, ich empfinde großen Respekt für Sie, und es wäre mir eine Ehre, wenn ich Ihnen zu Diensten sein könnte. Ihre herausragende Bedeutung als Autor und Ihre Anwesenheit in diesem Teil der Welt machen mich ein wenig konfus. Würden Sie mir vielleicht ein paar kleine Informationen über Ihre Person zuteil werden lassen? Streng vertraulich, versteht sich.«
Joyce nickte, gleichsam völlig ohne Arg.
»Gern. Natürlich. Da gibt es nicht viel, was ich Ihnen erzählen könnte. Die Vergangenheit ist simpel genug. Die Zukunft scheint mir dagegen weit entfernt und kompliziert.«
»Verstehe. Wurden Sie von den Hitler-Leuten aus der Schweiz vertrieben?«
»Nein, aus Frankreich. Meine Frau und die übrige Familie gehörten zu den Menschenmassen, die vor diesem Terror flohen. Ich hatte einen britischen Paß. Ich wußte, daß ich verhaftet, wahrscheinlich sogar ermordet werden würde.«
»Was ist aus Ihrer Familie geworden?«
»Das weiß ich nicht. Wir wurden getrennt.«
»Sind alle tot?«
»Ich weiß sehr wenig darüber. Ich weiß nur, daß mein Sohn in Sicherheit ist. Es war ein einziges Chaos, ein Tollhaus.

Züge blieben liegen, Schienen wurden beschädigt. Überall herrschte Improvisation. Vielleicht wurde man mal im Lastwagen mitgenommen, oder man humpelte über Äcker, oder man richtete es sich für einen oder zwei Tage in einer Scheune ein. Auf allen Seiten zogen Soldaten, Guerrilleros und Halsabschneider über Land. Es war, bei Gott, dem Herrn, nicht lustig. Glücklicherweise konnte man die echten Landleute als solche erkennen: tapfere, einfache Menschen. Glücklicherweise konnte ich anständig französisch sprechen.«

»Und wo genau wollten Sie hin?«

Er stockte.

»Nun, zuerst«, erklärte er, »wollte ich keinen Kontakt mehr mit diesen Deutschen haben. Meine zweite Idee war, nach Amerika zu gehen. Amerika war zu der Zeit noch nicht in den Krieg eingetreten. Aber jede größere Unternehmung war äußerst schwierig. Es gab Spione, Saboteure und Raubmörder von jeder Art und Größe. Die einfachsten Fragen wie Essen und Trinken waren schwierig.«

»Ja, der Krieg ist ein Unheil.«

»Ich würde dieses blutige französische Durcheinander nicht mit dem Wort ›Krieg‹ aufwerten. Und der Schwarze Markt? Himmel!«

»Was geschah dann?«

»Zuerst kam ich nach London. Die nervliche Belastung dort war schrecklich. Ich fühlte mich nicht sicher.«

Mick nickte. »Ich erinnere mich, daß Ihr Namensvetter gehängt wurde: der Rundfunkreporter Joyce.«

»Ja. Da dachte ich mir, hier wäre ich besser aufgehoben. Es gelang mir, mich auf einem kleinen Frachter herüberzuschleichen. Gott sei Dank kann ich immer noch als Ire durchgehen.«

»Was wurde aus Ihrer Familie?«
»Ich lasse durch einen Freund Nachforschungen anstellen, und ich weiß, daß mein Sohn in Sicherheit ist. Natürlich kann ich es nicht riskieren, bei meinen Nachforschungen direkt vorzugehen.«
Das Gespräch ließ sich nicht schlecht an, brachte Mick aber nicht viel weiter. War dies James Joyce, der Schriftsteller aus Dublin, von internationalem Ruf? Oder war es jemand, der sich verstellte, wahrscheinlich durch seine Leiden völlig verstört? Der alte, nagende Zweifel blieb.
»Mr Joyce, erzählen Sie mir, wie der *Ulysses* geschrieben wurde.«
Er fuhr jäh hoch.
»Ich habe mehr als genug von diesem schmutzigen Buch gehört, dieser Ansammlung von Unflat, aber lassen Sie bloß niemanden hören, daß ich irgend etwas damit zu tun hatte. Da können Sie beileibe nicht vorsichtig genug sein. Ich habe übrigens meinen Namen nur für ein kleines Buch hergegeben, das mir etwas bedeutete.«
»Und was war das?«
»Ach, das ist schon so lange her. Oliver Gogarty und ich haben, als wir noch miteinander zu tun hatten, zusammen an einigen Kurzgeschichten gearbeitet. Einfachen Geschichten: Man könnte sie Dubliner Charakterisierungen nennen. Doch, sie waren nicht ganz ohne ein gewisses Verdienst, glaube ich. Damals war die Welt noch nicht in Aufruhr . . .«
»Fanden Sie die Zusammenarbeit mit Gogarty einfach?«
Joyce kicherte sanft.
»Der Mann hatte Talent«, sagte er, »aber er verzettelte dieses Talent. Er war in erster Linie ein Redner, und das, was er sagte, wurde, wenn er trank, bis zu einem gewissen

Grade immer besser. Er war ein Trinker, aber kein gewohnheitsmäßiger. Dafür war er zu schlau.«
»Nun, waren Sie Freunde?«
»Ja, das könnte man, glaube ich, sagen. Aber Gogarty hatte eine lockere, skurrile und blasphemische Zunge, und das paßte mir nicht, wie Sie sich denken können.«
»War diese Zusammenarbeit unverfälscht fifty-fifty?«
»Nein. Die eigentliche Arbeit habe ich geleistet, habe versucht, bis in die Seele des Volkes zu gelangen. Gogarty dagegen machte Schaufensterdekoration, schickes Zeug, beinahe die Mätzchen eines Castle –: Sachen, die mit dem Charakter nichts zu tun hatten. Oh, wir haben uns oft gestritten, das kann ich Ihnen sagen.«
»Wie haben Sie das Buch genannt?«
»Wir nannten es *Dubliners*. Im allerletzten Augenblick hat sich Gogarty geweigert, seinen Namen auf die Titelseite zu setzen. Er sagte, das würde seinen Namen als Arzt ruinieren. Das war nicht weiter schlimm, weil sich sowieso jahrelang kein Verleger fand.«
»Sehr interessant. Aber was haben Sie sonst geschrieben; was sind Ihre Hauptwerke?«
Joyce widmete sich still seiner Zigarrenasche.
»Soweit sie gedruckt erschienen sind, hauptsächlich Hefte für die Katholische Wahrheitsgesellschaft in Irland. Sie wissen sicher, was ich meine –: diese kleinen Traktate, die, wenn man eine Kirche betritt, auf Gestellen ausliegen; über die Ehe, das Sakrament der Buße, die Demut, die Gefahren des Alkohols.«
Mick starrte ihn an.
»Sie erstaunen mich.«
»Hin und wieder habe ich mich natürlich auch an ehrgeizigeren Projekten versucht. 1926 habe ich eine biographische

Arbeit über den Heiligen Kyrill, den Apostel der Slawen, in *Studies,* der Dreimonatsschrift der irischen Jesuiten, veröffentlicht. Natürlich unter anderem Namen.«

»Ja. Aber *Ulysses?*«

Ein leises Geräusch der Ungeduld war im Halbdunkel zu hören.

»Über diese Großtat möchte ich nicht sprechen. Ich hatte das Vorhaben als eine Art derben Streich aufgefaßt, wußte aber nicht genug darüber Bescheid und ahnte nicht, daß es meinem Namen ernsthaft schaden konnte. Die Sache begann mit einer amerikanischen Dame in Paris namens Sylvia Beach. Ich weiß, es ist eine schreckliche Phrase, ich verabscheue sie, aber die Wahrheit ist, daß sie sich in mich verliebt hat. Stellen Sie sich das mal vor!«

Er lächelte freudlos.

»Sie hatte eine Buchhandlung, die ich in Zusammenhang mit einem Plan, die große französische Literatur zu übersetzen und zu entgiften, so daß sie eine Inspiration für die Iren darstellen könnte, oft aufsuchte, denn die Iren sind von Leuten wie Dickens, Kardinal Newman, Walter Scott und Kickham betört und berauscht. Mein Blick reichte weit –: von Pascal und Descartes über Rimbaud, de Musset und Verlaine bis zu Balzac, bis hin sogar zu jenem heiligmäßigen Franziskaner, Benediktiner und Mann der ärztlichen Zunft, Rabelais . . .!«

»Interessant. Aber *Ulysses?*«

»Merkwürdig: Baudelaire und Mallarmé –: beide waren sie auf Edgar Allen Poe fixiert.«

»Wie hat Miss Beach ihre Liebe zu Ihnen ausgedrückt?«

»Ah-*ha!* Wer ist Sylvia? Sie schwor mir, sie würde mich berühmt machen. Sie hat nur nicht gleich dazugesagt, wie, und außerdem habe ich das Ganze für kindisches Geplapper gehalten. Dabei plante sie die ganze Zeit, daß dieses Ding, daß dieser *Ulysses* zusammengebraut, unter der Hand in Umlauf gebracht und mir als Autor angehängt werde. Natürlich habe ich diese irrsinnige Intrige zunächst nicht ernstgenommen.«

»Aber wie ist das Ding entstanden?«

»Man zeigte mir Teile davon, in Maschinenschrift. Gekünsteltes, mühseliges Zeug, fand ich. Ich konnte mir einfach nicht viel Interesse dafür abringen, nicht einmal, wenn ich in Rechnung stellte, daß es sich um einen Scherz von Amateuren handelte. Ich war in jenen Tagen zutiefst mit dem beschäftigt, was bei Scaliger, Voltaire, Montaigne und selbst bei diesem wunderlichen Mann Villon hinter all dem Schlechten recht eigentlich gut ist. Und wie gut sie sich doch, dachte ich, mit der gebildeteren irischen Denkungsart vertrugen! Ach, ja. Natürlich war es nicht Sylvia Beach, die mir diese Auszüge zeigte.«

»Wer war es?«

»Verschiedene niedere Grobiane von schmutziger Gesinnung, Subjekte, die man für die Zusammenstellung dieses Materials bezahlt hatte. Dreckschleudern, obszöne Dichter, fleischlich-sinnliche Zuhälter, prahlende Päderasten, Händler, die mit den grellen Lüsten einer gefallenen Menschheit hausieren gehen. Bitte, fragen Sie mich nicht nach Namen.«

»Mr Joyce, wovon haben Sie all die Jahre gelebt?«

»Von Sprachunterricht; hauptsächlich Englisch, und Nachhilfestunden. Ich habe an der Sorbonne herumgelungert. Da konnte man wenigstens leicht eine Mahlzeit abstauben.«

»Hat Ihnen die Katholische Wahrheitsgesellschaft etwas für diese Broschüren gezahlt, die Sie verfaßt haben?«

»Nicht das geringste. Warum sollte sie?«

»Erzählen Sie mir mehr über *Ulysses*.«

»Ich habe ihm sehr wenig Aufmerksamkeit geschenkt, bis mir eines Tages eine Passage in die Hände fiel, in der es um eine Frau geht, die im Bett liegt und die schmutzigsten Gedanken denkt, die je einem Menschen in den Sinn gekommen sind. Pornographie und Unrat und literarisches Erbrochenes, genug, um den widerlichsten Dubliner Taxifahrer erröten zu lassen. Ich habe mich bekreuzigt und das Ding ins Feuer geworfen.«

»Und wurde der komplette *Ulysses* Ihrer Meinung nach je veröffentlicht?«

»Das will ich wirklich nicht hoffen.«

Mick sagte ein paar Sekunden lang nichts und drückte auf den Knopf, um nach der Bedienung zu klingeln. Was sollte er sagen? Nun war es an ihm, ebenfalls offen zu sein.

»Mr Joyce«, sagte er feierlich, »ich kann Ihnen nur versichern, daß Sie seit einiger Zeit nicht mehr auf dem laufenden sind. Das Buch *Ulysses* wurde im Jahre 1922 in Paris veröffentlicht, und Ihr Name stand auf der Titelseite. Und es wurde allgemein als großartiges Buch betrachtet.«

»Gott verzeihe Ihnen. Wollen Sie mich zum Narren halten? Ich bin nicht mehr der Jüngste. Vergessen Sie das nicht.«

Mick tätschelte ihm den Ärmel und signalisierte einem Kellner, er möge weitere Getränke bringen.

»Die Aufnahme, die es zunächst fand, war recht barsch, aber seither wurde es überall verlegt, einschließlich Amerikas. Dutzende – im Wortsinne: Dut-zen-dé – herausragender amerikanischer Kritiker haben ihm Abhandlungen gewidmet. Sogar Bücher hat man über Sie und Ihre Methoden geschrieben. Und all das Autorenhonorar für den *Ulysses* muß Ihren Konten zugeflossen sein. Die Schwierigkeit der verschiedenen Verleger besteht nur darin, daß sie nicht wissen, wo Sie sind.«

»Mögen die Engel Gottes uns beschützen!«
»Sie sind ein merkwürdiger Mensch, Mr Joyce. Die allerletzten Schluckspechte, die den gräßlichsten Mist schreiben und auch noch stolz darauf sind wie die Spanier, gibt es wie Sand am Meer. Ihr Name steht als der des Verfassers in einem großartigen Buch, Sie schämen sich Ihres Lebens und bitten Gott um Verzeihung. So, so, so. Ich gehe für einen Augenblick hinaus, um mich zu erleichtern. Das scheint mir im Augenblick das einzig Geratene.«
»Wie können Sie es wagen, mich derart schmutziger Schriften zu bezichtigen?«
Mick erhob sich ein wenig brüsk, ging zu dem angegebenen Zweck hinaus und fühlte sich verwirrt. Sein Bluff, falls dies der richtige Name dafür war, hatte so gut wie keinen Erfolg gezeitigt. Joyce war es ernst mit seinem Leugnen, und er hatte offensichtlich nie das Buch *Ulysses* zu Gesicht bekommen. Welche neue Richtung sollte man nun einschlagen?
Als er zurückkehrte und sich setzte, begann Joyce, leise und ernst zu reden.
»Sehen Sie mal«, sagte er, »ich hoffe, es macht Ihnen nichts aus, wenn wir das Thema wechseln«, sagte er. »Ich sprach von der Bedeutung, welche die Zukunft für mich hat. Das meine ich ernst. Ich möchte, daß Sie mir helfen.«
»Ich habe bereits gesagt, daß es mir ein Vergnügen wäre.«
»Nun, Sie haben von ›späten Berufungen‹ gehört. Vielleicht bin ich dessen nicht würdig, aber ich möchte den Jesuiten beitreten.«
»*Was?* Aber . . .!«
Durch den Schock wurde Micks Stimme heiser. Ihm kam jenes andere Buch in den Sinn, *Porträt des Künstlers*. Hier waren Familie, Glaube, sogar das Vaterland verleugnet, Stille, Exil und List dagegen gepriesen worden. Und was

dagegen schien hier zu sein? Der Redselige, der Heimkehrer, der Biedere? Doch war nicht auch ein Mensch von Genie befugt, seine Meinung zu ändern? Und was tat es schon, wenn dies Genie Anzeichen mangelnden Gleichgewichts aufwies, sein Gedächtnis Zeichen des Verfalls zeigte? Der Ehrgeiz, in den intellektuellsten Orden einzutreten, den die Kirche hat, war ganz bestimmt eine ungeheure Überraschung, die man vielleicht nicht absolut ernstnehmen sollte. Immerhin hatte er das Sorgerecht über seine eigene unsterbliche Seele, und wer war er, Mick, der doch selbst auf der Schwelle zum heiligen Kerker der Trappisten stand, um seinen, Joycens Wunsch, am religiösen Leben Anteil zu nehmen, in Frage stellen zu dürfen? Natürlich nahm man ihn vielleicht gar nicht – wegen der skandalösen literarischen Werke, die ihm zugeschrieben wurden, oder auch nur aus Altersgründen, aber diese Entscheidung lag beim Pater Provincial der Gesellschaft Jesu, nicht bei Mick.
»Meinen französischen Plan, wenn ich ihn so nennen darf«, fuhr Joyce fort, »könnte ich aufschieben, bis mir die Abgeschiedenheit des Ordens zuteil geworden ist. Seltsam: Ich habe viele Notizen über die *guten* und *ehrenvollen* Artikel, die diese drei Schurken – Marat, Robespierre und Danton – geschrieben haben, wo sie sich sonst doch nur mit Blut befaßten. Merkwürdig . . . Wie Lilien, die auf einem Misthaufen wachsen.«
Mick trank nachdenklich und fügte seine Gedanken zu weisen Worten zusammen.
»Mr Joyce«, sagte er, »ich glaube, man braucht vierzehn Jahre, um Jesuitenpater zu werden. Das ist eine lange Zeit. Sie könnten in weit kürzerer Zeit Doktor der Medizin werden.«
»Wenn Gott mich nicht heimruft, wäre ich auch gern noch

nach zwanzig Jahren Postulant. Was zählen sie denn schon, die schundigen Jahre in diesem Jammertal? Kennen Sie persönlich irgendwelche Jesuiten?«

»Ja. Ich kenne mindestens einen, einen gewissen Pater Cobble; er wohnt in der Leeson Street. Er ist Engländer, aber ziemlich intelligent.«

»Ah! Ausgezeichnet. Werden Sie mich ihm vorstellen?«

»Das werde ich selbstverständlich tun. Natürlich ist das so gut wie alles, was ich unternehmen kann. Ich meine, Kirchenangelegenheiten müssen von der Kirche entschieden werden. Wenn ich versuchen sollte, mich dort irgendwie . . . einzuschalten oder Druck auszuüben, würde man mir sehr schnell bedeuten, daß ich mich um meine eigenen Angelegenheiten kümmern soll.«

»Das verstehe ich durchaus. Ich bitte ja auch nur um ein ruhiges Gespräch mit einem Jesuitenpater, nachdem sich eine verantwortungsbewußte, gut beleumdete Person wie zum Beispiel Sie für mich verbürgt hat. Alles Weitere können Sie dann ihm, mir und Gott überlassen.«

Sein Tonfall klang befriedigt, und im Halbdunkel schien er fast zu lächeln. »Nun, ich bin froh, daß unser kleines Gespräch die richtige Wendung nimmt.«

»Ja«, murmelte er. »Ich habe oft in den letzten Tagen an meine Schulzeit im Clongowes Wood College denken müssen. Natürlich ist das sehr töricht, aber: einmal angenommen, ich würde, wie geplant, Jesuit, wäre es nicht möglich – möglich, wie gesagt, daß ich dann die Zeit meines Greisenalters als Rektor von Clongowes verbrächte? Könnte das nicht passieren?«

»Natürlich könnte das passieren.«

Joyce' Finger waren mit dem Martiniglas beschäftigt; sie spielten geistesabwesend daran herum.

»Ich muß hier ganz offen sein, offen und vorsichtig. Man könnte sagen, daß ich mehrere gute Gründe dafür habe, Jesuitenpater zu werden. Ich möchte reformieren – zuerst die Gesellschaft, und dann, durch die Gesellschaft, die Kirche. Irrtümer haben sich eingeschlichen ... verderbte Glaubensanschauungen ... gewisse schamlose abergläubische Vorstellungen ... Tollkühne Anmaßungen, die in den Schriften durch nichts begründet sind.«

Mick bedachte dies. »Meinen Sie Fragen des Dogmas? Derlei Angelegenheiten können höchst kompliziert sein.«

»Strenge Befolgung der Worte Gottes«, knüpfte Joyce an, »wird alle Ränke des Satans beschämen. Beherrschen Sie die hebräische Sprache?«

»Ich fürchte, nein.«

»Ach, das tun allzu wenige. Das Wort *ruach* ist überaus wichtig. Es bedeutet Atem oder Blasen. Auf lateinisch nennen wir es *spiritus*. Das griechische Wort lautet *pneuma*. Erfassen Sie die Bedeutungskette, die wir hier vor uns haben? All diese Wörter bedeuten Leben. Leben, und den Lebensodem. Gottes Atem im Menschen.«

»Bedeuten diese Wörter ein und dasselbe?«

»Nein. Das hebräische *ruach* bezeichnete lediglich das Göttliche Wesen, das der Menschwerdung vorausging. Später bezeichnete man damit die Entflammung, sozusagen, des geschaffenen Menschen durch den Atem Gottes.«

»Ich finde das nicht sehr klar.«

»Nun ... man braucht Erfahrung, wenn man versuchen will, himmlische Konzepte in irdische Worte zu fassen. Dieses Wort *ruach* will doch letztlich nicht die immanente Energie Gottes beschreiben, sondern vielmehr seine transzendente Energie, welche dem Menschen die göttlichen Inhalte vermittelt.«

»Wollen Sie damit sagen, der Mensch sei teilweise Gott?«
»Bereits die vorchristlichen Griechen gebrauchten *pneuma*, um die grenzenlose und allmächtige Persönlichkeit Gottes zu bezeichnen; und die körperlichen Sinne des Menschen gibt es nur kraft der Immanenz dieses *pneuma*. Es ist Gottes Wille, daß der Mensch eine Ausgießung Seines *pneuma* erfahre.«
»Nun . . . das ist kaum zu bestreiten, oder? Das, was Sie *pneuma* nennen, unterscheidet den Menschen vom Tier?«
»Wie Sie wollen, aber es wäre falsch zu sagen, allein der Umstand, daß der Mensch – charismatischerweise – *ruach* oder *pneuma* besitzt, mache ihn teilweise zu Gott. Gott ist zwei Personen, der Vater und der Sohn. Sie existieren in Hypostase. Aus der Erwähnung beider göttlicher Personen im Neuen Testament geht das ganz klar hervor. Worauf ich Ihr besonderes Augenmerk lenken will, das ist der Heilige Odem – der Heilige Geist, um die gebräuchlichere Benennung zu verwenden.«
»Und was ist mit dem Heiligen Odem?«
»Der Heilige Odem war die Erfindung der Sorgloseren unter den frühen Kirchenvätern. Wir haben es hier mit einer Verwirrung von Gedanken und Sprache zu tun. Diese armen ignoranten Männer brachten *pneuma* mit dem, was sie das Wirken des Heiligen Odem nannten, in Verbindung, wo es doch lediglich eine Ausschwitzung Gottes, des Vaters, ist. *Pneuma* ist eine Aktivität des existierenden Gottes, und es ist ein beklagenswerter und schändlicher Irrtum, wenn man *pneuma* als eine hypostatische Dritte Person identifiziert. Widerwärtiger Unsinn!«
Mick nahm sein Glas und starrte verzagt hinein.
»Demnach glauben Sie nicht an den Heiligen Geist, Mr Joyce?«

»Es steht kein einziges Wort über den Heiligen Geist oder die Dreieinigkeit im Neuen Testament.«
»Ich bin nicht . . . sehr bewandert in biblischen Studien.«
Joyce' leises Murren klang nicht böse.
»Natürlich sind Sie das nicht, denn Sie wurden als Katholik großgezogen. Genausowenig wie der katholische Klerus. Diese alten Disputanten, Rhetoriker und Theologisierer, die man kollektiv als die frühen Kirchenväter bezeichnet, waren Armleuchter, wenn sie sich Ideen in den Kopf setzten und dann annahmen, Gott habe sie ihnen direkt eingegeben. Das Konzil von Alexandria versuchte im Jahre 362, die Arianische Kontroverse zu beenden, und nachdem es die Naturgleichheit des Sohnes und des Vaters bestätigt hatte, fuhr es einfach fort und verkündete die Übertragung einer dritten Hypostase auf den Heiligen Odem. Ohne Buh-Rufe und ohne die Sache überhaupt zu debattieren! Heiliger Strohsack; man sollte doch wirklich annehmen, daß sie ein bißchen mehr Verstand gehabt hätten, oder?«
»Ich hatte es immer so verstanden, daß Gott aus drei göttlichen Personen besteht.«
»Da sind Sie eben nicht früh genug aufgestanden, mein Junge. Der Heilige Geist wurde nicht vor dem Konzil von Konstantinopel 381 offiziell erfunden.«
Mick fingerte an seinem Kinn herum.
»Meine Güte«, sagte er. »Ich frage mich, was die Patres vom Heiligen Geist dazu sagen würden.«
Joyce pochte lärmend mit seinem Glas auf die Tischplatte und verlangte brummend nach der Bedienung, welche erschien und die Gläser fortträumte. Dann zog er ausgiebig an seiner Zigarre.
»Aber eins *kennen* Sie doch«, fragte er, »das Glaubensbekenntnis von Nikäa.«

»Das kennt doch wohl jeder.«
»Ja. Der Vater und der Sohn wurden auf dem Konzil von Nikäa peinlich genau definiert, und der Heilige Odem wurde kaum erwähnt. Augustinus war eine schwere Bürde für die Frühkirche, und Tertullian spaltete sie, daß sie klaffte. Er bestand darauf, daß sich der Heilige Geist vom Vater *und* vom Sohn herleite – *quoque,* wissen Sie. Die Ostkirche wollte mit einer derartigen Irrlehre nichts zu tun haben. Schisma!«
Joyce zahlte die beiden neuen Getränke und setzte sich. Seine Stimme hatte lebhaft geklungen, durchs Disputieren gleichsam freudig. Micks Geist war durch die Erwähnung des Heiligen Augustinus hellwach geworden, und er rang nach Worten, um eine entfernt keimende Idee auszudrücken. Er probierte seinen Sherry.
»Dieses Wort *pneuma,* Mr Joyce . . .«
»Ja?«
»Nun, Sie erinnern sich an meinen Freund De Selby, den ich Ihnen gegenüber erwähnte?«
»Allerdings. Dalkey.«
»Ich sagte Ihnen, daß er Physiker ist . . . Und Theologe.«
»Ja. Faszinierende Mischung, aber nicht unvereinbar; vergessen Sie das nicht.«
»Sie werden mir wahrscheinlich ins Gesicht lachen, wenn ich von Ihnen verlange, mir zu glauben, daß ich in De Selbys Gesellschaft den Heiligen Augustinus getroffen habe.«
Joyce' Zigarre glomm matt.
»Alle Wetter: *lachen?* Gewiß nicht. Es gibt Bedingungen . . . Opiate . . . Gase . . . Mancherlei Arten, auf die die schwache menschliche Vernunft widerlegt werden kann.«
»Ich danke Ihnen, Mr Joyce. Über die Sache mit Augusti-

nus spreche ich ein andermal, aber die Umstände dieses Treffens waren unter anderem auf die Anwendung einer Formel zurückzuführen, mit der, so behauptet De Selby, er den Lauf der Zeit anhalten oder rückgängig machen kann.«
»Nun, das ist eine kühne Behauptung.«
»Allerdings. Aber der Begriff, mit dem er seine Arbeit beschrieb, lautete ›pneumatische Chemie‹. Sehen Sie? Wieder das Wort *pneuma*.«
»Ja, tatsächlich. Leben, Atem, Ewigkeit, Aufhebung der Vergangenheit. Ich muß über diesen Menschen nachdenken.«
»Ich bin froh darüber, daß Sie so ernsthaft und vernünftig sind. *Pneuma* schien in seinem göttlichen Aspekt irgendwie mit der Erscheinung des Heiligen Augustinus zu tun gehabt zu haben.«
»Man darf nicht über etwas erstaunt sein, nur weil es unmöglich aussieht.«
Micks Gedanken waren mit einer anderen Begegnung beschäftigt, die eine wenn nicht unmögliche, so doch gewiß unwahrscheinliche Situation enthüllt hatte.
»Mr Joyce«, sagte er, »ich habe eine weitere ungewöhnliche Erfahrung gemacht, bei der dieses *pneuma* ebenfalls im Spiel gewesen zu sein schien.«
»Ach, das wundert mich gar nicht. Es ist ein großes Thema. Wir nennen es Pneumatologie.«
»Ja. Ich kenne einen Sergeant Fottrell, ebenfalls aus Dalkey. Er hat eine Theorie, die damit zusammenhängt. Sie befaßt sich mit den Gefahren des Radfahrens, sogar wenn die Fahrräder mit pneumatischen Reifen ausgestattet sind.«
»Fahrräder? Ich habe nie viel Liebe für diese Maschinen empfunden. Die gute, alte Dubliner Droschke war immer noch die erste Wahl meines Vaters, wenn er von einem Ort zum andern wollte!«

»Nun, der Sergeant denkt, daß der Radfahrer, sei nun *pneuma* in den Reifen oder nicht, heftig durchgerüttelt wird, und daß ein Austausch oder eine gegenseitige Durchdringung von Fahrrad-Atomen und Menschen-Atomen stattfindet.«

Joyce trank schweigend.

»Nun ... ich würde die Möglichkeit nicht gänzlich ausschließen. Das *pneuma* dort könnte lebenserhaltend sein, in dem Sinne, daß es die physische Integrität des Radfahrers bewahrt. Eine halbe Stunde in einem Laboratorium würde uns da weiterhelfen. Der Austausch von menschlichem Zellgewebe mit Metall-Elementen dürfte wie ein erstaunlicher Vorgang scheinen, aber das ist natürlich nur ein rationaler Einwand.«

»Gewiß. Jedenfalls hatte der Sergeant da keine Zweifel. Er kannte Menschen persönlich, deren *Beruf* jeden Tag viel Radfahren mit sich brachte, und einige davon betrachtete er eher als Fahrrad denn als Mensch.«

Joyce kicherte schwach.

»Das stellt uns vor eine Wahl. Psychische Forschung oder Fahrrad-Forschung. Ich ziehe die psychische vor. Aber wirklich ... Meine eigenen kleinen Sorgen sind komplizierter als die des Sergeants. Ich muß unter die Jesuiten, so könnte man sagen, um den Heiligen Geist aus der Göttlichkeit und der katholischen Kirche zu vertreiben.«

Es trat eine Pause ein. Micks Auftrag schien beinahe ausgeführt. Es war ein kurzer Abend gewesen, aber Joyce' Enthüllungen, sich selbst, die Vergangenheit und die Zukunft betreffend, waren beträchtlich gewesen. Joyce bewegte sich auf seinem Stuhl.

»Sagen Sie«, sagte er, »wie bald könnte ich Pater Cobble treffen?«

»Wie bald? Nun, sobald Sie mögen, würde ich sagen. Diese Leute sind gewöhnlich zu jeder Zeit recht zugänglich.«
»Wie wäre es mit morgen?«
»Meine Güte!«
»Verstehen Sie, ich habe jetzt drei Tage frei –, von meiner Arbeit als Schankwirt. Könnten wir das Eisen schmieden, solange es heiß ist?«
Mick sann über diesen Tatendrang nach. Alles, was ihm dazu einfiel, war: »Warum nicht?«
»Nun, ich habe morgen abend eine Verabredung in Dalkey. Aber wenn wir uns gegen halb sechs herum irgendwo in der Stadt träfen, könnten wir zusammen zu Pater Cobble gehen. Ich würde ihn im Laufe des Tages anrufen und mich mit ihm verabreden.«
»Ausgezeichnet. Ausgezeichnet.«
»Welche Zeit würden Sie für ein Treffen vorschlagen? Als Ort würde ich den Eingang vom St Vincent's Hospital beim St Stephen's Green empfehlen. Aber wann?«
»Ja. Ich kenne das Krankenhaus. Würde Ihnen sieben Uhr abends zusagen?«
Mick war einverstanden; das paßte säuberlich in seinen Zeitplan. Sie schwiegen und tranken aus. War noch eine mehr oder weniger private Frage zu behandeln? überlegte Mick, denn am folgenden Tage würde es sehr wenig Gelegenheit für Vertraulichkeiten geben. Ja, da war noch etwas: ein Punkt.
»Mr Joyce«, sagte er, »ich weiß, das Thema mißfällt Ihnen, aber ich muß kurz auf dieses Werk, den *Ulysses,* zurückkommen. Macht es Ihnen etwas aus?«
»Nein, nein, aber es ist nun einmal ein langweiliges, schmutziges Thema.«
»Haben Sie einen literarischen Agenten?«

»Wozu sollte ich so etwas wohl haben?«
»Nun, ich meine . . .«
»Glauben Sie, die Katholische Wahrheitsgesellschaft sei ein kommerzieller Verlag, der auf Gewinn abzielt?«
»Schon gut. Würden Sie mich zu Ihrem literarischen Agenten ernennen?«
»Sie können sich jederzeit so bezeichnen, wenn Ihnen das behagt; ich kann mir nur nicht vorstellen, warum.«
»Nun, es sieht folgendermaßen aus: Auch wenn es sich Ihrer Kenntnis entzieht, könnte auf Ihren Namen Geld aus den Verkäufen des *Ulysses* in den Debitorenbuchhaltungen der Verlage liegen. Mehrere Tausend Pfund könnten das sein. Es gibt keinen Grund, warum Sie nicht Geld abfordern sollten, das Ihnen zusteht – keinen Grund, warum ich das nicht zu Ihren Gunsten tun sollte.«
»Sie wären wahrscheinlich gekränkt, wenn ich Ihnen sagte, daß Sie an einer fixen Idee leiden, die von einer allzu erregten Phantasie herrührt.«
Mick lachte leichthin, damit Joyce sich weniger unbehaglich fühlte.
»Sie sollten wissen«, sagte er, »daß man jemanden, der ein wenig wirr im Kopf ist, bei Laune halten muß.«
»Nun, ja . . . Leichtsinnige Kinder sollten so behandelt werden. Das spart Ärger. Aber Sie sind kein Kind, auch wenn Ihnen die Flasche kein Fremder ist.«
Beide entspannten sich wieder.
»Es kann aber doch nichts schaden, wenn ich – als Ihr Agent – Nachforschungen anstelle. Oder kann es das etwa?«
»Gewiß wird damit kein moralisches Gesetz gebrochen; soviel zumindest ist sicher. Das einzige, was Sie nie enthüllen dürfen, ist meine Adresse – besonders keinem von

diesen lasziven pornographischen Lumpen gegenüber.«
Mick trank hörbar.

»Vielleicht haben Sie etwas anderes zu sagen«, sagte er milde, »wenn sich herausstellt, daß der *Ulysses* ein Sümmchen von 8000 Pfund für Sie in Marsch gesetzt hat.«

Joyce' Stimme klang, als sie endlich zu vernehmen war, leise und angespannt. »Was würde *ich* mit 8000 Pfund anfangen?« fragte er. »Ich, ein Mann, der morgen den ersten Schritt unternehmen wird, dem Jesuiten-Orden beizutreten?«

»Ich habe Sie, glaube ich, schon einmal daran erinnert, daß die Jesuiten ihn Gesellschaft nennen, nicht Orden. Und eines kann ich Ihnen sagen. Wenn sie Sie nehmen, dann nehmen sie Sie, wie Sie sind, arm oder reich. Der Gründer Loyola war ein Adliger, vergessen Sie das nicht. Und noch etwas . . .«

»Was?«

»Wenn allerlei ränkeschmiedende Schurken in Paris oder anderswo Ihnen Dinge unterschieben, die Sie nicht geschrieben haben und Ihren guten Namen in den Schmutz ziehen, würde es nicht aussehen wie göttliche Vorsehung, wenn deren niedrige Machenschaften letzten Endes dazu dienten, Ihr leibliches Wohl gewaltig zu vermehren?«

Joyce rauchte gereizt.

»Aber ich sage Ihnen doch: Ich will kein Geld, und ich brauche kein Geld.«

»Sie vielleicht nicht. Die Jesuiten haben viele Anwärter. Vielleicht machen sie sich nicht allzuviel aus armen Schluckern.«

Das Schweigen, das nun folgte, bedeutete möglicherweise, daß Joyce einen ganz neuen Gedanken zur Kenntnis nahm. Schließlich sprach er.

»Nun gut. Wenn das gräßliche Buch, das Sie erwähnten, wirklich 8000 Pfund eingebracht haben sollte, die man legal bekommen kann, wird jeder Penny davon an die Jesuiten gehen – außer fünf Pfund, die ich den Armen Seelen weihen werde.«

Bald darauf trennten sie sich, und Mick schlenderte froh gestimmt zum Bahnhof.

Er bezweifelte, daß die Jesuiten einen Mann dieses Alters annehmen würden, wenn man von allem anderen einmal absah. Vielleicht würde ein anderer Orden ihn als Bruder haben wollen. Jeder Orden, mahnte er sich hastig, außer den Trappisten. Er durfte diese Gemeinschaft nie in Joyce' Anwesenheit erwähnen.

19

Mick betrat den Park, ging in Richtung des Krankenhauses, und sein Auge durchdrang das Flechtwerk aus Sträuchern und Eisengittern. Ja, dort wartete Joyce, und Mick blieb stehen, um ihn nüchtern im fahlen Abendsonnenschein abzuschätzen, bevor Joyce merkte, daß er beobachtet wurde. Er war ihm inzwischen kein Fremder mehr, aber wie er dort so einsam stand, immer noch ein wenig erstaunlich. Er sah aus wie ein reifer Mann, lässig, unter einem kleinen Hut lugten eisengraue Haare hervor, Symbol, daß das Leben allmählich verebbt: Symbol auch für Erfahrung, Weisheit und – wer weiß? – Not. Er war von adrettem Äußeren, sauber, und er trug einen Spazierstock. Ein Stutzer? Nein. Seine Kopfhaltung im Gewirr des Verkehrs und der Passanten kündete davon, daß die Sehkraft unzuverlässig war. Hätte ihn ein Fremder gesellschaftlich einordnen müssen, so hätte er ihn wahrscheinlich als Gelehrtentyp eingeschätzt – als Mathematiker vielleicht, oder als erschöpften gehobenen Beamten des Öffentlichen Dienstes; gewißlich nicht als Schriftsteller und noch weniger als großen Schriftsteller, der im Kopf (wie zu vermuten stand) nicht mehr ganz richtig war. Mick bezweifelte übrigens gar nicht, daß er tatsächlich diese Flugschriften für die Katholische Wahrheitsgesellschaft verfaßt hatte, denn Mimikry und Possenspiel gehörten gewöhnlich zu den Fertigkeiten der mit Intellekt Begabten; es war sogar ganz allgemein wahr, daß Präzision im Spielen einer Rolle, in die Personen durch ihre krankhafte zerebrale Hypostase gezwungen wurden, charakteristisch für die meisten Personen von gestörter Gemütsverfassung war. Wer kennt es nicht, wer hat es nicht schon voller Mitleid bewundert, das authentische

Gebaren, die Sprache und Eigenheiten eines Napoleon, eines Shelley, ja, eines Michelangelo?
Derselbe Joyce jedoch mußte irgendwie mit der Niederschrift von *Ulysses* und *Finnegans Wake* zu tun haben, wahrscheinlich weit mehr als die wohl eher halluzinatorischen Ansprüche auf Autorschaft einer Sylvia Beach. Es bestand die Möglichkeit, daß beide Bücher aus den monumentalen Mühen verschiedener einzigartig begabter Geister hervorgegangen waren, jedoch ein zentraler, einender Geist schien unvermeidlich. Nicht, daß man ihm fälschlicherweise eine Urheberschaft unterschob, trieb Joyce in den Wahnsinn, sondern das einsame Unterfangen, mit einem solcherart zustandegekommenen Ruf Schritt zu halten, störte das – immer schon heikle – Gleichgewicht in seinem Kopf. Aber ein Erfreuliches ließ sich sagen über Joyce: er war gänzlich ohne Harm. Er war nicht einmal ein Ärgernis, und er stellte sicherlich weder eine Gefahr für sich selbst noch für andere dar. Sein Wunsch, katholischer Priester zu werden (noch dazu, hélas, in einem der wählerischeren Orden), war, natürlich, schrullig; aber es wäre ein schönes Zeichen von Mildtätigkeit, wenn die Jesuiten ihn nähmen. In ihren verschiedenen Häusern in und um Dublin und in Irland als solchem – von weiteren Niederlassungen nicht zu reden – gab es bestimmt eine Nische, ein kleines, feines, fettes Ruheamt, in dem er Frieden finden konnte. Wieder kam er ihm in den Sinn, ihr alter Schlachtruf –: *Ad maiorem Dei gloriam.* Es war ihre Pflicht, einem Gestrauchelten zu helfen, den sie einst erzogen hatten. Joyce' Verwirrung, was *Finnegans Wake* betraf, war absolut, und wünschenswert, überlegte Mick, war es, das Muster seines Denkens von Büchern und Schreiberei abzulenken. Das mußte er anstreben, und außerdem mußte er beachten, daß es ein

Ding der Unmöglichkeit war (etwas, das Joyce offenbar selbst bereits erkannt hatte), den Namen James Joyce bei Gesprächen mit dem Klerus zu erwähnen. Der überall in Dublin und Wicklow am weitesten verbreitete Name war Byrne; man sprach ihn aus wie Burn. Er war ein pensionierter Lehrer namens James Byrne, und er hatte ein paar Erfahrungen auf dem Kontinent gesammelt. Und war das nicht ein brillanter Gedanke, der Mick just dort im Park befiel? Den Namen hatte er bereits Pater Cobble gegenüber am Telefon erwähnt.

Er überquerte die Straße und mußte Joyce am Arm berühren, bevor dieser sich umdrehte und ihn erkannte.

»Ah«, sagte er, »guten Abend. Das war ein schöner trockener Tag heute.«

»Das war es«, erwiderte Mick, »und ich hoffe, wir werden ein erfolgreiches Zwielicht haben, falls Sie verstehen, was ich meine. Wir haben noch ein wenig Zeit, bevor wir Pater Cobble treffen.«

Joyce lächelte freudlos.

»Ich hoffe, Pater Cobble ist kein allzu heiligmäßiger Mann?« fragte er vorsichtig.

»Nein«, erwiderte Mick. »Ich sagte Ihnen bereits, daß er Engländer ist, und es besteht lediglich die Gefahr, daß er dumm ist.«

Er nahm Joyce' Arm und führte ihn um die Ecke in die Leeson Street.

»Ich möchte Sie«, sagte er, »in ein paar ganz einfache Dinge einweihen. Wir könnten natürlich auch drüben im Park reden, aber eine kurze Sitzung hier bei Grogan's dürfte noch besser sein.«

Sie gingen in eine Kneipe, und Joyce gab unumwunden seiner Verblüffung Ausdruck:

»Sehen Sie«, sagte er, »nichts wäre mir jetzt lieber als eine kleine Stärkung, aber wenn man sich zu einer Unterredung begibt, bei der Gottes Wirken zur Sprache kommen soll, mutet ein nach Alkohol riechender Atem doch wohl eher ungehobelt an.«
Mick nötigte ihn auf eine Bank im Séparée und drückte auf einen Klingelknopf.
»Erstens«, erwiderte er, »bereitet es Pater Cobble nicht die geringsten Schwierigkeiten, wenn er plötzlich ein Glas Malzwhiskey in der Hand hat und entscheiden soll, was als nächstes geschehen soll. Zweitens werden wir einige Gläschen Gin trinken, keinen Whiskey. Gin riecht nicht; zumindest wird das allgemein behauptet. Aber er löst die Zunge und die Phantasie. Ich für mein Teil werde Ihnen gegen meinen Willen bei einem Glas Gesellschaft leisten, denn ich habe die Absicht, das Trinken völlig aufzugeben, wahrscheinlich ab heute.«
Er bestellte zwei Gläser, mit Tonic.
Joyce fügte sich schweigend, vermittelte jedoch den Eindruck, er habe noch nie von Gin gehört.
»Und nun hören Sie zu«, sagte Mick munter. »Ab jetzt heißen Sie James Byrne. *Sie heißen James Byrne.* Haben Sie das verstanden? Können Sie sich diesen Namen merken?«
Joyce nickte.
»Ich bin mütterlicherseits mit einer Familie Byrne verwandt. Natürlich kann ich mir das merken. James Byrne.«
Er nahm, durch das Tonic Water getäuscht, einen tiefen Zug und nickte entschlossen.
»Ja, ich heiße James Byrne.«
Wieder trank er, immer noch nickend, drückte auf den Klingelknopf und bestellte eine weitere Runde. Mick war leicht nervös.

»Nehmen Sie diesen harmlosen Trunk nicht allzu schnell zu sich«, riet er. »Außerdem sind Sie ein pensionierter Lehrer, der in Frankreich einige Erfahrungen gesammelt hat.«

»Genau. Ich würde bei jedem Kreuzverhör zu diesem Thema glänzend abschneiden.«

Er schien ruhig, zuversichtlich, sogar glücklich. Er war zugänglicher als sonst, und Mick hatte den ehrlichen Eindruck, daß er eine so unvoreingenommene Person wie Pater Cobble beeindrucken würde. Ob es wohl Fragen bezüglich seiner Geburtsurkunde geben würde? Möglich, aber diese Angelegenheit konnte man einstweilen zurückstellen.

Sie waren respektabel genug, als sie an die hohe, diskrete Tür des großen Hauses in der Leeson Street Nr 35 klopften. Ein ungepflegter junger Mensch mit schlechter Aussprache öffnete ihnen und führte sie durch den Flur in ein Wartezimmer, welches (fand Mick) mit wertlosem Plunder vollgestopft, düster und tatsächlich ein wenig schmutzig war. Heiligkeit und Reinlichkeit waren nicht immer Verwandte, überlegte er, aber es gab keinen Grund dafür, warum dieser Junge, der nun auf der Suche nach Pater Cobble verschwunden war, sich an diesem Tage nicht hätte waschen und ein wenig herausputzen sollen.

»Ich nehme hier die authentische Note der Kargheit wahr«, bemerkte Joyce liebenswürdig.

»Ja«, pflichtete Mick ihm bei. »Nicht weit entfernt von der Wüste alter Zeiten. Ich kann Sie aber trösten: Die Patres essen hier sehr gut und trinken Rotwein zum Mittagessen.«

Joyce lächelte wissend. »Aber ich vermute, daß das nicht Pflicht ist. Zu meiner Zeit in Frankreich habe ich Tischweine gemieden. Die Annahme, einwandfreies Tafelwasser sei nicht zu bekommen, ist ein dummer französischer Irrtum.«

Die Tür hatte sich leise geöffnet, und da stand Pater Cobble auch schon vor ihnen. Mick hatte den Eindruck, er habe gerade diniert und sei guter Laune.
»Nun«, sagte er, trat näher und breitete beide Arme aus, »willkommen in unserem bescheidenen Haus.«
Ein flüchtiger Händedruck wurde ausgetauscht, und der Priester setzte sich.
»Pater Cobble«, sagte Mick, »dies ist mein Freund James Byrne. Er hat viele Jahre im Ausland als Lehrer verbracht, aber jetzt ist er wieder, sozusagen, in den heimischen Pferch zurückgekehrt.«
»Ah, Mr Byrne, es ist mir ein Vergnügen.«
»Meine Aufgabe hier«, fügte Mick hinzu, »besteht lediglich darin, Sie miteinander bekannt zu machen und mich dann zurückzuziehen. James möchte sich nämlich gern ein wenig mit Ihnen unterhalten.«
»Natürlich. Wir sind Diener und schämen uns nicht im geringsten, wenn wir uns auch so bezeichnen. Unser guter Rat ist nicht teuer . . .« Er legte eine Pause ein und kicherte. »Und manchmal ist er auch nicht gut.«
»Sie sind sehr freundlich, Pater«, sagte Joyce. »Bei Ihnen fühlt man sich wie zu Hause. Sie nehmen mir die Scheu.«
Es entstand eine Pause, als warteten alle darauf, daß einer etwas sagte, und zumindest einen schwachen Hinweis auf den Zweck des Besuchs gab. Schließlich schlug Pater Cobble gewandt eine Brücke.
»Wenn Ihre Sorgen geistlicher Natur sind, Mr Byrne«, sagte er, »werde ich natürlich unter vier Augen mit Ihnen sprechen.«
»Ich wollte sowieso fort«, sagte Mick hastig.
»Meinen Sie eine Beichte?« fragte Joyce nervös. »Himmel, nein, darum geht es wirklich nicht. Gott sei Dank habe ich

dafür überhaupt keinen Bedarf. Aber es ist wohl wahr, daß mein Problem, nun, geistlicher Natur ist.«

Pater Cobble nickte ermutigend.

»Sehen Sie, Pater«, wagte Mick sich vor, »Mr Byrne will in Ihr Haus eintreten. Er klopft an die Tür.«

»Aha. Ach so. Verstehe«, sagte Pater Cobble, eindeutig etwas verwirrt.

»Er ist keineswegs so alt, wie er aussieht«, fügte Mick hilfreich hinzu.

Pater Cobble studierte seine zierlichen Hände.

»Nun, die Lage ist, grob gesprochen, etwa folgendermaßen«, erklärte er. »Wenn man die eigentliche Kirchenarbeit beiseite läßt, ist unsere Gesellschaft für all ihre intellektuelle Arbeit selbst verantwortlich. Dazu zählen literarische Dinge, Unterricht und die internen Verwaltungsaufgaben der Gesellschaft auf nationaler und internationaler Ebene. Wir sind Selbstversorger, und zwar fast in einem Ausmaß, wenn ich so sagen darf, wie die Urkirche. Zur Befriedigung unserer einfachen irdischen Bedürfnisse ziehen wir Knaben aus Anstalten hinzu, Knaben, die zwar meist ein wenig geistig behindert sind, denen aber eine Umgebung wie diese nur nutzen und frommen kann. Und, meine Herren, mein Bett mache ich selbst.«

Joyce hatte für einen Augenblick die Übersicht verloren und gestikulierte ein wenig.

»Pater«, sagte er matt, »ich bin nicht mittellos oder etwas dergleichen. Ich habe ein ganz vernünftiges Auskommen im Lebensmittelgewerbe. Ich bin lediglich spirituell . . . im Ungewissen. Ich möchte dem Allmächtigen mit Bedacht und zielstrebig dienen. Ich möchte in ein Haus der Gesellschaft eintreten und . . . nun, dort arbeiten.«

»Ich verstehe«, sagte Pater Cobble freundlich. »Ja. Aber im

Rahmen unserer Regeln ist es nicht sehr leicht, etwas Passendes für einen Mann wie Sie zu finden, Mr Byrne. Ich werde mit Pater Baldwin vom Rathfarnham Castle sprechen; das ist unser anderes Haus, und ich werde möglicherweise auch noch mit Milltown Park sprechen. Wir sind ziemlich ungehobelte Leute, Mr Byrne. Offen gesagt: Wir legen keinen gesteigerten Wert auf Gartenbau.«
Joyce und Mick tauschten einen Blick aus.
»Gott sei Dank sind wir nie weit entfernt von einer Gemeinschaft guter Nonnen, die uns gern mit schönen Blumen für den Altar versorgen.«
»Eigentlich«, warf Mick ein, »schwebte Mr Byrne etwas Derartiges gar nicht vor.«
»Nun, nehmen wir zum Beispiel Rathfarnham Castle«, fuhr der gute Priester fort. »Da gibt es immer genug Unkraut zu jäten und ähnliches, doch ich weiß, daß der Rektor die Patres dazu ermuntert, dort ein wenig mit anzupacken, denn frische Luft ist für den Klerus ebenso gut wie für dessen Schäflein. Aber echte Gartenarbeit ist natürlich etwas völlig anderes. Sind Sie ein erfahrener Gärtner, Mr Byrne?«
Mick bemerkte, daß sich Joyce unter seiner natürlichen Blässe leicht verfärbte.
»Das bin ich ganz gewißlich nicht«, sagte er laut.
»Ich weiß, daß sie dort ganztägig einen Gärtner beschäftigt haben, aber der Jüngste ist er auch nicht mehr. Aber haben Sie andere manuelle Qualifikationen oder Fertigkeiten, Mr Byrne? Französische Möbelpolitur, Schreinerarbeiten, Buchbinden . . .?«
»Nein«, sagte Joyce kurz.
»Die Pflege von Messingartikeln?«
»Nein.«

Pater Cobble lächelte nachsichtig.
»Nun gut, Mr Byrne«, sagte er, »wie man beim Militär sagt: Noch sind wir nicht geschlagen. Ich will ganz ehrlich sein und Ihnen verraten, daß es etwas gibt, das die Gesellschaft in all ihren Häusern im ganzen Land seit langem plagt . . .«
»Doch nicht die Konkurrenz der Christlichen Brüder?« fragte Mick und grinste.
»Nein, nein. Etwas viel Näherliegendes. Ich meine die Unterwäsche der Patres.«
»Ach, du liebe Güte«, sagte Joyce.
»Wir brauchen nicht darüber zu theoretisieren«, fuhr Pater Cobble in seiner milden Art fort, »warum der Allmächtige Begabungen und Fertigkeiten so verschieden auf die Geschlechter verteilt hat. Die schlichte Wahrheit ist die, daß Stricken und Nähen und Nadelarbeit ausschließlich weibliche Talente sind. Die Unterwäsche der Patres befindet sich permanent in einem Zustand des drohenden Zusammenbruchs, aber unsere Regeln verbieten die Einstellung von Frauen, sogar für die niedrigsten Arbeiten. Das, meine Herren, ist ein Schimmer des abgekapselten religiösen Lebens. Beim Anblick meines Unterhemds würden Sie in Gelächter ausbrechen. Voller Löcher.«
Joyce schien unschlüssig, bestürzt.
»Aber, Pater, da könnten doch bestimmt die Nonnen helfen. Das wäre doch sogar ein Akt der Nächstenliebe.«
»Nein, nein, Mr Byrne, unsere Regeln erlauben keinerlei derartige Verbindungen in der häuslichen Sphäre. Schöne Blumen für den Altar? Das jederzeit.«
»Aber, Pater«, warf Mick ein, »könnten denn nicht, sagen wir mal, Ehemalige von den Jesuitenkollegs bei so einer Sache helfen? Ich meine, das Zeug mit nach Hause nehmen. Schließlich haben sie ja Frauen und Töchter.«

»Und Mütter und Schwestern«, fügte Joyce hinzu.
Pater Cobble deutete ein Lächeln an.
»Die Gesellschaft Jesu, meine Herren, hat auch ihre Würde.«
Angesichts dieser Feierlichkeit schwiegen alle.
»Aber lieber Himmel, Pater, es muß da doch irgendeinen Weg geben . . .«
»Wenn wir nur wüßten, warum Schweiß so sehr die Korrosion fördert«, überlegte Pater Cobble, »wären wir vielleicht schon einen Schritt weiter. Ich gebe Ihnen mein Ehrenwort: Mein Unterhemd ist *verrottet.*«
Micks Gesicht umwölkte sich in milder Verzweiflung.
»Aber was unternehmen Sie denn nun dagegen?«
»Nun, fast alle Patres wissen, wie man Socken stopft. Pater d'Arbois, einer unserer Franzosen, unternimmt heroische Anstrengungen auf dem Unterwäschegebiet, und einer unserer Hausburschen ist ebenfalls ganz vielversprechend. Aber Gott sei Dank gibt es einen Lichtblick. Der Pater Rektor ist überaus großzügig, wenn es um Neuanschaffungen geht. Die Gesundheit der Patres liegt ihm sehr am Herzen. Ich hege den leisen Verdacht, daß er bei einem Lageristen von Todd Burns einen Stein im Brett hat.«
Joyce' Miene, die überaus perplex gewesen war, verklärte sich zu einem Lächeln.
»Pater Cobble«, sagte er, »dieses Haushaltsproblem mag furchterregend aussehen, aber mich würde es nicht im mindesten abschrecken.«
»Wirklich, Mr Byrne?«
Der Priester starrte ihn nachdenklich an und blickte dann auf Mick.
»Wissen Sie was, Mr Byrne«, sagte er, »ich glaube – Gott bewahre mich vor Vermessenheit –, daß Sie mir da eine

Idee in den Kopf gesetzt haben. So traurig wie bei uns sieht es gleichermaßen in unseren anderen Häusern aus. Natürlich nicht auf den Kollegs im Lande – in Clongowes, Mungret und Galway. Dort gibt es eine Hausmutter und Personal, aber denken Sie nur an unser Haus Manresa in Dollymount, an Loyola in Donnybrook, an Rathfarnham Castle, an Milltown Park. Können Sie mir folgen, Mr Byrne? In all diesen Einrichtungen hängt den Patres die Unterwäsche in Fetzen am Leibe herunter.«

Mick rührte sich unbehaglich.

»Mr Byrne, Pater«, sagte er, »hat nichts mit einer der Familien zu tun, die Wäschereien betreiben oder ähnliches.«

Pater Cobble lächelte geduldig.

»Gott behüte«, sagte er liebenswürdig. »Ich habe da nur den Embryo einer Idee, welche ich plump und plan vor dem Pater Rektor ausbreiten werde.«

»Und die wäre?« fragte Mick.

»Ganz einfach: daß Mr Byrne, nachdem er nominell für unseren Stab von Hausburschen rekrutiert wurde, für Pflege und Ausbesserung der Unterwäsche sämtlicher Patres in allen Niederlassungen Dublins verantwortlich sein wird.«

»Mein Gott!« keuchte Mick.

»Was er selbst tun kann, soll er selbst tun und geduldig ein schwieriges Handwerk erlernen; anderes soll er zu den Mädchen aus den vom Glück weniger begünstigten Bevölkerungsschichten, denen die guten Nonnen in Donnybrook und Merrion ein Obdach bieten, gegen Bezahlung zum Ausbessern schicken, wobei ihn Gott und seine Vernunft leiten mögen. Meine Herren . . .«

Pater Cobble strahlte die Besucher heiter an.

»Meine Herren, was sagen Sie dazu?«
Mick starrte wie betäubt vor sich hin, und Joyce schien unnatürlich still auf seinem Stuhl zu sitzen, als wäre er tot. Dann war seine Stimme zu hören, entsetzt, von weit, weit her:
»Wie war das eben? Ich ... soll ... Jesuiten-Unterhemden ... stopfen?«
Pater Cobble blickte fragend von einem zum andern und war nun selbst ein wenig verdutzt. Er hatte soeben, fand er, ziemlich elegant ein Problem gelöst, das ihnen nur allzu widerborstig vorgekommen war. Mick dachte in dieser lähmenden Situation fieberhaft nach. Plötzlich erhob er sich.
»Pater Cobble«, sagte er ernst, »ich muß jetzt gehen, und ich finde allein hinaus. Mr Byrne wird Ihnen in meiner Abwesenheit genau erklären, welche Art von Arbeit er beginnen möchte. In einem Wort: Er will studieren, und zwar mit dem Ziel, zum Priester geweiht zu werden ... Zum Jesuitenpater, um es genau zu sagen.«
Pater Cobble war ebenfalls aufgesprungen und schwankte leicht.
»Was war das? *Was?* Heilige Mutter Gottes, steh uns bei!«
Joyce war sitzengeblieben und rührte sich nicht.
»Was meinen Sie um Himmels willen damit?« wollte Pater Cobble wissen.
Mick befingerte seinen Hut und setzte ihn auf.
»Genau das, was ich gesagt habe, Pater. Und jetzt leben Sie wohl, und passen Sie gut auf sich auf und auf Mr Byrne auch. Adieu, James, wir sehen uns dann später.«
Er empfand unaussprechliche Erleichterung, sich wieder auf der Straße zu befinden, obwohl seine Gefühle verwirrt waren und er einen schalen Geschmack von Schuld ver-

spürte. Hatte er zynischerweise Joyce zum Narren gemacht? Gewiß nicht absichtlich, aber es wäre vielleicht klüger gewesen, Dr Crewetts Enthüllung, daß Joyce noch lebe und in Irland sei, zu ignorieren. Dessen geistige Unrast war möglicherweise eher verschlimmert als gemildert worden. Wer konnte da schon sicher sein? Auf jeden Fall befand er sich jetzt in Händen, die zum Helfen geschult waren und dazu, Unterstützung in ihren mannigfachen Formen zu gewähren: Er war nicht mehr bemitleidenswert hilflos, schwebte nicht mehr im luftleeren Raum. Und was bisher in Micks Sinn das Etikett ›Problem‹ getragen hatte, konnte nun als ›abgelegt‹ umetikettiert werden, wenn nicht sogar als ›gelöst‹.

Was blieb zu tun? Als erstes gleich ein Besuch im Colza Hotel in Dalkey, um bei Mary alles klarzustellen und ein für allemal diese zugige Tür hinter sich zuzuschlagen.

Als er zu einer Straßenbahn ging, waren seine Schritte langsam, und seine Miene gedankenschwer.

20

Die Gedanken in Micks Kopf schienen zu schlingern wie die große Straßenbahn, die ihn nach Dalkey trug, aber diesen Gedanken fehlte das Vertraute und Zielstrebige jenes guten, alten Straßenbahnwagens.

Seine Ansichten, wie dieser Kampf in seinem Leben überlegt und überzeugend anzugehen sei, waren ein wenig unfertig. Die beiden vorausgegangenen Episoden waren schroffer Natur gewesen, aber nicht unbefriedigend: Er hatte die von De Selby ausgehende Gefahr abgewendet, möglicherweise sogar für immer, und er hatte James Joyce an einen Ort gebracht – zumindest spirituell –, an dem es mehr als wahrscheinlich war, daß etwas von dem Schatten des Trostes, den dieser suchte, auf ihn fiel. Selbst wenn sich herausstellen sollte, daß es sich bei ihm in der Tat um einen Fall von Geistesgestörtheit handelte, würden die Patres für ihn sorgen.

Warum sollte er nun eine leichte Angst vor dem verspüren, was im weiteren Verlauf des Abends anzupacken war? Diesmal ging es, zur Abwechslung, zum größten Teil um ihn selbst und um seine Zukunft. Er würde Mary in ganz einfachen – sogar barschen – Worten sagen, daß er keine Zeit mehr für sie habe, und daß das endgültig sei. Erinnerungen an Zärtlichkeiten, die seit langem Vergangenheit waren, Betrachtungen, die man darüber anstellen mochte –: Sentimentalität war das, törichte Unzulänglichkeit eines Schulbuben, wie eine Triefnase. Er war ein erwachsener Mann und sollte sich wie ein solcher benehmen. Aber warum hatte er sich dann nicht vergewissert, ob die Zisterzienser ein Haus in Dublin führten? Das war eine dumme Unterlassung, denn es versetzte ihn an diesem Abend in die

Lage eines, der zum Abschied bereit ist, aber nicht weiß, wohin er sich wenden soll. Und was war mit seiner Mutter? Wenn er seine Arbeit aufgab und ins Kloster ging –: wovon sollte sie leben? Doch darüber war bereits entschieden: Sie konnte bei ihrer jüngeren Schwester wohnen, die, wenn es ihr auch nicht allzu üppig ging, eine gesunde Tochter hatte und eine Pension betrieb.

Vor allem brauchte man Gelassenheit.

Daß man Leute kannte und sich wahllos zur Geselligkeit bereitfand, machte die alles andere als leichte Aufgabe, ein Leben zu führen, noch schwieriger. Es könnte eine gewisse Wahrheit in der Häme liegen, der zufolge Mönche und Nonnen lediglich Feiglinge sind, die vor den Herausforderungen des Lebens davonlaufen und sich damit zufriedengeben, bis zu ihrem Tode zu schlafen, zu essen, zu beten und sich mit irgendeiner kindisch nutzlosen »Arbeit« abzugeben. War das Kloster nur eine Einrichtung für Isolierung und Quarantäne, einem Seuchen-Spital nicht unähnlich? Nein, es war das Haus Gottes. Solche Überlegungen waren von allem Ursprung an Frevel. Welchen persönlichen Nutzen hatte er, zum Beispiel, aus seiner Bekanntschaft mit Hackett geschlagen? Oder, was das betraf, aus seiner Bekanntschaft mit Mary? Der eine regte den Alkoholismus an, die andere die Lüsternheit. Wie stand es mit den Dutzenden von Menschen beider Geschlechter, die er im Staatsdienst kannte? Sie waren mitleidheischende, unnütze Niemande, gesichtslose Geschöpfe, und – schlimmer noch – sie waren Langweiler. Vielleicht fanden ihn andere Menschen auch einen Langweiler? Und wenn schon. Warum sollte ihn kümmern, was andere Leute über ihn dachten? Als zukünftiger Trappist mußte er dem Vergnügen den Rücken kehren, aber das würde nicht leicht sein, da er so gut wie nichts kannte, was man Vergnügen nennen konnte. Als seine Maschine klirrend endgültig zum Stehen kam, gewahrte er verschwommen die Straße von Dalkey unter sich, und frühe Lichter, die sich in wenigen Läden zeigten. Als er die Stufen hinuntertaumelte, vergegenwärtigte er sich, daß er schlechte Laune hatte. Warum? Oh, es war nichts Besonderes – nichts, was nicht durch einen guten Schluck (keinen Gin!) hätte ausgebügelt werden können, bevor er sich im *Colza* Mary widmete. An der nächsten Theke mit einer Schanklizenz studierte er den bernsteingelben Zauber eines Glases Whiskey und kam wieder einmal zu dem Schluß, daß er sich besser benehmen mußte. *Finnegans Wake* dagegen und die ganze Richtung von zusammenhanglosem Quatsch –: verdammt sollte sie sein! Was lehrte die Kirche zu dieser Frage von literarischer Verkommenheit? Er wußte es nicht, aber vielleicht konnte er es anhand eines dieser kleinen Flugblätter von der Katholischen Wahrheitsgesellschaft herausfinden, zu zwei Pence das Stück.

Allmählich senkte sich Gleichmut über ihn. Seine Mission war einfach und ehrenvoll, und sein erstes Ziel bestand darin, seine Seele freizukaufen. Was war dagegen zu sagen? Nichts. Die nötigen Erklärungen jedoch konnte man höflich abgeben, brauchte keine Kraft darauf zu verschwenden. Durch Gebrüll oder schlechte Manieren beeindruckte man niemanden, wenn dieser nicht gerade zu den unvernünftigen Geschöpfen gehörte. Was, wenn Mary ihm eine Szene machte? Es war ganz undenkbar. Möglich, daß all ihre Ausgewogenheit, intellektuelle Reife und Raffinesse Humbug waren, aber man konnte eine Liebesbeziehung, die schon ein Lebensalter währte, nicht auf den Müll werfen wie eine alte Jacke. Es würde keine Szene geben, und als wollte er diese Vorhersage verbuchen, bestellte er ein letztes Glas von dem, das man sehr entfernt als sein Vergnügen bezeichnen konnte, von dem, das er bald für alle Zeiten mit Füßen treten würde. Die Zisterzienser? Ganz einfach: Ein Blick ins Telefonbuch gegen Morgen würde ihm zeigen, wo diese heiligen Männer am ehesten in der Nachbarschaft anzutreffen waren. Er murmelte bei sich ein weises irisches Sprichwort: *Gottes Hilfe ist näher als die Tür*.

Als er die Tür zum *Colza* öffnete, merkte er, daß er in ein ganz besonderes Schweigen geraten war, spürte auch, daß er selbst Gegenstand der Diskussion gewesen war. Mary und Hackett saßen alleine hinten in der Bar. Aus Hacketts lallender Gesprächsführung und der Verglastheit seiner Augen ging hervor, daß er sich seit geraumer Zeit mit Getränken gefüllt hatte. Mary war nicht betrunken; auf diesem Pfad hatte sie noch nie eine nennenswerte Strecke zurückgelegt; aber ihr Gesicht sah blaß aus und aufgeregt. Mrs Laverty stand hinter dem Tresen, schweigend, sie schien seltsam geläutert. Mick nickte ihnen allen liebenswürdig, aber leidenschaftslos zu, setzte sich an die Theke und murmelte, er hätte gern einen Whiskey.

»Auftritt der Prinz von Dänemark!« sagte Hackett, und seine laute Stimme klang belegt.

Mick kümmerte sich gar nicht darum. Als er sein Getränk bekommen hatte, wandte er sich an Mary.

»Wie war dein heutiger Tag, Mary?« fragte er. »Gut oder langweilig, oder war er schlicht nicht der Rede wert?«

»Einfach sosolalà«, bemerkte sie ziemlich leblos.

»Die Abende werden schon wieder kürzer«, bemerkte Mrs Laverty.

»Und was hast du inzwischen angestellt, du Teufel?« krächzte Hackett.

»Ich muß dir etwas sagen, Mary . . .«
»Ach, wirklich, Michael?«
Michael! Das Wort betäubte ihn. Er hieß Mick. Sogar der Kontrolleur in der Eisenbahn nannte ihn so, und mancher Schankwirt hielt es ähnlich. Aber ›Michael‹ genannt zu werden . . . Noch dazu von Mary! Schon gut. Dies war zweifellos ein seltsames Vorspiel zu dem Stück, das er sich ausgedacht hatte.
»Hast du mich verstanden?« fragte Hackett grob und reckte sich. »Hör doch mal ein paar Sekunden lang mit diesem Gelaber auf. Man will eine Erklärung von dir. Konfrontieren Sie ihn mit der Abendzeitung, Mrs Laverty.«
Die träge Mrs Laverty überstellte die Zeitung von ihrem Schoß auf die Theke. Die oberste Schlagzeile bedeutete Mick nichts, aber über zwei anderen Kolumnen las er in großen Lettern:
VERHEERENDES FEUER IN DALKEY
Kleiner Landsitz ausgebrannt.
Seine beunruhigten Augen rasten zum Kleinergedruckten, und bald wurde ihm klar, daß es sich in der Tat um De Selbys Schlupfwinkel handelte! Es heiße, sagte der Bericht, der Besitzer halte sich in London auf. Niedriger Wasserdruck und die Unzugänglichkeit der Feuersbrunst hatten die Feuerwehr von Dunleary in ihrer Arbeit schwer behindert. Das Gebäude nebst dessen Inhalt waren völlig zerstört, und sogar einige Bäume hatten Brandschäden. Fast ohne es zu wissen, verschluckte Mick den Rest seines Getränks. Das war wirklich eine gelungene Begrüßung. Und hier saß er in aller Gemütsruhe am Tresen, das vorausschauende Genie, welches das D.M.P. sichergestellt hatte! Oh, Herr!
»Du kannst uns auch genausogut alles darüber erzählen.

Wir alle, einschließlich Mary, kennen De Selby. Hat er dich dazu angestiftet, das Haus anzuzünden? Heraus mit der Wahrheit, Mick, meine Güte nochmal. Wir sind hier doch unter Freunden.«
»War das nicht schrecklich?« fragte Mrs Laverty fromm und leise. Mick schob sein Glas vor sie hin und fragte: »Wann ist das passiert?«
»Ganz früh heute morgen.«
»Sag uns, was für ein Beschiß da im Spiel war«, hakte Hackett rüde nach. »Ich weiß zwar, daß die Aufklärung des Falles dem armen Sergeant Fottrell obliegen wird, aber gib uns doch wenigstens ein paar Anhaltspunkte. Ist es die übliche Versicherungsgeschichte?«
Micks Erwiderung war unverblümt.
»Sei still, Hackett. Du bist ein betrunkener Schalksnarr.«
In seinem Ton mußte echte Schärfe gelegen haben, denn als nächstes entstand völlige Stille oder zumindest eine kurze Pause, durch nichts als das Gesabber unterbrochen, das Hackett mit seinem Glas anstellte. Doch dann war Marys durchdringender Tonfall wieder zu hören.
»Du sagtest, du hättest etwas zu sagen?«
»Ja.«
Warum sollte er es nicht in Hacketts Beisein sagen, obschon es diesen nichts anging? Hackett spielte überhaupt keine Rolle, obwohl es sicher nicht schaden konnte, einen Zeugen zu haben.
»Ja, Mary«, sagte er. »Ich muß dir etwas Wichtiges sagen, aber es ist nicht vertraulich, und es macht mir nichts aus, es hier zu sagen.«
»Du bist heute abend ganz schön patzig, egal, was du sonst noch vorhaben solltest«, maulte Hackett.
»Ach, wirklich, Michael«, sagte Mary wieder, und zwar

eisig. »Nun, ich muß dir etwas Wesentliches sagen, und ich glaube, ich sage es besser zuerst. Einer Dame gebührt der Vortritt.«
»Nun hört schon auf mit euerm Feuerwerk, ihr beide«, sagte Hackett. »Schluß damit.«
»Ja, Mary?«
»Was ich sagen wollte, ist, daß Hackett mich heute abend gefragt hat, ob ich seine Frau werden will. Ich habe ›Ja‹ gesagt. Wir sind alte Freunde.«
Mick fühlte sich welk und schlaff. Er glotzte, rutschte von seinem Hocker, straffte sich und setzte sich wieder aufrecht hin.
»Genau«, lallte Hackett. »Wir sind ganz, ganz alte Freunde, und jünger werden wir auch nicht, und deshalb haben wir beschlossen, den Sprung zu wagen, bis daß der Tod uns scheidet. Nichts gegen dich persönlich, Mick, aber ihr wart schließlich nie verlobt. Du hast ihr keinen Ring geschenkt.«
»Darauf wäre es gar nicht angekommen«, warf Mary ein.
»Wir sind miteinander ins Kino gegangen und in die Kneipen und zum Tanzen . . . wochenlang. Wo-chen-lang. Einen Vorteil hat Mary: sie lebt. Das hättest du nicht gedacht, was? Doch? Dann hast du das Geheimnis für dich behalten.«
Mary schüttelte empfindlich an Hackett herum.
»Solche Reden sind unnötig«, sagte sie. »Er ist nun mal anders veranlagt als du, und damit hat es sich. Wir wollen uns hier doch nicht so albern aufführen.«
»Wohl wahr«, sagte Hackett, trank sein Glas leer und kam flüchtig in Schwung. »Wohl wahr. Wenn du ausgehen wolltest, blieb er zu Hause, um für seine arme Mutter Eintopf zu kochen.«
Mick rutschte unfreiwillig wieder vom Hocker.

»Wenn du meine Mutter noch einmal erwähnst«, knurrte er, »schlage ich dir deinen ungewaschenen Mund in Stücke.«
Mary runzelte die Stirn.
»Mrs L«, rief Hackett, »geben Sie uns nochmal das Doppelte vom selben, und zwar allen, und zwar auf mich. Es ist doch lächerlich, wenn sich Menschen wie wir wie kleine Kinder benehmen. Ist ja schon gut, Mick, beruhige dich.«
Mick setzte sich wieder auf seinen Hocker.
»Was ich sagen wollte, Mary«, verkündete er langsam, »ist jetzt nicht wichtig. Es ist nicht wichtig.«
Mary, so schien es ihm, erbleichte. Es mochte ein Spiel des Lichtes sein, aber ihre Augen erforschten den Fußboden. Mick fühlte sich seltsam angerührt.
»Erzähl uns was«, sagte Hackett mit seiner fettigen Freundlichkeit, »über deinen James Joyce, wenn denn bei dir De Selby kein Thema mehr darstellt für einen Plausch.«
Mick kam sich niedergekämpft vor, falls dieser Satz irgendetwas bedeutet. Stumm nahm er sogar Hacketts neues Getränk entgegen. Was konnte er sagen? Was *gab* es zu sagen?
»Ja«, sagte Marys Stimme. »Laßt uns von etwas anderem reden.«
Sie tranken schweigend, ohne Behagen.
»Joyce«, sagte Mick abschließend, »war, wo immer er jetzt sein mag, und, egal, wie es ihm geht, zu seiner Zeit ein großer Schriftsteller. Ich frage mich, was er aus der Geschichte mit Mary und mir machen würde.«
Diese seine Rede klang, wie er sie da hörte, fremd und pathetisch. Mary war blaß, geistesabwesend. Hackett war lediglich betrunken. Wieder sprach Hackett.
»Mick, deinen Mr Joyce kannst du behalten. Weißt du, wer ein besseres Buch schreiben könnte?«

»Wer?«
»Hier: Mary.«
»Nun, ich weiß, daß sie vielseitig ist.«
»Das ist das Wort. Vielseitig.«
Dann sprach sie.
»Ich glaube nicht, daß das eine Geschichte ist, die ich gern schreiben würde. Beim Schreiben muß man sich selbst ausklammern. Ich kann sie nicht mehr ausstehen, diese Schreiber, die ihr eigenes Gezeter und Gezänk mit einem erdichteten Lack überziehen. Das ist anmaßend und meist auch sehr ermüdend.«
Es entstand eine weitere beträchtliche Pause. Gewiß benahmen sie sich absurd: sprachen über Bücher mit einer Besonnenheit, als befänden sie sich in einem Studienzirkel, und das kurz nach einem abscheulichen Aufflackern persönlicher Gefühle, in dem sich sogar Gewalttätigkeit als – freilich entlegener – Ausweg angedeutet hatte. Es war künstlich, es war Kitsch. Mick begann zu bedauern, daß er gekommen war, daß er so viel gesprochen, daß er so viel getrunken hatte. Nun zog Hackett die Stirne kraus; er hatte wahrscheinlich im Irrgarten seines wirren Denkens den Weg verloren. Mary hielt den Kopf gesenkt; ihr Gesicht war ein wenig von Mick abgewandt. Er merkte, daß sich alle unbehaglich fühlten. Es war Hackett, der das Schweigen brach, und er schien vorwiegend mit sich selbst zu reden.
»Mary«, wimmerte er, »vergessen wir doch diese Abmachung. Wir haben es nett gehabt miteinander, aber mit mir hat es keinen Zweck. Ich bin betrunken. Ich bin überhaupt nicht dein Stil.«
Sie wandte sich um und blickte ihn an, sagte aber nichts.
»Dieser verdammte Kerl da drüben ist in Ordnung«, maulte

Hackett weiter, »und das weißt du auch. Sieh ihn dir an. Er kriegt sogar einen roten Kopf.«
Den bekam Mick allerdings. Er war wütend, und er kam sich vor wie ein Narr. Auf perverse Weise schien sich eins so ins andere verkehrt zu haben, daß er den Eindruck bekommen mußte, ihn, Mick, müsse man dafür verantwortlich machen, wenn Mary sich jetzt vorkam wie ein Schwein. Sein lächerliches Heilmittel dagegen bestand darin, bei Mrs Laverty noch eine Runde zu bestellen. Er brachte die Getränke in seinen Besitz, besorgte sich ein Tablett und servierte persönlich. Sein Trinkspruch war laut:
»Auf uns!«
Man gab ihm schweigend Bescheid.
»Das war doch nicht dein Ernst, Mary?« murmelte er.
»Nein, Mick. Du bist nur ein verdammter Narr.«
»Aber den verdammten Narren wirst du jetzt gleichwohl heiraten?«
»Schon, schon. Ich mag Hackett, aber *so* heftig nun auch wieder nicht.«
»Schönen Dank, du Glucke«, lächelte Hackett.
Das ist soviel, wie erzählt werden mußte. Das Schweigen zwischen ihnen in der Straßenbahn, die sie nach Hause brachte, war beiden bekannt und wurde von beiden gepflegt. Was war denn schon geschehen? Nicht viel. Sie hatten auf törichte Weise einander verloren, wenn auch nur für Stunden. Mary sprach:
»Mick, was wolltest du mir denn heute abend Grauenhaftes sagen?«
Diese Frage hatte kommen müssen, fand Mick, ihre Beantwortung aber forderte gewisse Vorsicht.
»Ach, das hatte nur etwas mit meiner Mutter zu tun«, sagte

er. »Sie wird immer gebrechlicher und hat jetzt beschlossen, nach Drogheda zu ziehen und dort bei ihrer Schwester zu wohnen.«

Mary packte ihn mit leichtem Druck am Handgelenk. »Die großartige alte Dame? Und das kleine Häuschen? Wir werden doch wohl dort wohnen? Nichts geht über ein eigenes Dach überm Kopf. Das mag altmodisch sein, aber ein Dach bedeutet Sicherheit –: für uns und die Familie.«

»Die Familie?«

»Ja, Mick. Ich bin mir ganz sicher. Ich erwarte ein Baby.«

James Joyce
Sein Werk im Suhrkamp Verlag

Werke. Frankfurter Ausgabe. Redaktion Klaus Reichert unter Mitwirkung von Fritz Senn. Sieben Bände in Kassette. Leinen und Leder

Band 1: Dubliner. Deutsch von Dieter E. Zimmer.

Band 2: Stephen der Held. Ein Porträt des Künstlers als junger Mann. Übersetzt von Klaus Reichert.

Band 3.1 und 3.2: Ulysses. 2 Bde. Aus dem Englischen von Hans Wollschläger.

Band 4.1: Kleine Schriften. Aufsätze, Theater, Prosa. Aus dem Englischen von Hiltrud Marschall und Klaus Reichert.

Band 4.2: Gesammelte Gedichte. Englisch und deutsch. Deutsch von Hans Wollschläger und Wolfgang Hildesheimer. Leder

Band 5: Briefe I. 1900-1916. Herausgegeben von Richard Ellmann. Übersetzt von Kurt Heinrich Hansen.

Band 6: Briefe II. 1917-1930. Herausgegeben von Richard Ellmann. Übersetzt von Kurt Heinrich Hansen.

Band 7: Briefe III. 1931-1941. Herausgegeben von Richard Ellmann. Übersetzt von Kurt Heinrich Hansen.

Werkausgabe in sechs Bänden. es 1434-1439

Band 1: Dubliner. Übersetzt von Dieter E. Zimmer. es 1434

Band 2: Stephen der Held. Ein Porträt des Künstlers als junger Mann. Übersetzt von Klaus Reichert. es 1435

Band 3: Ulysses. Aus dem Englischen von Hans Wollschläger. es 1100

Band 4: Kleine Schriften. Übersetzt von Hiltrud Marschall und Klaus Reichert. es 1437

Band 5: Gesammelte Gedichte. Anna Livia Plurabelle. Deutsch von Wolfgang Hildesheimer und Hans Wollschläger. es 1438

Band 6: Finnegans Wake. (Nur in Kassette lieferbar.) es 1439

Einzelausgaben

Anna Livia Plurabelle. Englisch und deutsch. Einführung von Klaus Reichert. Übertragen von Wolfgang Hildesheimer und Hans Wollschläger. BS 253

Anna Livia Plurabelle. Einführung von Klaus Reichert. Übertragen von Wolfgang Hildesheimer und Hans Wollschläger. st 751

Briefe. Ausgewählt aus der dreibändigen, von Richard Ellmann edierten Ausgabe von Rudolf Hartung. Deutsch von Kurt Heinrich Hansen. st 253

43/1/3.92

James Joyce
Sein Werk im Suhrkamp Verlag

Briefe an Nora. Herausgegeben und mit einem Vorwort versehen von Fritz Senn. Übersetzt von Kurt Heinrich Hansen. st 1931

Briefe an Sylvia Beach. Herausgegeben von Melissa Banta und Oscar A. Silverman. Aus dem Englischen von Claudia Bodmer und Michel Bodmer. Mit zahlreichen Abbildungen. Leinen

Dubliner. Deutsch von Dieter E. Zimmer. BS 418

Finnegans Wake. Deutsch. Herausgegeben von Klaus Reichert und Fritz Senn. es 1524

Giacomo Joyce. Herausgegeben von Richard Ellmann. Deutsch von Klaus Reichert. Ergänzungen zu den Anmerkungen von Fritz Senn. BS 240

Die Katze und der Teufel. Eine Geschichte von James Joyce. Deutsche Übertragung von Fritz Senn. Mit Bildern von Richard Erdoes. Vierfarbendruck. it 2024

Kritische Schriften. Aus dem Englischen von Hiltrud Marschall-Grimminger. BS 313

Penelope. Das letzte Kapitel des ›Ulysses‹. Englisch und deutsch. Übersetzt von Hans Wollschläger. es 1106

Ein Porträt des Künstlers als junger Mann. Übersetzt von Klaus Reichert. BS 350

Stephen der Held. Übersetzt von Klaus Reichert. BS 338

Die Toten. The Dead. Englisch und deutsch. Deutsche Übertragung von Dieter E. Zimmer. Mit Nachworten von Richard Ellmann und Eberhard Späth. BS 512

Ulysses. Aus dem Englischen von Hans Wollschläger. Sonderausgabe. Gebunden

Verbannte. Ein Stück in drei Akten. Mit den Bemerkungen des Autors. Aus dem Englischen von Klaus Reichert. BS 217

T. S. Eliots Joyce-Lesebuch. Mit einer Einleitung und einem biographischen Nachwort von T. S. Eliot. Aus dem Englischen von Wolfgang Hildesheimer, Dieter E. Zimmer, Klaus Reichert, Hans Wollschläger und Elisabeth Schnack. st 1398

Materialien

Joyces ›Dubliners‹. Herausgegeben von Klaus Reichert, Fritz Senn und Dieter E. Zimmer. stm. st 2052

Materialien zu James Joyces ›Ein Porträt des Künstlers als junger Mann‹. Herausgegeben von Klaus Reichert und Fritz Senn. Übersetzt von Kurt Heinrich Hansen, Bernd Hoffmann, Hiltrud Marschall, Detlef Palluch, Claus Pawelka, Klaus Reichert, Arno Schmidt. es 776

43/2/3.92

James Joyce
Sein Werk im Suhrkamp Verlag

James Joyces ›Ulysses‹. Neuere deutsche Aufsätze. Herausgegeben von Therese Fischer-Seidel. es 826

Das Dubliner Tagebuch des Stanislaus Joyce. Herausgegeben von George Harris Healy. Deutsch von Arno Schmidt. st 1046

Literatur zu Joyce

Hermann Broch: James Joyce und die Gegenwart. Essay. BS 306

Frank Budgen: James Joyce und die Entstehung des ›Ulysses‹. Aus dem Englischen von Werner Morlang. Leinen

Richard Ellmann: Odysseus in Dublin. Aus dem Englischen von Claudia Dörmann. Gebunden

Gisèle Freund: Drei Tage mit James Joyce. Fotografiert von Gisèle Freund. Mit einem Vorwort von Philippe Sollers. Aus dem Französischen von Franz-Heinrich Hackel. st 929

Stuart Gilbert: Das Rätsel Ulysses. Eine Studie. Ins Deutsche übertragen von Georg Goyert. st 367

Stanislaus Joyce: Das Dubliner Tagebuch des Stanislaus Joyce. Herausgegeben von George Harris Healy. Deutsch von Arno Schmidt. st 1046

Hugh Kenner: Ulysses. Aus dem Englischen von Claus Melchior und Harald Beck. es 1104

Harry Levin: James Joyce. Eine kritische Einführung. Aus dem Englischen von Hiltrud Marschall-Grimminger. BS 459

Jean-Jacques Mayoux: Joyce. Aus dem Französischen von Rudolf Wittkopf. BS 205

Arthur Power: Gespräche mit James Joyce. Eingeführt und herausgegeben von Clive Hart. Aus dem Englischen von Werner Morlang. Gebunden

Klaus Reichert: Vielfacher Schriftsinn. Zu »Finnegans Wake«. es 1525

43/3/3.92